그리운 곳이
생겼다

■ 이 도서의 국립중앙도서관 출판예정도서목록(CIP)은
서지정보유통지원시스템 홈페이지(http://seoji.nl.go.kr)와
국가자료공동목록시스템(http://www.nl.go.kr/kolisnet)에서 이용하실 수 있습니다.
(CIP제어번호: CIP2016019511)

# 그리운 곳이
# 생겼다

호원숙의 여행 이야기

마음산책

그리운 곳이 생겼다

1판 1쇄 인쇄 2016년 8월 25일
1판 1쇄 발행 2016년 8월 30일

지은이 | 호원숙
펴낸이 | 정은숙
펴낸곳 | 마음산책

편집 | 이승학 · 최해경 · 김예지 · 박선우    디자인 | 이혜진 · 이수연
마케팅 | 권혁준 · 김종민   경영지원 | 이현경

등록 | 2000년 7월 28일(제13-653호)
주소 | (우 04043) 서울시 마포구 잔다리로 3안길 20
전화 | 대표 362-1452 편집 362-1451    팩스 | 362-1455
홈페이지 | http://www.maumsan.com
블로그 | maumsanchaek.blog.me
트위터 | http://twitter.com/maumsanchaek
페이스북 | http://www.facebook.com/maumsanchaek
전자우편 | maum@maumsan.com

ISBN 978-89-6090-275-6 03810

아무리 태양이 뜨겁게 내리쬔다지만
쉽게 꽃이 피었을 리 없다.

이 여행기는 2004년 네팔에 갔다 와서 쓴 글이 시작이었다. 그리고 2012년 발틱해를 다녀와서 쓴 글까지 모은 것이다. 여행을 다녀온 뒤 그곳을, 그 시간을, 오직 그 여행의 기억을 잊지 않으려고 빠르게 새긴 기록이다.

나는 천성적으로 떠나는 것을 좋아하지 않았지만 글을 쓸 수 있다는 예감으로 여행을 떠날 수 있었고 진정으로 그 시간을 즐길 수 있었다.

얼마 전 다시 여행의 기록과 사진들을 꺼내 보며 나 자신도 놀랐다. 많이 잊고 살았구나. 편린들만 떠오를 뿐 감미롭고 감동적이었던 기억들도 다 잊고 있었구나. 어느 틈에 나도 모르게 내 글을 새롭게 읽고 있는 나를 발견했다. 어머니가 세상을 떠나신 후 갔던 이베리아와 발틱해 기행에서는 눈물을 흘리고 있었다. 내가 받은 감동과 그 시간들에 감사하며 이 책을 엮게 되었다.

나에게는 허황되고 어린애 같은 마음이 있었다. 쓰지도 않은 소설의 제목을 생각해본다든지 내지도 않은 시집의 서문을 머릿속으로 써본다든지 하는, 주로 문학에 관한 것이었다. 문학의 문밖에서 마냥 그리워하는 마음이 있었다. 그러나 이 여행기로 말미암아 오롯이 그리운 곳이 생겼다. 그리워할 곳이 생겼으므로 나는 충분하다고 생각한다.

이 책이 나만의 만족이 아니고 빛났던 그 순간들이 누군가의 마음에 가닿게 된다면 더 바랄 나위 없겠다.

"가슴에 그리움이 샘물처럼 고인다. 그립다는 느낌은 축복이다"라고 쓰신 어머니를 그리워하는 사람들에게도 그 축복을 나누어주었으면 한다.

아울러 어머니의 85세 생신에 이 책을 드리게 되어 기쁘다.

그동안 나에게 자유로운 지면을 주고 늘 북돋워준 kg60의 우정에 감사한다.

무엇보다 여행을 같이해준 H에게 사랑을 보낸다.

2016년 8월 무더웠던 날 아치울에서

호원숙

차례

능동적인 기쁨

그리운 곳이 생겼다

나는 엄마도 그립고
그 책을 읽었던 그 시간도 그리웠다.

또 하나의 눈을 뜨다

## 첫 여행, 그 능동적인 기쁨에 대하여

이 여행은 특별한 의미가 있었다. 내가 가장 사랑하는 사람과 같이하는 여행. 나를 낳아 키워준 엄마, 쉰 살이 된 딸인 나, 아이 낳아 길러가며 25년을 산 남편과 함께 가는 네팔 그리고 히말라야.

나는 지나치게 흥분하지 않기 위해 숨을 고르게 쉬었다. 이 나이에도 쉽게 흥분하고 감동하고 기뻐 날뛰는 성미가 있는지라 감정을 조절할 수밖에.

그러나 내가 구태여 노력하지 않아도 들뜬 감정을 조절할 수 있는 기회는 왔다. 얼마 전부터 지나친 운동 때문인지 무릎 통증이 심해져 드디어는 MRI를 찍어야 하는 사태가 여행 열흘 전에 있었고, 어머니도 여행 사흘 전에 위 내시경을 해야 했던 터라 떠나야 정말 떠나는 거지 하는 마음이 생기면서 나의 유치한 설렘에 자연히 브레이크를 걸게 되었다. 40만 원이나 되는 무릎 관절 촬영을 하게 되었을 때는 이 무릎으로 무슨 히말라야를 보러 가겠나 하는 자괴감과 어쩔 수 없이 들어간 거금이 아까워 배가 쓰렸다.

짐을 싸면서 약간의 의견 충돌(꼼꼼한 사람과 허술한 사람 사이에 일어날 수 있는 흔한 이야기)과 주부가 집을 떠나면 맞닥뜨리는 약간의 귀찮음이 있었지만(냉장고 정리, 식품 구비, 통장 정리 등) 인천공항에 나오니 꿈만 같았다. 나는 그동안 떠나기보다는 누군가를 보내놓고 집에 남아 조용한 자유를 즐겼었다. 이윽고 공항에 배웅을 나가거나 혹은 여행에서 돌아온 가족에게 아직 식지 않은 여행 이야기를 듣는 것으로도 충분했다. 그리고 작은 선물들, 목걸이나 목도리, 조그마한 주머니 같은 것에도 집을 지킨 보람을 느끼며 즐거워했다. 나는 구태여 떠나지 않아도 내가 있는 곳에서 자유를 누리었으므로.

그런 내가 드디어 떠나다니! 역시 내가 떠나는 것은 능동적인 기쁨이 있다. 게다가 1년 전쯤 이날을 위해 미리 들어놓은 적금을 찾아서 달러로 바꿀 때의 쾌감도 각별했다. 돈이 많이 드는 것에는 묘한 성취감이 있기 마련이다.

그러나 마냥 기대와 설렘만 있는 것은 아니었다. 나와 어머니, 나와 남편은 각각으로는 사이가 그런대로 좋은 편이지만 어머니와 남편 즉 장모와 사위 사이는 소위 주파수가 잘 안 맞았다. 그런 현상을 특별한 것이라고 생각하진 않지만 이번 여행이 잘못 어그러지면 어머니와 나, 그리고 우리 부부 사이가 엉망으로 될 가능성도 있었다. 그렇게 되면 이 여행이 앞으로의 내 인생에 화근이 될지도 모른다.

하지만 나는 마음을 고쳐먹었다. 여행이란 무엇인가. 자유롭게 떠나기 위함이 아닌가. 그런 마음의 갈등으로부터 떠나자. 어머니와 같이 가지만 어머니로부터도 떠나고, 남편으로부터 떠나서 나 자신을 발견하고 즐기자. 게다가 나는 히말라야를 향하고 있지 않은가. 높은 산을 보러 가는데 어인 걱정과 시름을 하리오.

어머니에게는 이번이 다섯 번째 네팔 여행으로 『모독』이라는 티베트 네팔 기행기를 쓴 적도 있다. 이 여행은 일반 여행사의 패키지 여행이 아니라 정신과 의사인 이근후 박사의 가족 아카데미아 네팔 캠프에 동참했다.

나는 이 글을 쓰기 시작했지만 어떻게 끝날지는 나도 모른다.

네팔의 수도 카트만두까지는 직항 노선이 없다(현재는 개설). 홍콩이나 방콕을 경유해서 가거나 인도의 델리를 경유하는 길이 있었다. 우리는 타이 항공을 타고 방콕 공항의 트랜짓 호텔에서 다섯 시간 잠을 자고 비행기를 갈아타는 코스였다. 인천공항에서 21명의 여행객과 간단한 통성명을 하는데 또 하나의 느낌이 왔다. 새로운 사람을 알게 되는구나. 열흘 동안 같은 길을 갈 사람들과 눈인사를 나누며 사람들을 관찰하는 재미도 여행의 재미 가운데 하나겠지. 물론 나도 관찰당하겠지만.

신발까지 벗는 출국 검색을 마치고 인천공항 면세점에 들어와 기웃거리다가 남편의 간곡한 요청으로 참이슬 소주팩 다섯 개 그리고 코냑을 한 병 산다. 긴요하게 쓸 경우가 있을 거라는 그의 말에 못 이기는 척 수긍하고 어머니를 위해 스위스 초콜릿 한 상자도 산다. 저혈당이 올지도 모르는 순간에 대비해서. 간단히 인천공항 구경은 끝내고 TG635에 오른다. 휴대폰의 배터리를 빼서 배낭 깊숙이 챙기는 것으로 서울과는 이별한다. 없으면 큰일 날 것처럼 중독된 도구, 하루에 한두 번 올까 말까 하는 벨소리를 못 들을까봐 조바심치는 마음도 시원하게 떠난다. 이코노미클래스의 협소한 좌석에 아무 불평 없이 앉은 어머니. 누구보다도 가장 작은 여행 보따리를 챙긴, 74세의 나이라고는 볼 수 없는 민첩함과 조용함에 서늘한 거리가 느껴진다.

나의 이번 여행은 어머니에 대한 관찰도 포함된다. 어머니에 대한 살뜰한 배려와 돌봄보다는 멀리서 어머니를 바라보는 것이 좋다. 또 남편에 대한 연구, 앞으로 여생을 어떻게 풍요롭게 잘 지낼 것인가를 그의 행동을 보고 연구한다. 그러나 나의 그런 생각은 곧 부질없다고 느껴진다. 그냥 보는 대로 느끼고 마음을 풀어놓자. 연구할 필요도 없고 관찰은 또 무슨 필요? 기운이나 느끼고 오자.

자유의 땅이라는 뜻의 타이 문자를 가진 몇 안 되는 나라 가운데 하나고 일본의 침략을 받지 않았던 자존심 센 나라기도 하다. 유순해 보이는 승무원은 타이 고유의 의상을 입었는데 색깔은 통일되어 있지만 유니폼이 아니라서 좋다. 어깨에 가로지르는 비단 띠는 아름답고 단정하다. 붉은 포도주 한 잔으로 여행을 시작한다.

기내 화면에 나타난 지도, 시퍼런 바다와 아시아 대륙과 반도가 아름답다. 상하이 광저우를 비껴 지나 타이완을 지난다. 그리고 칠흑 같은 밤 비행기가 남지나해를 지나니 드디어 떠났다는 느낌이다. 베트남 다낭을 지난다.

방콕 공항에 도착해 트랜짓 호텔로 가는 긴 통로를 일행은 줄줄이 걸어간다. 밤 12시가 다 되었는데도 공항 내 면세 구역은 각국 사람들이 물결치며 움직인다. 24시간을 밝히는 상가들 말 그대로 세계 곳곳과 연결되는 허브 공항이다. 아열대의 밤공기만 느껴질 뿐 밖에 나갈 수 없으니, 그래도 방콕은 방콕이구나.

창문이 없는 호텔 방이지만 다섯 시간 동안 눈을 붙일 수 있다.

### 처음 본 히말라야, 가벼운 구름 같은 별빛 같은

아침에 일어나 좀 가벼운 옷차림으로 바꿔 입은 뒤 간단한 아침을 먹고 갈아탄 TG319는 카트만두로 향한다. 안다만, 벵골만을 지나 북쪽으로 향하니 비행기 안이 잠시 술렁인다.

히말라야가 보인다! 비행기가 가는 방향의 오른쪽 창문으로 눈길이 몰린다. 나는 오른쪽에 붙은 통로 창으로 간다. 멀리 북쪽으로 구름처럼 보석처럼 떠오르는 히말라야. 처음엔 그냥 구름인 줄 알았다. 햇빛을 받아 빛나는 산. 설마 그럴까 싶었는데 가슴이 두근거린다. 통로가 있는 창가에 앉은 백인은 끝내 뻗은 다리를 내려놓지 않다가 열심히 감탄하며 창밖을 내다보는 걸 보고 하는 수 없이 다리를 내려놓는다. 백인들은 모두 오른쪽 창가 좌석을 준 것 같아 괜한 부아가 솟는다.

그러나 높은 산은 겸허히 바라보는 사람의 것이다. 별이 내려온 것 같은 지구의 장관을 보니 가슴이 터질 듯하다가 구름처럼 가벼운 히말라야를 보니 마음이 숙연해진다. 기도의 구절이 성가의 음악이 내 가슴에 가득 찬다. 그리고 감사와 찬미의 마음이 우러난다. 누가 시키지도 않았는데……. 비행기 안에서 처음 히말라야를 대하는 느낌은 특별했다.

히말라야여, 너를 보러 내가 다가간다.

비행기에서는 붉은 보랏빛 양란으로 코사지를 만들어 선물한다. 갑자기 기내는 생화의 화려함으로 생기가 돈다. 어떤 이는 머리에 꽂고 어떤 이는 모자에 꽂고 어떤 이는 가슴에 붙인다. 타이의 꽃을 선사하며 잊지 말라는 듯하다.

카트만두 공항은 붉은 벽돌의 단층 건물이고 입국 수속에는 비자가 필요하다. 30달러의 입국세도 내야 하고 외국인은 줄을 서서 도장을 받아야 한다. 그곳 공항 직원들의 느리면서도 관료적인 표정과 담배를 손에 끼우고 도장을 찍는 모습을 바라본다. 어머니는 길게 늘어선 대열에서 어지럼증을 느끼고 의자를 찾는다. 서류는 미리 작성해 왔는데 뭔가 더 필요하다고 도장을 안 찍어준다. 어머니는 직원 앞에서 화가 치민다. 옆의 직원은 내 비자에 쉽게 도장을 찍어준다. 알고 보니 앞에 섰던 대만 여행객과 어머니를 착각하고 또 하나의 서류를 요구했던 거였다. 아마도 나라마다 서류의 차별이 있는 듯하다.

겨우 공항을 빠져나와 드디어 마중 나온 차에 오르려니 주황빛 꽃 레이를 모두에게 걸어준다. 마리골드처럼 생긴 향기 나는 꽃을 촘촘히 연결한 꽃목걸이는 사람을 웃게 만들고 잠시라도 행복하게 한다. 타이 난꽃과 네팔 꽃목걸이를 두르고 20인승 차에 오른다.

## 카트만두의 거리에서

머리 받침도 없는 인도에서 만든 미니버스다. 카트만두 시내에 위치한 한국식 식사를 할 수 있는 빌라 에베레스트까지 가는 동안 도시를 구경한다. 분명 처음 온 도시인데 느낌은 처음이 아니다. 느리게 움직이는 사람들, 좁은 골목과 골목이 이어지는 거리의 가게들, 문이 없어 안이 다 들여다보이는 이발소, 모두 다른 빛깔을 한 여인들의 옷 자락들, 늙고 주름진 얼굴들, 길가 뒤돌아서 오줌 누는 남자들, 교복을 입은 아이들의 행렬, 차들 사이에서도 경계심 없이 지나가는 소들. 이 도시는 내가 처음 와본 도시가 아니다.

언젠가 들렀던, 알 수 없는 과거의 어느 때 내가 그 거리에 있었던 것 같다. 더럽고 분지 특유의 먼지에 유럽에서 여행객들이 끌고 온 고물차들의 매연이 가득 찬 도시라고 들어왔는데 나에게 이곳이 이렇게 친숙하게 다가오는 이유는 무엇일까.

동생의 말이 생각난다. '언니는 교토 뒷골목에서 전생에 살았던 곳이라더니 뉴욕에서도 샌프란시스코에서도 시카고에서도 그랬다며?'

과거의 내가 있었던 것 같은 카트만두의 거리 풍경

　이제는 드디어 카트만두에서도 친근감을 느낀다. 저 거리에 내가 지나가고 있다고 느낀다. 치맛자락을 휘날리며 귀걸이를 하고 비단 천을 두르고. 재미있지 않은가. 내가 지나가고 있는 거리를 보는 나! 그런데 솔직히 맨발은 자신이 없다.

　빌라 에베레스트는 한국인 여행객들에게 음식과 잠자리를 비롯 트래킹 정보를 제공하는 센터기도 하다. 남대문시장 비슷한 타멜에서도 가깝다.

　한국을 떠난 지 24시간도 되지 않았는데 한식을 반갑게들 먹는다. 미리 정성스레 차려놓은 식탁은 한국과 다를 바 없다. 시금치나물, 오이나물, 숙주나물, 김치찌개, 무쇠로 된 난로까지 옆에 있어 정겹다. 메주 만드는 법까지 한국에서 배워 왔다는 주인은 요리에 대해 자부심이 강하다. 자만심과는 다르게 손님을 존중하는 마음이 우러난다. 음식을 나르는 사람들도 모두 다정한 미소를 보내준다.

　때가 낀 찻잔에 부어주는 우유를 가득 넣은 네팔 차는 네팔에 온 기분을 살려준다. 오래전에 먹었던 우유의 맛. 순하고 부드러운 젖과 같아 화학적인 처리의 냄새가 나지 않는다. 여기 있는 동안 우유는 실컷 마셔야지.

카트만두는 해발 1,350미터의 분지다. 인구가 200만이 되는데 고층 건물이 없으니 도시 사람들이 모두 집 앞에 나와 있는 것 같은 느낌을 준다. 차는 영국식으로 좌측통행을 하고 도로가 좁고 직선이 아니니 쉽게 막혀 여기저기서 클랙슨 소리가 삑삑거린다. 전에는 신호등도 없었는데 일본 사람들이 시내에 신호등을 설치해주었다고 한다. 그러나 그악스럽거나 신경질적인 기계음은 분명 아니다. 벽돌로 지은 집들의 아래층은 작거나 크거나 무슨 가게를 벌이고 있다. 하다못해 푸성귀나 과일이라도. 사탕이나 주전자, 모자, 곡식을 판다.

내 마음을 풀어놓으니 이 도시는 나에게 다정하게 다가온다. 오래된 도시 더러운 때 묻은 거리의 냄새가 나에게 역겹지 않다. 내 몸에 그 거리를 받아들인다.

## 듀리켈 가는 길

우리는 카트만두에 도착한 첫날 점심만 빌라 에베레스트에서 먹고 듀리켈(Dhulikhel)로 떠나게 되어 있다. 듀리켈은 카트만두 북부 티베트와의 국경 마을 코다리로 가는 길목에 있는 마을인데 히말라야를 조망할 수 있다 한다.

가이드는 어눕이라는 네팔 청년이었다. 한국어를 잘하고 우리나라에서 외국인 노동자로 지낸 경험이 있어 그의 입담이 여행 재미 가운데 하나였다.

네팔은 동서로 850킬로미터 남북으로 250킬로미터의 긴 고구마 모양이고 인도와 중국 사이에 샌드위치처럼 낀 나라다. 바다가 없다. 그러나 세계의 8,000미터가 넘는 산 14개 중 8개가 네팔에 있으니 어찌 국민 소득 200달러 남짓밖에 안 된다고 가난한 나라라고 할 수 있겠는가. 듀리켈로 가는 길은 자연스러워 마냥 가도 질릴 것 같지 않게 쾌적하다.

유채꽃 밭이 눈에 띈다. 어눕은 한국 사람들은 유채꽃 하면 제주도 신혼여행을 떠올리지만 네팔 사람들에겐 기름을 만들고 찌개를 만들고 반찬을 만드는 재료가 된다고 말해준다. 특히 그 기름을 머리에 발라주면 머리가 길어진다 하여 엄마가 아이에게 발라준다고 한다. 또 아이의 눈과 코에 기름을 발라주면 눈이 예뻐진다고도 한다. 그래서 여기 아이들의 눈이 예쁜가. 엄마가 아이의 머리에 기름을 발라주는 모습이 그리움으로 다가온다. 사랑의 스킨십이 아니겠는가. 그런 아이들이 어찌 예쁘고 착하게 크지 않겠는가. 엄마의 사랑을 흠뻑 받은 아이들이 엄마 등에 업혀 가거나 안겨 가는 모습은 얼마든지 볼 수 있다. 엄마의 표정에 피곤이나 짜증의 느낌이 없다. 그저 평화스럽게 새끼를 돌보는 어미의 표정이다. 그런 이야기를 들으니 유채밭이 더 사랑스럽다.

거의 벽돌로 된 3층 정도의 집들은 짓다 만 집인지 살다가 버리고 간 집인지 다시 고치려는 집인지 모두 반듯한 완성이 없는 집들이다. 울타리도 없거나 있다 해도 뭔가 허술하고 개방된 형태의 집들. 간간이 보이는 유일한 공장은 벽돌 공장이다. 산면의 계단식 밭들이 이어진다.

겨울에도 그렇게 춥지는 않아 난방이 필요 없는 집들은 허술해 보여도 밉지는 않다. 산 높이까지 밭이 있고 집이 있고 길이 있고, 조금 여러 칸으로 된 집은 학교다.

듀리켈은 국경으로 가는 길목이라 경찰과 군인들의 검문이 이어진

네팔의 계단식 밭들

다. 외국인 관광객은 통과 통과지만 오히려 네팔 사람들은 차에서 내려서 걸어가는 등 성가시게 하는 것 같다.

듀리켈의 미라벨 리조트는 히말라야의 산세와 조화를 이루어 설계된, 크지는 않지만 사랑스러운 숙소다. 층마다 히말라야가 보이는 발코니가 있고 한 층에 층계 좌우로 방이 둘 딸려 있다. 마을과 가깝고 돌이 깔린 길이 미로처럼 연결된다. 부조된 벽화와 같은 식물의 화분을 놓은 계단이 사랑스럽다. 사소한 것을 아끼는 마음과 함께 예술적인 감각이 보인다.

해 질 때의 히말라야가 기가 막히다고 하여 옥상에 올라가지만 구름 때문에 보지 못했다. 그래도 멀리 드러나는 히말라야의 존재만으로도 충분하다고 생각한다.

저녁엔 네팔식 아스파라거스 수프가 따뜻한 별미였고 감자와 닭고기와 콩, 카레의 풍미가 풍기는 소스들 그리고 풀풀거리는 끈기 없는 쌀밥.

어머니는 스카치를 한 잔 시켰는데 30밀리리터밖에 안 돼 잔 밑에 깔린다. 남편은 네팔 맥주 산미구엘을 시키고 나는 붉은 포도주를 마신다.

네팔에는 집에 난방이 갖추어 있지 않기에 1월이 1년 중 가장 추우므로(고도가 높은 곳이니 더욱) 이동식 가스난로나 전기스토브를 쓴다. 그날 밤도 추울 거라고 뜨거운 물주머니를 이불 사이에 끼워준다. 전기는 들어오지만 하얀 양초와 성냥 그리고 잘 깎은 연필을 메모지 위에 놓은 것을 보니 마음이 환해진다. 연필로 글씨를 썼던 것이 얼마만인가. 연필을 깎았던 것은 더 오래되었다.

등나무 의자와 독일제 실내 히터, 대우 TV, 태국 KARAT 변기, 인도제 전구, 꽃과 새가 음각된 붉은 질그릇 벽장식. 쓰던 비누를 깨끗하게 다시 비닐에 싸놓은 정성스러움. 짚으로 짠 멍석 같은 깔개.

그리고 잊을 수 없는 건 소창을 씌운 솜이불이다. 물자가 부족해 소창으로 씌운 게 분명하건만 가제와 비슷한 소창은 부드럽고 따스해 마치 어릴 적 이불 호청을 뜯고 난 뒤 그 위에서 뒹굴던 생각이 나게 했다.

남들은 분명 나에게 별것도 아닌 것에 감동한다고 할 것이다. 그러나 별것도 아닌 것, 이렇게 질 깎은 연필, 뜨거운 물주머니나 소창이불이 나를 평화롭게 한다.

시간이 마냥 흐는 것 같지만 네팔에서의 첫 밤이다. 하늘엔 별빛이 흐르고 보이지는 않지만 히말라야가 느껴져 든든하다. 산마다 집이 있어 전깃불이 희미하게 깜박인다. 전기가 마을에 들어온 지 오래되지 않은 듯한 불빛. 그래서 하늘의 별빛을 죽이지 않는다.

## 기도하는 사람의 도시, 고도 박타푸르에서

히말라야의 아침을 보기 위해 모닝콜, 일출 시간 전에 옥상에 올라간다. 그저 리조트의 한 건물 옥상에 불과하지만 히말라야를 동서로 400킬로미터를 한눈에 볼 수 있는 장소다. 랑탕산에서 칸첸중가까지. 8,000미터가 넘는 봉우리(산)의 이름을 다시 불러본다.

다울라기리, 마나슬루, 시샤팡마, 초오유, 마칼루, 칸첸중가…….

보이는 곳에서 높게 보인다고 높은 산은 아니다. 에베레스트는 제일 높지만 거리가 멀어 여기서는 보이지 않는다.

덧붙이자면 에베레스트는 영국인 측량 장관의 이름이고(지배국의 냄새를 풍기는) '초모룽마'란 고유 이름이 있다. 세계의 모신母神이란 뜻이라 한다. '사가르마타'라 부르기도 하는데 이는 바다의 이마란 뜻이다. 나는 그 말이 좋아 여행 내내 사가르마타, 바다의 이마를 뇌었다. 안나푸르나는 풍요의 여신, 히말라야는 눈雪의 거주지란 뜻이다.

오늘도 구름이 끼었지만 해 뜨고 히말라야의 눈빛이 빛을 받아 주황빛으로 물드니 보석같이 빛난다. 날씨가 좋으면 더 잘 보일 거라고 더 장관일 거라고 이건 아무것도 아니라고 하지만 보이는 것만으로도 마음이 끌려 내려가기가 싫다. 근경으로는 안개 낀 마을이 물 위에 떠 있는 듯이 가벼운 풍경이다. 이른 아침 등에 망태기를 지고 맨발로 밭에 나가는 여인의 몸의 표정을 자연스럽다고 하기에는 오히려 미안하

아침 안개 낀 마을이 물 위에 떠 있듯 가볍다

다. 우리는 저런 몸의 표정을 오랫동안 잊어버린 것 같다. 우리가 아니라 나, 자신이. 작위적이고 기계적이고 경직되어 있고 뻣뻣해져버린. 나는 내 눈에 잡힌 여자를 하염없이 바라본다. 가슴을 뛰게 만드는 히말라야와 사람을 편안하게 만드는 힘을 가진 네팔 사람들을 바라본다.

그러나 바지런한 종족의 여행객들은 한 군데 가만히 있지 못하고 짐을 꾸려 또 떠난다. 다시 카트만두로 가는 길 중간에 고도古都 박타푸르(Bhaktapur)를 보기 위해서다. 기도하는 사람의 도시라는 뜻의 박타푸르는 네와르족의 오랜 근거지이며 9세기경에 건설되었다고 한다. 네와르족은 나무로 섬세한 조각을 잘하는 민족이다. 박타푸르는 1934년 큰 지진으로 4만 명이 죽고 많이 파괴되었다. 박타푸르는 카트만두 도시 사람들에게 채소를 재배하여 공급하는 이른바 근교 농업지라 할 만한 곳이다.

박타푸르는 경주와 같은 고도라 할 수 있다는데 나의 느낌은 달랐다. 벽돌이 깔린 좁은 미로들 사이를 걸어가면 벽돌로 지어지고 나무 조각 장식문을 한 독특한 양식의 집들이 끝없이 이어진다. 여기는 과

박타푸르의 사람들

거의 도시가 아니고 현재도 사람이 살고 빨래를 널고 거리에는 과일과 채소와 곡식을 파는 장사들이 버글거리는 살아 있는 도시다. 대나무로 아시바리를 놓고 새로 고쳐 짓는 집도 있다. 오래된 것과 현재 움직이는 사람들과 집이 혼재되어 있다. 좁은 통로 안으로 들어가면 훤하게 중간 마당이 나오고 ㅁ자형의 집이 비밀처럼 들어 있다. 층을 올라갈수록 사적인 공간으로 기도를 할 수 있는 조용한 공간이 되지만 맨 아래층은 외부에 쉽게 개방되어 있다.

박타푸르는 소라 모양의 도시였다 한다. 바다가 면해 있지 않은 나라지만 바다의 이미지는 살아 있다. 힌두사원과 아름다운 나무 조각, 창문이 돌출된 발코니 모양(55개의 창문)의 왕궁이 섞여 있고 신성한 공간도 모두 개방된 느낌을 준다. 노인들이 모이는 장소나 여행객들이 몸을 씻을 수 있게 제공되었던 노천 목욕탕도 있다. 물터엔 물의 신인 뱀의 조각이 있다. 손으로 흙을 반죽하여 질그릇을 만드는 것을 보여주는 광장도 있다. 비슈누의 조각은 아름답고 완벽해 조각한 사람의 손을 잘랐다는 말이 전해진다. 다시 그렇게 아름답게 만들지 못하도록. 완벽과 지고의 아름다움에는 역시 지극한 고난이 따른다.

무쇠 저울에다 석류를 올려놓고 파는 사람, 나무 조각품을 파는 가게들이 즐비하다. 옛 도시가 현재에 살아 움직이니 가면과 불상, 과거와 현재, 신과 사람, 동물과 사람이 구별 없이 살아가는 이곳에서 나는 혼란스럽기보다 마음이 단순해지면서 고양됨을 느낀다. 과거는 과거가 아니고 현재도 현재만이 아니므로.

나는 아이들을 위해 부엉이 조각을 그리고 물고기 모양이 조각된 나무 칼집에 들어 있는 칼을 두 개씩 산다. 어머니와 빗장이 달린 나무 문 앞에서 사진을 한 장 찍었다. 그리고 일행과 나누어 먹기 위해 루피로 석류를 산다. 커다란 쇠저울에 올려 석류의 무게를 다는 장수의 표정은 근엄하고 진지하다.

오후에 다시 카트만두에 돌아와 하얏트 호텔에 여장을 푼다.

몽키 템플이라 불리는 스와얌부나트(Swayambunath) 사원에 간다. 카트만두는 원래 호수였는데 문수보살이 호수의 가장 낮은 지점을 찾아내 마검으로 내리쳐 분지를 만들었다는 전설이 있다. 그때 호수 속의 연꽃처럼 먼저 떠오른 곳이 바로 이 사원이라 한다. 2,000년 된 가장 오래된 사원이고 카트만두 시가가 내려다보이는 곳에 위치한다. 365개의 계단을 오르면 그 유명한 눈을 그린 탑이 나온다. 눈은 자비와 지혜의 상징이고 물음표 모양 같은 코는 집중의 표시이고 우리는 하나라는 일치의 표시라고 한다.

원래 라마교의 사원이었지만 힌두교도 혼재되어 있고 탑 주위를 시계 방향으로 돌리는 마니차가 있다. 사진으로 많이 보아서인지 신기하지는 않았지만 그렇다고 낯설지도 않다. 어머니와 같이 마니차를 돌린다. 어머니는 무엇을 비실까. 남편은 묵묵히 우리 뒤를 따른다.

원숭이들이 많아 먹을 것을 손에 들면 어떻게든 낚아채 간다고 손에 먹을 것을 들고 있으면 안 된다고 한다.

## 갤러리9에서의 퍼포먼스 그리고 사랑 사랑

그날은 카트만두 시내에 있는 갤러리9에서 김대규 달마그림전이
열려 일행 모두 오프닝에 가게 되었다. 작은 갤러리지만 100점이 넘
는 달마 그림 전시와 판소리 공연이 있었다. 이런 일정은 여행과는 별
도로 이근후 박사의 오랜 계획으로 이루어졌는데 의외로 좋은 체험이
었다. 네팔 소녀의 민속음악에 이어 김대규 선생의 판소리를 화랑 바
닥에 방석을 깔고 앉아 듣게 되었다. 하얀 갑사 한복을 입고 갓을 쓴
화가이자 소리꾼은 〈춘향가〉의 천자 풀이와 앙코르로 〈사랑가〉를 뽑
았는데 말귀를 못 알아듣는 외국인들도 모두 흥겨워하고 감탄하는 분
위기였다. 일행 중 한 분이 〈사랑가〉에 추임새를 넣어주고 드디어 흥
이 올라 "love! love!"라며 운을 달아주니 모두들 어깨를 으쓱거리고,
관객들이 동참하는 이 특별한 공연에 놀라고 감동하는 표정이었다.
그다음부터는 그분의 별명이 러브러브 선생이 되었다.

그 후 이어지는 젠 페인팅(Zen painting)의 실연, 난과 달마의 그림
을 그렸다. 하얀 갑사 한복을 입고 꿇어앉아 단숨에 붓을 놀리는 모습
에서 예인의 풍모가 느껴졌다. 분위기만으로도 성공적이었다. 게다가
그림을 판 이익금은 모두 네팔의 의료봉사에 쓰인다고 하니 그저 박
수를 칠 수밖에.

어머니는 칫솔을 들고 있는 유머러스한 달마 그림을 치과 의사 선
생님을 위해 점찍어 놓는다.

전시회 오픈 시간을 기다리며 화랑 마당에서 장작불을 피우고 기
다리고 있을 때 위층 난간에서 "저 아줌마 박완서 많이 닮았다. 그런

데 박완서 선생은 재작년에도 오셨잖아. 그 노인네가 여기 또 오셨을 리는 없고" 소리가 들린다. 네팔이 좋아 네팔에 눌러살고 있는 꽁지머리 모씨는 어머니를 보고 깜짝 놀라며 민망해하면서도 반가워 어쩔 줄 모른다.

어머니는 아침에 나올 때부터 만보계를 찼는데 만 보를 넘겼다고 자랑스러워한다.

### 치트완으로 향하다

어제의 빡빡한 일정을 무사히 마치고 오늘은 치트완으로 향한다. 버스로 좋이 여섯 시간은 걸리리라 한다. 거리는 200킬로미터밖에 되지 않지만 길이 좋지 않아 정확히는 모른다고 했다. 카트만두를 벗어나 찬드라기리 고개를 넘는다. 지도상으로는 아주 간단해 보이는데 고도가 높은 산길과 계곡을 휘돌아가는 것이 아슬아슬하다. 룸비니나 포카라에 가려면 이 고개를 넘어야 한다. 네팔은 주로 인도에서 수입한 휘발유를 쓰는데 인도에선 질 나쁜 기름을 공급한다 한다. 그래서 자동차마다 매연이 나온다. 그리고 길은 구곡양장이다. 그러나 협곡을 보며 길이 휘돌아가니 그랜드캐니언을 가까이에서 보는 것 같다. 까마득히 협곡 밑으로는 부옇게 파란 물이 흐르고 석회질이 많아 투명하지는 않지만 물의 흐름은 빠르다. 레프팅으로 치트완까지 갈 수 있다. 여기저기 홍수에 사태가 난 움푹 파인 산자락들이 보인다. 작은 폭포들이 산 사이로 흘러 들어오고.

자연의 모습을 보는 것도 굉장했는데 어느 순간 차의 흐름이 막힌다. 차에서 아예 내려서 걸어가는 사람들, 어눕과 기사도 내려서 어찌된 일인지 보러 갔는데 보러 간 사람도 오지 않고 서 있는 차의 행렬이 끝없이 이어져 있다. 얼마가 흘렀을까. 상대편 차도 오지 않는다. 그런데 나는 불안하지도 갑갑하지도 답답하지도 않다. 점심때 치트완에 들어가는 건 틀린 것 같다. 배도 고파지고 일행은 귤이나 사탕, 껌 등을 꺼내 나누어준다. 우리나라 건설회사 같으면 교각을 세워 직선도로를 만들었겠지. 그러나 여기는 오래 걸리더라도 산과 계곡을 그대로 살리면서 길을 만들었으니 심리적으로 불안하지는 않다. 계곡 저편 산 높이까지 들어선 밭과 집과 검은 소들, 염소들을 멀리 바라보는 것으로도 지루하지는 않다. 일행은 까닭이나 알았으면 좋겠다며 다그치고 보챈다.

마냥 서 있는 버스 안에서 시조 시인 유영애 님께 들은 이야기다. 수년 전 서정주 선생님과 이웃에 살았더랬는데 그래서 두 분의 사는 모습을 가까이에서 보았다고. 어느 날 동네 초등학교가 학생수가 늘어 4층으로 증축을 하면서 아이들 소리가 시끄럽다고 학교 담을 높여 방음벽을 쌓아달라는 건의문의 연판장을 돌렸다고 한다. 동네 주민들은 대부분 서명을 했는데 서정주 선생님은 끝까지 도장을 찍지 않으면서 산새가 울지 않는 산은 산이 아니듯 아이들 재잘거리는 소리가 들리지 않으면 동네가 아니라고 했다 한다. 그리고 세시 때 맞춰 음식을 해서 나누어주는데 칠석날의 무지개떡을 잊지 못한다고 했다. 도중 동행들과 이야기를 나누는 것도 여행의 큰 재미 가운데 하나다.

한참 뒤에 나타난 어눕은 산사태로 길이 무너져 길을 만들고 있다고 했다. 얼마 뒤 우측으로 차들이 한두 대 오기 시작한다. 그 길은 인도를 오가는 길이어서 차량이 많고 차 위에 실린 짐들도 많다. 연꽃 문양 등 화려하게 장식한 차들, 인도산 타타(TATA), 대우 에스페로, 현대 소형차, 일본 차 등 다양하다. 부처님 눈을 그려 놓고 'NO FEAR'라고 붙인 차, 꽁무니에 'SLOW DRIVING LONG LIFE'라고 적은 버스. 짐들은 대개 버스 위에 얹어 묶고. 버스 속에 서서 가는 사람들도 많은데 힘든 기색은 없고 짜증스러운 표정도 아니다. 그저 순종하는 표정들이다.

나는 지루한 줄도 모르고 버스 처음 타본 사람처럼 볼 게 많다. 가는 도중 건너편 산꼭대기에 'MANAKAMAHA'라는 재미있는 이름의 사원이 보인다. 케이블카가 설치되어 있다. 무슨 소원이라도 들어준다는 여신이 있는 곳으로 사람들은 제물로 바칠 동물을 싣고 케이블카를 탄다고 한다. 올라가면 마나슬루산을 볼 수 있다 한다.

산사태가 난 지점에 오니 차 한 대가 아슬아슬하게 겨우 지나갈 정도로 푹 파여 있다. 그래도 무글링까지는 네 시간이 걸렸다. 무글링은 교통의 요지로 룸비니, 치트완, 포카라로 가는 길이 갈라진다. 모텔과 상가들이 이어져 있고 릭샤꾼들과 볶은 콩을 세모난 종이봉투에 넣어 파는 사람, 귤 바나나 석류를 파는 사람이 있다. 귤은 씨가 많지만 향기와 맛이 좋다. 씨 없는 과일은 맛이 없다고 옆에서 한마디 한다.

무글링에서 치트완까지는 평지라 금세 갈 수 있을 것 같았는데 또 차가 움직이지 않는다. 밭에는 노란 유채와 분홍색 콩꽃이 아름다운데 이번엔 또 어인 일인고. 산사태가 날 길도 아닌데 어눕은 내려 앞으로 가본다. 점심때는 벌써 지나고 무슨 영문인지도 모르고 한 시간은 좋이 되었을까 이번엔 천재天災가 아니라 인재人災였다. 마을 사람들이 길을 막고 차를 가지 못하게 하는데 이유인즉슨 딱하다. 얼마 전 어머니가 그 지점에서 교통사고가 나서 돌아가셨는데 사고 차가 뺑소니를 쳤나 보다. 상중에 또 같은 지점에서 아들이 차에 치였는데 이번에도 또 사고 낸 차가 달아났다 한다. 그래서 마을 사람들이 단결하여 경찰이 범인을 잡아주지 않는 한 길을 지나갈 수 없다고 막고 있다 한다. 통나무로 가로막고 도로를 차단했단다. 착한 마을 사람들이었다. 착한 정의였다. 우리가 오늘 굳이 치트완에 못 간다 해도 어쩌겠는가.

그런데 오늘은 나에게 특별한 날이었다.

## 정글에서의 첫 밤

치트완 공원(Royal Chitwan National Park)은 영문 이름이 말해주듯 왕정국가 네팔의 국립공원이다. 보통 현지 사람들은 정글이라고 한다. 공원은 국립이지만 공원 안에는 여러 개의 사설 리조트가 운영되고 있다. 우리가 간 곳은 아일랜드 정글 리조트(Island Jungle Resort)였다. 그 안에서의 모든 프로그램은 정글에서 자체적으로 운영하고 관광객은 그 지시에 따라야 한다.

치트완 공원은 1973년에 생겼다. 치트완으로 가는 길에서 본 집들은 카트만두나 듀리켈과는 다르다. 벽돌이 아니라 진흙으로 벽을 치고 짚으로 지붕을 한 초가 같은 시골풍의 집들로 창문이 없고 작은 구멍만이 있다. 맹수와 말라리아 모기 등을 막기 위한 가옥 구조다. 인도 서쪽에서 온 타루족들이 많이 살고 있는데 그들은 독특한 문화를 가지고 있다.

우리가 점심도 먹지 못하고 오후 4시가 넘어 도착한 곳은 치트완 공원 건너편 강나루다. 늦게 도착한 우리를 맞으러 배가 기다리고 있다. 10명이 탈 수 있고 사공이 노를 저어가는 긴 목선이다. 흐르는 강물은 나라야니 강이라고 인도로 흘러가는 강이다. 나는 무슨 지명을 들으면 입으로 뇌게 된다. 나라야니 나라야니. 아름답고도 슬픈 이름이다. 태초의 강을 보는 듯이 마음이 숙연해진다. 금속성의 다리로 칭

사공이 노를 저어가는 긴 목선을 타고 강을 건너다

칭 묶어놓은 한강과는 다르다.

　머리 받침도 없는 버스에서 지쳤기 때문일까. 멀리 검은 코뿔소가 보인다고 네팔 사람이 가르쳐준다. 배는 한 척 한 차례 보내고 오기를 기다려 두 번에 나누어 간다. 버스 위에 실린 짐은 일행이 다 간 다음 실어다 준다고. 강가는 짙은 회색빛의 머드와 같은 고운 흙이다. 강은 잔잔하게 흐르는 듯했는데 물의 흐름이 빠르다. 리조트에 도착하니 모두에게 환영의 뜻으로 붉은 꽃을 선사한다. 하와이 무궁화 같은데 그 붉음이 선명해서 정신이 번쩍 든다. 그리고 축복의 표시로 이마에 붉은 곤지를 찍어준다. 붉은 가루를 이마에 바르면 악귀를 없애주고 또 하나의 눈이 떠진다고 한다.

　나는 이마에 붉은 점을 찍으러 왔다. 또 하나의 눈을 뜨러 산을 넘

이마에 붉은 점을 찍은 어머니와 나, 남편

어 강을 건너왔다.

우리는 준비된 점심을 먹는다. 저녁때가 다 되었건만 점심을 먹어야 잠시 뒤에 또 저녁을 먹을 수 있다고. 네팔식이고 정글식의 음식을 먹는다. 콩으로 된 네팔 고유의 달밧이라는 부드러운 음식에 끈기 없는 쌀을 비벼 먹으면 성질이 온순해질 것 같다. 감자와 채소, 향료가 든 단 쌀죽, 매운 작은 고추, 구운 토마토, 보랏빛이 도는 양파. 콜리플라워, 시금치, 닭고기가 있지만 채식 위주의 식단은 위를 편하게 하고 마음을 평화롭게 한다.

장작불을 피우고 저녁 전에 서로 인사하는 시간을 처음으로 갖게 되었다. 어머니 차례에 오늘이 바로 딸의 생일이라고 말씀하시는 바람에 나는 모두의 축하를 받게 되었다. 종일 버스를 타고 오며 내 생일이 어떻게 될까 궁금했었는데 뜻밖에 노래 선물도 많이 받았다. 나는 이번 여행만으로도 내 생일 선물은 충분히 받았다고 생각했는데 남편은 모두에게 코냑과 포도주를 내는 것으로 축하의 마음을 표시해 주었다. "해당화 한 송이를 와지지지끈 꺾어다가 님의 머리 위에 꽂아두고" 그날 밤 우리 일행은 김대규 선생의 판소리 레슨까지 받았다.

만 50년을 살았는데 아직도 마음이 설레고 아직도 좋은 일이 있을 거라고 생각하고 더 훌륭해질 수 있다는 희망을 버리지 않은 나. 나를 낳아주신 엄마, 나를 무조건 사랑하셨던 아버지, 먼저 간 그리운 동생, 그리고 나의 짝에게 감사하는 마음뿐이었다. 정글의 밤공기는 신비로워 모든 기억들을 아름답게 만들어주었다.

리조트의 방은 강변을 바라보는 발코니를 둔 나뭇과 갈대로 만든 집인데 방 둘이 하나의 집으로 독립되어 있었다. 방갈로라 할까. 방은 숫자가 아니라 정글의 새 이름으로 되어 있어 어찌나 사랑스러운지. DOVE, IBIS, EAGLE, BARBET, OWL 등. 우리는 BARBET 방이었는데 아마 그 새의 이름은 잊지 못하리라. 방 안벽엔 목의 깃털이 파란 새의 그림이 사실적으로 아름답게 채색되어 있었다. 나중에 안 사실이지만 그런 독특한 채색법은 타루족의 전통문화다. 온수는 태양열로 시간제로 보내주고 방에 전기는 없고 석유 등잔 남폿불을 넣어주었다. 밤공기가 춥다고 따뜻한 물주머니를 받았다. 내가 좋아하는 소창 이불에다가 굵은 갈대로 이은 천장은 아무리 바라보아도 좋았다.

잘 때는 등잔 심지를 낮추어 문 밖에 내놓으라는 지시대로 발코니에 등잔을 내놓고 소창이불 속으로 들어간다.

# 코끼리 등을 타고

아침 눈을 뜨기 전에 들은 소리는 빗소리다. 짚으로 된 지붕 위에 부드럽게 부딪쳐 떨어지는 소리 그리고 가득 찬 습기는 아득히 먼 곳에 와 있으면서도 탯속 같은 안온한 느낌을 주었다. 그런데 커튼을 젖히니 비가 아니었다. 정글에 가득 찬 아침 안개가 공기 속에 넘치고 넘쳐 물로 떨어지는 소리였다. 그래서였을까, 빗소리보다도 음악적으로 들리는 이 아침 정글의 소리를 들으며 장식이 없는 소박한 나무 침대에 누워 있는 것만으로도 그 시간이 소중했다. 1미터 앞도 보이지 않는 안개가 강을 둘러싸고 있었다.

그러나 여행객은 일정에 따라 움직여야 하는 법. 첫 스케줄 코끼리 타기를 위해 옷을 든든히 차려입는다. 동물들이 놀라 달아나므로 붉은 옷은 안 되고 모자는 날아가지 않게 끈을 묶어야 하고 소지품은 흘러나오지 않게 단단히.

숲길을 조금 걸어가니 코끼리 정거장이 있었다. 코끼리 막사라고나 할까. 코끼리와 조련사들이 같이 생활하는 공간이다.

나무로 된 계단을 올라가 코끼리 등에 타도록 되어 있는데 네 명이 코끼리 등 위에 놓인 나무 판 위에 앉도록 되어 있고 그 앞에 코끼리 운전사가 탄다. 코끼리 조련사이기도 한 운전사는 맨발에 쇠꼬챙이 채찍만으로 코끼리를 조종한다. 나는 앞에 앉아 까맣지만 발달한 발의 움직임을 보고 감탄한다. 아직도 안개가 걷히지 않은 밀림을 코끼리를 타고 간다. 코끼리는 꽃의 이름으로 불러준다고 한다. 크고 힘이 센 짐승에게 예쁘고 약한 식물의 이름을 지어주는 그 마음이 아름답다. 인도에서 온 코끼리를 모는 사람을 운전사라고 부르기엔 몹시 경건하다. 쇠채찍으로 달래는 듯한 언어로 그리고 발바닥의 동물적인

숲속 코끼리 타기

감각으로 코끼리를 몰지만 밀림의 왕에 대한 존중이 배어 있다. 나는 그저 관광 프로그램의 하나로 사진이나 한 장 찍는 이벤트처럼 생각했는데 코끼리 위에 앉아 정글을 보니 새로운 느낌이었다. 그러니 실지로 해보지 않고는 말할 수가 없는 것이다. 꽤나 큰 나무를 코로 통째 잡아당겨 발로 밟으며 길을 만들어나가는 원시의 늠름함은 동물원에서 코끼리를 볼 때와는 다른 친밀감과 경외심이 생기게 했다. 애완용 강아지의 털을 만질 때도 이물감에 움찔하던 내가 코끼리 등 위에서 편안함을 느끼며, 그 두껍고 주름진 가죽을 보며 그 세월을 어루만지고 싶은 생각이 들다니. 사람 키보다 훨씬 큰 갈대와 싸라수라는 나무가 빽빽한 밀림, 겨울이라 꽃은 보라색 마른 꽃 같은 안개꽃(?)만이 지천이다. 본디 프로그램은 코끼리 타고 가며 밀림의 야생동물들을 탐사하는 거지만 나는 코끼리 등에 올라타 서서히 안개가 걷히는 밀림을 내려다보는 것만으로도 좋다. 코끼리는 간간이 수도꼭지에서 물이 나오듯 오줌을 누고 짚이 섞인 것 같은 똥을 누며 걸음을 뗀다. 코끼리의 배설물조차 크게 혐오스럽지 않다. 냄새가 나지도 않는다. 그냥 정글의 일부일 뿐. 오히려 정글의 동물들에게는 사람의 냄새와 그

소리가 가장 지독하다고 한다.

우리는 다행히 사슴 가족을 만난다. 그리고 야생 닭과 호랑이의 발자국 배설물을 만난다.

말을 탄 것같이 장단지가 뻐근한데 코끼리 타기는 꽤나 다리 운동이 된다고 한다. 어머니는 코끼리 타기는 처음이 아니라서 능숙하게 늘 조용히 앉아 계신다. 감탄도 불평도 엄살도 부리지 않는 어머니는 일행 중 제일 말수가 적다. 두 시간 가까이 코끼리 타는 동안 안개는 걷히고 정글의 열기가 느껴지기 시작한다.

이어서 가이드의 안내로 정글을 걷는 프로그램이 있다. 맹수를 쫓기 위한 단단한 나무 막대기를 손에 든 가이드는 반듯한 영어로 정글을 설명한다. 생태학습이다. 바지 주머니에는 영어로 된 생물 도감을 찔러넣고 수시로 꺼내어 보여주며 설명하는 모습이 진지하다. 정글에 대한 사랑에 차 있어 가무잡잡한 네팔 청년의 눈과 하얀 치아가 빛났다. 나무들, 새들 그리고 야생동물들, 킹피셔라는 새와 싸라수와 갈대의 쓸모에 대해 설명한다. 1년에 며칠간은 정글을 마을 사람들에게 개방해서 갈대를 채취해 가게 하는 제도는 정글과 마을 사람들을 격리시키지 않고 함께 살게 한다. 갈대와 싸라수는 집과 가구를 만드는 주재료가 된다.

오후, 어머니는 정글의 낮잠을 즐기고 우리는 다시 한 번 코끼리를 타고 코끼리 수업도 들었다. 인도 코끼리와 아프리카 코끼리의 다른 점, 발달된 코의 근육, 코를 타고 코끼리를 타는 것을 보여주고 설명해주었다. 아는 만큼 보인다지만 알게 되니까 정이 든다.

## 포카라 가는 길

정글에서의 두 번째 날 저녁 마당에서는 민속 무용 공연이 있었다. 그것도 나의 선입견을 뒤집는 장면이 있어서 그냥 흘려버리기가 아까웠다. 여러 나라의 관광객을 위해 만든 저녁 프로그램인데 축제 분위기를 만들어주었다. 사회자가 간결한 영어로 설명을 하며 시작하는데 흰옷에 검은 조끼를 입은 것이 마치 칭기즈칸의 후예 같은 복장이다. 30명쯤의 남자 춤꾼들이다. 맹수를 쫓을 때 쓰는 단단한 나무를 들고 나오는데 처음 땅에 무릎을 꿇고 손을 댄 다음 가슴 머리 순으로 마치 성호를 긋듯이 하는 포즈가 경건하고 자연스러웠다. 검도 실연 같은데 그것보다는 흥겹고 생활과 춤이 하나 되는 순간을 보여주었다. 박자를 까딱 잘못 맞추면 머리가 박살 날 것 같은 아슬아슬함은 맹수를 이겨낼 수 있는 민첩함으로 훈련의 결과였다. 그리고 춤이 다 끝날 때는 같은 조의 사람들이 서로 손을 잡으며 화합을 다짐하는 포즈와 콘셉트가 좋았다. 땅에 무릎 꿇는 것으로 시작해 서로의 손을 잡는 것으로 끝나는 시작과 끝. 스틱 댄스(stick dance)라고 하는데 농사짓는 사람은 빨리 움직여야 된다는 것과 밀림에서 맹수의 위험을 이기는 법을 춤으로 익히는 것이라 한다.

다음 날 아침도 정글은 안개에 싸여 있다. 아침을 먹고 바로 떠나는데 나는 정말 떠나기 싫을 정도로 치트완에 정이 들어버렸다. 이가 유난히 하얗고 예쁜 네팔 청년과는 전날 밤 이야기를 많이 했다. 2월 중순이 되면 정글에 갖가지 꽃이 피어나 그 빛깔과 향기가 어지러울 지경이라고 우리에게 좋은 계절의 정글을 보여주지 못해 안타까워했다. 자신의 아버지는 정글의 메디슨이라 했다. 식물에서 나오는 약을 제조할 줄 알아서 사람들의 병을 고쳐주는 민간 의사라고 했다. 정글에서 나오는 식물의 잎으로 이를 닦으면 건강해지고 깨끗해진다고 했다. 그는 정말 정글을 사랑한다고 했다. 그리고 정글에서 갖는 각 나라 사람들과의 만남을 좋아한다고 했다. 그는 우리가 떠나는 것을 보려고 동이 트기도 전에 배웅을 나왔다. 맑고 검은 눈은 그리움으로 가득 차고 여행객은 안개 속에 정글을 떠난다.

나라야니 강을 건넌다. 어머니가 먼저 배를 탄다. 강을 건넌다는 것은 무엇인가. 마치 이승에서 저승으로 가는 연습 같다. 안개에 싸여 폭이 그리 넓지 않은 강이건만 아득하다. 아침이기 때문인가 모두들 조용하다. 천천히 노를 젓는 소리와 끼룩끼룩 오리들 소리도 이승에서 들리는 소리 같지 않고 마치 환청과 같다.

강 건너편 세워진 버스를 타고 포카라로 향한다. 타루족의 시골집에서도 아이들은 교복을 입고 학교에 간다. 동물들과 같이 사는 생활이 자연스러운 시골집들, 거위 염소 닭 그리고 소 들이 사람들만큼 자유롭다. 소를 신성시하여 먹지 않을 뿐만 아니라 소를 엄마라고 생각한다. 신의 동물이라고 여기는데 단지 종교적인 도그마가 아니라 생활과 관련되어 있어 나도 소를 보는 눈이 달라지게 되었다. 소는 사람에게 젖을 주고 오줌은 약으로 쓴다. 공업용으로 만든 사료가 아니라 좋은 풀만 먹는 소의 오줌은 신경통에 특효약이다. 또 소는 짐을 날라주고 농사를 지어준다. 소똥과 나뭇잎을 섞어 연료로 사용하니 똥도 버릴 게 없다. 소똥과 붉은 흙을 섞어 그걸로 집 안과 벽을 닦으면 깨끗해지고 벌레가 안 들어온다고 한다. 소똥으로 닦은 벽 앞에 불을 피우고 기도하고 맹세도 하는 종교적인 의미도 있다. 그러니 어찌 소의 고기를 먹겠는가. 소고기를 안 먹는 대신 물소 고기는 먹는다지만 그다지 즐기는 것 같지는 않다.

무글링에서 갈라지는 카트만두와 포카라 가는 길 가운데 우리는 포카라 가는 길로 접어든다. 여기서는 그들이 하이웨이라고 하는 좋은 길이다. 물론 우리로 치면 그저 옛 국도 수준이지만 여기서는 하이웨이라고 느껴진다. 우리는 북서쪽으로 향해 히말라야 가까이로 가고 있다.

포카라는 히말라야 등산과 트래킹의 전진기지이고 안나푸르나를 가깝게 볼 수 있는 곳이다. 중간에 한 레스토랑에서 네팔 차를 마시고 포카라로 향하는데 타이어 공장도 보았다. 포카라는 카트만두와는 달리 집들이 크고 깨끗하다. 오래된 도시가 아니어서 사원도 많지 않다. 도시가 카트만두보다 여유 있고 부유해 보인다. 그만큼 전화와 전기선도 얽혀 있다. 포인세티아, 부겐베리아나 주황색 꽃 덩굴이 이층집에 뒤엉켜 있다.

우리가 묵을 풀바리(Fulbari) 호텔은 '꽃밭'이란 뜻이라는데 최근에 네팔의 귀족이 큰돈을 들여 만든 호화판 호텔이다. 협곡을 사이에 두고 있지만 진입로가 번듯하지 않아 주택가 골목을 미로처럼 찾아 들어가니 대저택 캐슬 같은 호텔이 거짓말처럼 나타난다.

### 꽃밭 풀바리 호텔에서

네와르족 나무 조각의 기품을 살린 호텔은 품격이 있다. 그러나 그 품격은 어쩐지 네팔식이 아니라 서구적이고 자본주의적이다. 널찍한 정원의 꾸밈도 로비도 객실 내부도 그렇다. 다만 싸라수로 조각된 목가구와 내부의 나무 장식은 네팔의 전통이다. 로비 곳곳에 넉넉히 비치된 탁자나 의자의 디자인은 네팔식이면서도 세련되어 갖고 싶은 마음이 우러난다.

우리는 뷔페식이 아니라 서빙을 받으며 우아한 점심을 먹는다. 네팔식과 서양식이 합쳐진 음식이다. 그러나 곧 일정대로 티베트 난민촌으로 향한다. 우리와 비슷한 얼굴을 한 티베트 사람들이 1959년 중국 침략 이후 박해를 피해 사는 난민촌인데 시골 초등학교 분교의 교실을 이어놓은 것 같은 형상이다. 이근후 박사는 가족 아카데미아 후원금으로 비타민을 전달하고 일행은 카펫 짜는 것을 구경했다. 밖에는 할머니들이 실을 뽑고 있고 어둑한 실내엔 여자들이 카펫을 짠다. 옆 유모차에 어린아이가 누워 자고 있다. 우리 눈엔 빛깔이 안 보일 정도로 실내가 어둑한데 그들에겐 그렇지 않은가 보다. 우리가 아마 시력에 있어선 더 퇴화되었을지 모른다. 티베트의 카펫 직조 기술은 7세기 동투르키스탄과 몽골의 유목민에 의해 발달한 오래된 기술로 디자인 하나하나엔 특별한 의미와 뜻이 담겨 있다고 한다. 힘과 부 그리고 행운 등. 어머니는 네 딸들을 위해 작은 카펫을 하나씩 사고 나도 하나 고른다. 조금 비싸지만 난민촌을 위해 쓰인다니 더 사고 싶기도 했다. 밖에 나오니 환영의 뜻으로 우리 일행에게 흰 비단 천을 목에 둘러주고 네팔 차를 대접한다.

치과 선생님은 이화 우정의 집에서 의료봉사를 하고 우리는 페와 호수로 향한다. 우기도 아닌데 비가 뿌리기 시작하여 안나푸르나는 모습을 드러내지 않는다. 포카라에 여러 번 온 사람들은 처음 온 우리에게 기막힌 광경을 보여주지 못해 안타까워하지만 내가 보고 느끼는 것만으로도 충분하다.

호수 주변 도로엔 자연스럽게 발달한 작은 카페들과 상점들이 파시미나와 수놓은 공예품들, 가죽 제품과 카펫, 등반에 필요한 물건들을 파는데 그 빛깔이 아름다워 정신이 팔린다. 나는 어느 상점에 들어가 6달러를 주고 양가죽 끈으로 된 수놓은 가방을 산다. 나는 샌프란시스코 근교 소살리토의 예술적이고 아름다운 거리를 떠올린다. 물론 분위기는 다르지만 이 거리는 그만큼 서구적으로 느껴진다. 비가 뿌리지만 나는 이 거리를 그냥 혼자 싸돌아다니고 싶다.

여행을 하다 보면 아무리 완벽한 계획을 짜도 약간의 착오라든가 불화가 생길 수 있다. 20명 가까운 사람들이 열흘 넘게 다니다 보면. 그다음 날 새벽 사랑곳이라는 곳에서 히말라야 일출을 보기로 했는데 우리 부부와 몇 명이 시간 착오로 버스를 놓치고 말았다. 어머니는 그냥 주무시기로 했지만 비가 와도 꼭 가기로 했던 사람들이 못 가게 되어 분위기가 어색하게 되었다. 삼 분을 못 기다리고 가버린다는 건 이해할 수 없다. 네팔 시간이 우리와 세 시간 십오 분의 시차가 나서 항상 헷갈렸다. 가이드의 불찰이라며 아침 식사 시간은 껄끄러운 말들이 오고 갔다. 미니 트래킹에 해당하는 사랑곳이었는데 게다가 일출을 보러 간 사람들도 날씨 때문에 광경을 제대로 못 보았나 보다. 나도 서운했지만 그저 보여주는 것만 보자. 단체로 움직이다 보면 일정에 착오가 생길 수도 있다고 생각했다.

그날의 일정은 아침 이후 자유였다. 저녁에 피시테일 로지에서 만나기로 하고 어머니와도 따로 지내기로 했다. 어머니와 가까이 있고 싶어하는 사람들이 많았으니까.

우리 부부는 풀바리 호텔 안에 있는 예티 골프 클럽에서 라운드를 할 수 있었다. 9홀을 지그재그로 연결해 18홀을 돌게 되어 있었다. 잔디 관리가 잘되어 있지는 않아 맨땅이 드러난 곳이 많았지만 천혜의 협곡을 넘기는 것으로 되어 있는 필드 디자인은 가슴을 뛰게 했고 날씨가 개이면서 안나푸르나가 모습을 드러내니 나는 서툰 골프보다는 안나푸르나만 쳐다보고 싶었다. 영어를 못하는 캐디 소녀도 안나푸르나! 하며 감동하고. 협곡 아래로는 까마득히 강이 흐르고 마을과 밭이 있고. 호화판 호텔을 지어놓고 골프 코스까지 갖추었는데 IMF와 9·11 사태로 서구의 관광객이 급감했다고 한다. 이 호텔은 지금 이자만으로도 허덕인다고 한다. 300명이나 되는 종업원을 유지하는 것도 그렇고 전기료를 내기도 힘들고 언제 문을 닫게 될지 모른다고. 여기는 물론 이슬람권은 아니지만 미국인들은 두려워하고 있다. 부자 나라이고 힘이 세다고 무엇이든 할 수 있는 것도 아니지만 한 달에 30달러의 월급이 집안의 유일한 수입원이라고 말하는 웨이트리스의 표정은 어두워 걱정스러웠다. 이름은 예쁘지만 풀바리 호텔은 세계의 문제점을 안고 있는 것처럼 보였다.

### 피시테일 로지, 거기 있다는 것만으로도

그날 새벽 일출을 보는 일정은 본의 아니게 놓쳤지만 오후에는 운이 좋아 정신과 선생님들이 잡아놓은 차에 동승하여 일정에 없었던 나비박물관을 갈 수 있었다. 페와 호수 가는 길에 있는데 원래는 안나푸르나 자연사박물관(Annapurna Natural History Museum)이다. 규모는 초등학교 과학실을 붙여놓은 정도였지만 나는 워싱턴의 스미소니언 자연사박물관에서와는 다른 감동을 받았다. 자연 선생님 같은 분들이 따라다니며 나비가 채집된 서랍을 조심스럽게 열고 설명해주는데 세계 각국에서 수집한 나비들이 나무 상자에 들어 있었다. 물론 이런 박물관이 내가 가보지 않아서 그렇지 세상에 많이 있으리라. 그러나 낙엽과 똑같이 생긴 나비를 보여주며 설명하는 자연 선생님의 표정이 사랑스럽고 풋풋했다. 정말 나비와 비슷한 나뭇잎도 그 상자 안에 같이 들어 있었다.

안나푸르나 자연사박물관 앞 모습

　나방도 한 켠에 수집되어 있었다. 나오면서 남편에게 나비와 나방의 차이를 물으니 "나비는 꽃의 꿀을 빨아먹고 몸통이 작다, 나비는 독이 없어 손으로 잡아도 되지만 나방은 손으로 잡으면 가루가 떨어진다, 나방은 불을 보고 뛰어들고 나방은 몸통이 크고 몸짓이 요란하고 화려하다, 불나방 독나방이란 말은 있어도 독나비라는 말은 없다"는 그의 대답이었다. 어릴 때 산야를 다니며 곤충 채집을 열심히 한 경험담이다. 그는 순간 나비를 채집하던 소년의 표정이 된다. 채색된 여러 가지 민속의상을 입은 네팔 사람들, 아기를 업은 엄마를 나무 조각하여 세운 추녀 밑 기둥 장식을 한 박물관은 작지만 아름다웠다.

　어머니의 책『모독』에서 내가 제일 인상에 남았던 것은 피시테일 로지에 대한 묘사였다. 안나푸르나 봉우리의 하나인 마차푸차레의 뜻이 바로 물고기의 꼬리 피시테일이다. 8,000미터도 안 되는 6,993미터지만 포카라에서 보는 그 봉우리, 물고기의 꼬리가 치켜 올라간 모습을 보면 가슴이 서늘해지는 감동이 있다. 바다에서 산으로 뛰어올라온 그 힘 있는 물고기의 꼬리, 혹자는 독수리가 비상하는 모습 같다고도 하지만 내가 본 그 설산의 느낌은 가슴을 아프게 하는 감동이었다. 어느 시인이 "아 쩔림 없이 아픈 나의 마음" 이 구절이 내 귀에 맴돌았다. 봄비 소리를 들으며 아팠던 그 마음이 마차푸차레를 보고 저리다. 날씨가 흐려 다 보여주지 않아도 나는 서운하지 않았다. 거기 있다는 것만으로도 내 마음이 뛰었으니까. 네팔 사람들은 마차푸차레는 신성시하여 입산을 금지한다.

페와 호수에서 로지까지는 뗏목 위에 서서 밧줄을 당기면서 건너게 되어 있다. 어머니는 벌써 와 있고 한나절 떨어져 있었는데도 반가운 기색이 역력하다. 호숫가에서 파시미나 숄을 두 개 샀는데 어머니한테 하나 둘러드린다. 호숫가의 밤공기가 차다. 로지는 단층집들 사이로 꽃밭과 꽃밭으로 연결되어 귀엽고 사랑스럽다. 어머니와 꽃밭을 거닌다. 모녀가 이런 시간을 갖는 것은 얼마나 소중한가. 부겐베리아, 포피, 카베라, 금송화, 팬지 그리고 토끼 장난감 같은 열매 달린 나무, 포인세티아. 겨울이라 1년 중 가장 꽃이 덜 피는 계절이라는데도 충분히 예쁘다. 어머니와 나는 봄이 오면 아치울에 꽃을 가꿀 꿈에 부푼다. 달밤에 마차푸차레가 보이면 호수에 거울처럼 비쳐 사람을 황홀하게 한다는데 달은 안 떴지만 나는 황홀했다. 그 로지는 영국인이 지었다는데 조경과 설계가 세련되고 낭만적이다. 여태껏 불평 한번 안 하던 어머니는 "무슨 풀바린지 풀밭인지 나는 좋은지 모르겠더라. 여기 오니까 집 같은데 여기서 자면 좀 좋아" 하신다. 풀바리 호텔과는 달리 서구인들로 방이 다 찬 것 같았다. 우리는 오늘 밤 여기서 바비큐 파티와 민속무용 관람만 하기로 되어 있었다.

작은 극장 같은 데서 여러 민족들의 민속춤을 소개하는 프로그램도 좋았다. 아기가 탄생했을 때 마을 사람들이 축하하는 춤, 여자애가 남자애의 귀를 잡아당기며 장난치는 춤, 셀퍼족의 춤 등 그 의미와 춤이 지루함 없이 미소 짓게 했고 여러 민족의 다양성을 존중하고 인간적이고 본능적인 생활을 즐기는 것이 자연히 느껴졌다.

그날 밤 바비큐 파티는 돼지고기, 양고기, 양념한 닭다리 그리고 돼지의 간 등 육식이 많이 나왔고 양념도 기름졌다. 육식은 사람을 공격적으로 만드는지 서서 포도주 잔을 부딪치며 파티를 즐기니 마치 점령지를 차지한 제국의 국민이 된 기분이었다.

## 다시 카트만두로

풀바리 호텔에서 하룻밤을 더 자고 다음 날 아침 포카라 비행장에서 네팔 국내선 비행기를 타고 카트만두로 간다. 조종석이 다 보이는 작은 비행기라 일행은 두 비행기로 나누어 탄다. 국내선인데도 검색은 철저해서 여경찰은 핸드백 속에 든 성냥을 가차 없이 압수한다. 왼쪽으로 앉아야 히말라야를 볼 수 있다고 했다. 해발 5,000미터까지 사람이 사는 집과 등고선 같은 밭과 학교가 보이는 것이 더 감동적이다. 비행기에서 가까이 보아도 설산의 깊은 주름은 외경심으로 다가온다. 내 옆에 앉은 제복을 입은 스튜어디스는 사탕 한 개씩을 나누어주더니만 영문으로 된 소설책을 본다.

카트만두에는 비가 내리고 있고 국내선 출구는 포장도 안 된 맨땅이다. 다시 카트만두 시내의 빌라 에베레스트에서 점심을 먹는데 오늘은 보신탕처럼 끓인 염소고기탕이다. 네팔에서는 먹지 않는다는 깻잎까지 넣었다. 굉장하다고 칭찬하는 사람들도 있었지만 나는 한국 사람들의 입맛을 맞추려는 노력이 지나친 것 같았다. 물론 내가 보신탕을 못 먹기 때문이기도 하겠지만 남편이 내놓은 참이슬 소주팩이 긴요하긴 했다.

부실부실 오는 비를 맞으며 옛 왕궁으로 향한다. 버스를 세우고 시내의 복잡한 길을 한참 걷는다. 이 왕궁 안도 경건하고 고적한 공간이 아니라 저잣거리처럼 복잡한 삶의 현장이다. 여태껏 잘 따라다니던 어머니는 멸치같이 생긴 말린 생선을 쌓아놓고 파는 걸 보시더니만 그만 비위가 상했나 보다. 그리고 점심에 드신 그 염소탕도 그렇고. 먼저 호텔에 들어가겠다고 해서 어눕은 택시를 잡아 택시비를 흥정하여 보내드린다. 처음 박타푸르를 보았을 때의 감동은 아니지만 사람들이 살면서 움직이는 옛 왕궁은 재미있다. 섹스할 때의 온갖 체위를 나무 조각한 기둥을 세운 처마를 보고 있으면 망측스럽기보다는 웃음도 나오고 익살스럽다. 성이 음습한 것이 아니라 생명을 창조하고 에너지를 내는 것이라는 메시지 같다. 포르노나 인터넷에 떠돌아다니는 음란한 사진들보다 저 나무 조각들이 물론 훨씬 좋다. 아니 저런 것들 때문에 네팔 사람들은 굳이 포르노를 보지 않아도 될 것 같다. 그런 조각에 대한 설은 여러 가지가 있나 보다. 사원에 그런 조각을 해놓으면 번개가 치지 않는다는 미신이 있다. 번개가 그걸 보다가 너무 재미있어서 지나칠 것 같다. 성교육적인 측면 또는 종교적으로 최고에 이른 단계와 성적인 절정을 일치시킨 것 등 여러 가지로 생각해본다.

네팔에서는 옴마니반메훔은 어디든 들을 수 있는데 자꾸 들으니 마음이 편해지는 소리다. 외할머니가 살아 계시면 테이프를 사다드릴

텐데……. 비를 피해 들어간 카페에서도 옴마니반메훔을 틀어놓고 있었다. 차를 날라주는 종업원의 눈이 어찌나 반짝거리고 반듯한지. 이야기를 시키니 티베트에서 카트만두에 유학 온 대학생이었다. 중국어를 공부해 가이드를 하고 싶다고 오히려 우리에게 이것저것 물어보고 싶은 게 많았다.

살아 있는 여신 쿠마리를 보러 간다. 돈을 넣어야 쿠마리를 볼 수 있다고 한다. 초경을 시작하기 전 예쁘고 집안이 좋고 흠 없는 여자아이를 선정해 여신이라고 추앙하는 제도인데 얼마 전부터는 가정교사가 와서 교육도 시킨다고 하니 다행이라고 생각했다. 초경이 시작되어 보통 여자로 돌아갔을 때 불행한 생을 사는 경우가 많았다 한다. 돈을 그리 많이 넣어준 것도 아닌데 오래 기다리지 않아 쿠마리가 창밖에 얼굴을 비친다. 인간이 그리운 신의 모습이다. 그냥 호기심 많은 여자아이의 표정에 지나지 않았다.

저녁엔 네팔 전통식당에서 정식 네팔 코스 요리를 경험했다. 전에 총리공관이었던 건물을 개조한 음식점으로 150년이 되었다는데 무슨 아라비안나이트에 나오는 집 같았다. 벽을 뚫은 곳에 등잔이 들어있고 짙은 초록빛의 문과 흰 벽, 들어갈 때는 놋주전자에서 물을 따라 손을 씻게 했고 빨간 곤지를 이마에 찍어주고 모든 식기는 놋그릇이었다. 등받이가 있는 의자였지만 바닥에 앉아 전통 네팔 요리가 나오는데 럭시라는 전통술을 놋잔에 따라주는 것이 특이했다. 멀찍이 서서 눈높이에서 정확하게 따르는 것이 기술이라기보다 마술처럼 보였다. 술의 맛은 안동소주와 비슷한데 버마도 이런 술을 먹는다고 들었다. 네팔과 버마는 비슷한 언어를 쓰는 종족이라니 술과 언어는 서로 내통을 하는 모양이다. 녹두와 콩을 넣은 수프, 작은 만두와 닭고기는 따로 나오고 큰 놋접시에 달밧이 나오는데 재료가 고급스럽고 손이 많이 간 음식이라 맛이 좋다. 다만 지나친 점심과 여독으로 다 즐기지 못해 음식을 남기니 오히려 미안했다. 실내는 비밀을 간직한 듯 어둑했고 식사하는 도중 한 켠에선 민속 악기에 맞춰 춤을 추는 것이 특별했지만 보는 것도 기운이 달렸다. 나오면서 들른 화장실은 손잡이 서껀 거울까지 고풍스러웠다.

## 바그마티 강가에서 시신을 태우고

마지막 날 간 곳이 파슈파티나트(Pashupatinath)란 힌두사원으로, 들어가는 진입로 곁엔 원숭이들이 놀고 있다. 왕이 중요한 여행을 떠나기 전에 이 사원을 방문하여 신의 축복을 구한다고 한다. 아침 일찍 나온 것은 화장하는 것을 보기 위해서인데 작은 강가에서 한 구의 시체를 태우고 있었다. 이 힌두사원은 바그마티 강을 사이에 두고 있고 층계나 사원 그리고 다리가 아름다웠다. 인도의 갠지스 강 한 쪽에선 시체를 태우고 한 쪽에선 성수라고 몸을 씻고 한다는 이야기는 많이 들었지만 실제로 보니 참 좋아 보였다. 비가 뿌렸지만 흉흉한 느낌도 비참한 느낌도 없었다. 나는 순간 벽제화장터의 풍경을 떠올렸는데 실제로 보지 않으면 무어라 말할 수 없다는 느낌이었다. 그리고 아무런 의식 없이 행해진다고 하니 완전한 허무 속으로 들어가는 것 같다.

가족 중 남자만이 참석한다. 아버지가 돌아가시면 큰아들이, 어머니가 돌아가시면 막내아들이 파슈파티나트로 모시고 온다. 여자들은 집에서 기다린다. 여자들이 여기 오면 너무 슬퍼 울까봐 그렇단다. 그리고 장례 중이라도 집안의 어린애나 노인을 보살펴야 하니까. 아들이 없는 집은 가까운 남자 친척이나 조카가 모셔 온다고 한다.

왕족의 화장터는 조금 위쪽에 위치해 있는 것 말고는 크게 다르지는 않다. 화장터가 강가에 돌출해 널찍이 자리하니 궁색해 보이지도 않는다. 정말 강물에 몸을 씻는 가족의 모습이 밝아 보였고 강물도 그리 더럽지는 않았다. 힌두사원은 다리 건너편에 있는데 힌두교도만이 갈 수 있다.

사람의 숨이 끊어지면 바람이 숨을 데려가고 죽은 몸을 태우면 연기는 하늘로 올라가 너머의 하늘로 보내준다. 그 가루를 강물에 뿌리면 물로 돌아가고 흘러 흘러 흙으로 돌아간다고 힌두교에서는 생각한다. 죽은 지 13일까지는 영혼이 있다고 생각하여 상주들은 머리를 깎고 흰옷을 입는다.

강 이편 언덕 돌층계를 오르면 돌로 된 남근과 여성의 성기를 상징하는 11개의 조형물들이 모여 있다. 내가 보기엔 부도 같기도 하고 맷돌 같기도 하다. 인간의 시작이라고 생각한다는 석물들 위에 우유나 물을 부으며 섹스를 위해 빈다는 사람들의 솔직함을 보니 살아 있는 것은 역시 좋은 것이다.

파탄(Patan)은 문수보살이 가장 먼저 만든 도시라고 한다. 'City of fine arts'라는 별명이 붙어 있다. 불상을 잘 만들어 일본 대만 독일 등으로 수출한다. 처마에 조각된 쥐의 신, 정글에 불이 나도 살아남을 수 있어 쥐는 코끼리를 이긴다. 팔이 다섯 개인 부지런한 신이고 힘의 상징이다. 땅을 파는 부지런한 신이라 사람들은 사업 성공을 위해 이 신에게 빈다.

돌로 만든 사원도 있는데 돌을 깨는 콩이 있다고 가이드는 작고 단단한 콩을 보여주었다. 콩이 돌을 갈라준다. 돌과 돌 사이는 시멘트가 아니라 사탕수수나 녹두로 붙였다.

왕궁 앞 수도는 늘 맑은 물이 흘렀는데 요즘 물터가 지저분하다. 젊은이들이 힘이 드는 농사는 짓지 않고 자꾸 집을 지어 임대료로 살아가려고 한다. 그러나 도시는 상하수도 같은 기반시설이 모자라 자꾸 황폐해간다. 물 사정이 점점 안 좋아진다고 어눕은 걱정한다.

오후에도 비가 오는데 타멜을 돌아다닌다. 마치 남대문시장과 인사동을 합해놓은 것 같은 시장이고 거리다. 예전엔 사람들이 붐벼 부딪칠 지경이었다지만 최근 관광객이 급감했다는 걸 이 거리도 보여준다. 아예 문을 닫은 데도 있다. 백화점에 가자면 고개를 절레절레 흔들던 남편은 타멜에서는 흥정하는 데 재미를 붙여 나를 밀어붙이고 에누리에 나섰다. 물건을 파는 장사도 흥이 나서 재미로 하는 것 같았다. 라스트 프라이스(last price)라는 말은 왜 그렇게들 자주 하는지.

카트만두에서의 마지막 밤이다. 공식 일정으로 숙소인 하얏트 호텔에 네팔의 인사들을 초청하여 문화교류를 하는 나마스테 리셉션이 있었다. 제일 좋은 옷을 입으라고 했는데 어머니는 꽃분홍 스웨터를 입고 나왔다. 좀 지루하고 공식적인 행사 중 어머니의 말씀은 알차고 힘이 있었다.

### 네팔을 떠나며

떠나는 비행기 시간이 넉넉해 오전 시간을 호텔에서 느긋이 보낼 수 있었다. 호텔 숍을 기웃거리며 또 쇼핑한다. 별것 아닌 물건들이지만 뜨개질한 털모자, 스푼, 은팔찌, 나무 조각한 코뿔소 등 떠날 때가 되었는데 그리움이 남아 가게를 기웃거린다.

공항에서는 또 하얀 비단 천을 둘러주며 우리를 환송한다. 어눕의 눈엔 서운함이 가득하다. 노래방에서 가요를 부르며 외국인 노동자의 설움과 스트레스를 풀었다는 어눕은 노래방에서 한글도 배웠다고 했다. 버스에 내리기 전 환송의 뜻으로 〈사랑밖엔 난 몰라〉를 유연하게 불러준다.

카트만두 국제공항에 나와 출국 수속을 마치고 들어간다. 마치 고속버스터미널 같은데 사람들이 모여 있다. 나는 이제 마지막이라고 사람 구경을 하고 있는데 어머니 표정이 심상치 않다. 어머니는 옆에 앉은 일행을 손짓으로 보내고 나를 오라 손짓한다. 나는 순간 겁이 덜컥 난다. 현기증이 온 것이다. 집안의 내력이라 나도 그 증상을 잘 안다. 그동안 곧은 발걸음으로 잘 따라다녀서 모두의 표양이 되었는데. 어머니는 내 어깨에 머리를 기댄다. 이번엔 혈당이 떨어진 것 같다. 손은 돌처럼 차고 맥이 없다. 만약의 경우에 대비해 배낭에 넣어두었던 땅콩이 든 초콜릿을 드시게 한다. 나는 어머니의 손을 주무르면서 급하게 기도문을 뇐다.

'어머니는 그동안 참 많은 글을 쓰셨다. 그러나 모든 것을 쓰지는 않았다. 우리 가족의 사랑 기쁨 아픔 자랑스러움 그런 것들은 아껴서 다 쓰지 않으셨다.' 내 어깨에 기댄 어머니를 위해 기도하며 떠오른 나의 생각이다. 나중에 들은 말이지만 어머니도 그때 기도를 하셨단다. 나를 죽게 하려면 우리나라에 돌아가서 죽게 해달라고.

이 공항은 안내 말도 없고 전광판도 없다. 게이트 번호도 없다. 탑승 시간이 되면 공항 직원이 소리를 지르며 "쿠알라룸푸르!" 또는 "카라치!" 한다. 지명을 부르면 한 떼의 사람들이 출구로 몰려간다. 시외버스터미널 같은 국제공항에서 그 아득했던 지명들이 나에게 친숙하게 다가온다. 쿠알라룸푸르, 델리, 카라치로 향하는 사람들을 구경한다.

방콕 공항에서 서너 시간 체류 후 드디어 인천행 비행기에 오른다.

세 자리가 붙은 좌석 창가에 어머니가 그리고 나와 남편이 나란히 앉는다. 어머니는 조용히 잠을 청한다. 한국 시간으로 새벽 1시가 넘으니 모두 기력이 쇠할 때다. 나는 여행을 마치고 돌아오는 비행기 안에서 두 사람 사이에 앉아 말할 수 없는 평화를 맛본다. 그 평화는 내가 노력해서 얻은 것은 아니다. 나에게 축복처럼 선물처럼 거저 주어진 것이라고 생각한다. 나는 그 고요한 행복의 순간을 음미한다.

인천공항에 도착해 나는 떼어놓았던 휴대폰의 배터리를 부착한다. 이 나라의 시스템에 접속하기 위하여. 그동안 노골노골해진 나의 머리를 다시 이 기계문명 속에 집어넣어야 한다. 한동안은 얼떨떨 힘들겠지. 그러나 곧 나는 인터넷에 접속하고 검색하고 신문을 보다가 내던지고 텔레비전을 켜고 욕하고 자동차 속에서 조바심을 치는 생활을 하겠지. 오지도 않는 휴대폰 소리를 환청으로 듣고 대형 마트에서 카트를 끌고 스포츠 센터에서 몸을 단련하는 생활. 점점 그악스럽고 빠르게 돌아가는 생활 속으로.

그러나 나에게는 다행히 그리워할 곳이 생겼다. 그리운 이름들이 내 입에 맴돈다.

내가 없는 동안 나의 베고니아는 얼어 죽고 제라늄만 겨우 살아남았다.

나는 이마에 붉은 점을 찍으러 왔다.
또 하나의 눈을 뜨러 산을 넘어 강을 건너왔다.

# 저 푸른빛을
# 보기 위해 1

## 동방의 진주호

7월 5일 나는 인천항에서 중국 단둥丹東으로 가는 배를 타고 백두산으로 향해 떠났다. 배의 이름은 동방명주(Oriental Pearl)다. 예쁜 이름이지만 호화 여객선은 아니고 압록강 하구의 중국 도시 단둥을 잇는 낡은 여객선이다. 지금은 전보다 수효가 줄었다지만 중국과 한국을 넘나들며 보따리 교역을 하는 사람들이 애용하는 배이기도 하다.

이 여행은 연길을 통해 북쪽으로 올라가는 북파 백두산행과는 달리 백두산의 서쪽 절벽으로 올라가는 서파 코스다. 단둥에서 통화通化로 통화에서 백두산으로 가는 방법이다. 우리가 현재 백두산을 여행할 수 있는 곳은 모두 중국령인 지역이다.

여행의 가장 좋은 점은 설렐 수 있다는 건데 마침 여행 떠나는 날 새벽 북한은 미사일을 쏘아 올리니 마음이 편안할 수가 없다. 그렇다고 여행을 취소하는 호들갑을 떨 필요도, 그렇게 하고 싶은 마음도 없다. 사람들이 그리 자주 가는 중국 여행 한번 안 해본 나로서는 중국도 백두산도 초행인데 억지로 마음을 다스려 먹는다. 내가 좌지우지할 수 있는 일도 아닌 것에 신경 쓰지 말고 그냥 주어진 일을 즐기자. 어차피 나에게 이 여행의 매력은 백두산 야생화에 있었으니까. 꽃 한

송이에 마음 팔리는 나는 그저 줄줄 따라가면 된다.

그러나 마음 한 켠으로는 이번 여행은 정말 어찌 될 것인가 싶다. 무사히 돌아올 수 있을까? 남편과 같이 가지만 아이들과는 이산가족 되는 거 아닐까 하면서 얼마 되지도 않는 예금통장과 보험증서 넣어 둔 데를 큰아이에게 알려준다.

우리는 지하철을 타고 동인천역에서 내려 택시로 인천국제여객터미널로 간다. 오후 3시에 도착해서 출국 수속을 마치고 배는 5시에 출항한다.

나에게 인천 하면 가장 먼저 떠오르는 단어는 인천상륙작전이고 맥아더 장군이다. 그 작전이 실패했다면 나는 이 세상에 나오지도 못했을 것이라고 어릴 때부터 생각했다. 어머니와 아버지가 혼인식을 마치고 신혼여행이라고 간 곳도 인천이었다. 휴전협정 전이라 인천까지 가는 데도 통행증이 필요했다고 한다. 나를 이 세상에 나오게 한 것이 인천상륙작전인 양 생각했었는데…….

나는 어린애같이 마음을 가볍게 먹고 출국 수속을 하고 배에 올라탄다. 이름처럼 아름답다고 생각하며. 우리 자리를 찾으니 합숙소같이 매트가 세 줄로 나란히 놓여 있고 개인별 이불과 베개가 놓여 있다. 오픈 스페이스에서 많은 사람이 같이 잔다고 생각하면 된다. 본능적으로 남여 여남의 차례로 자리를 잡는다.

밤새도록 배는 서해안을 거슬러 올라 압록강 하구의 도시로 향한다. 압록강을 사이에 누고 신의주와 마주 보고 있는 항구도시다. 이 배에 타고부터는 중국이다. 인천에서 배를 따라오는 갈매기가 평화롭게 잘 다녀오라는 듯이 우리를 환송한다.

서쪽으로 지는 해는 내 마음을 낮추어준다. 마음을 턱 놓고 넓은

동방명주를 타고 떠나는 길. 인천에서부터 배를 따라오는 갈매기

바다에 몸을 맡기라는 듯이. 운명은 하늘에 맡기라는 듯이.

　갑판은 황혼으로 물들어가고 일행은 배에서 파는 백년고독이라는
이름의 중국 술로 여행의 시작을 축하한다. 그 술을 마시면 더 즐거워
지거나 더 멜랑콜리해진다는 설명문을 열심히 읽는다.

　같이 가는 승객들은 화투를 치거나 한국의 음식점에 앉은 것처럼
텔레비전을 보거나 술을 마시거나 하는데 여러 부류의 사람들이 행동
하는 것을 관찰하는 것도 재미라면 큰 재미다.

　동방의 진주호라고 생각하며 내 침소에 눕는다. 잔잔한 밤 파도의
떨림이 온몸에 느껴진다.


### 처음 본 압록강

　노동자 합숙소 같지만 한배에 탄 사람들끼리 하룻밤 자고 나니 미
묘한 친밀감이 솟는다. 제 나라로 돌아가는 중국인이든 중국으로 여
행을 가는 한국인이든 왕복하며 장사하는 상인이든 간에 한배에서 아
침을 맞는다. 나는 눈뜨자마자 카메라를 챙겨 갑판으로 나가 수평선
에 떠오르는 아침 해를 맞는다.

신의주, 압록강 그리고 단둥이라는 지명을 앞두고 이렇게 마음이 평정하다니. 한반도의 서해 북쪽 앞바다에서 아침을 맞는데 새벽 입항을 앞둔 갑판에 서 있는 나는 마음이 평화롭다. 떠오르는 해는 경계도 없고 이데올로기도 없기 때문이다. 나는 해를 보면서 아침 기도를 올린다. 우리나라를 위해 가족을 위해 아픈 친구를 위해 그리고 이 배에 탄 사람들을 위해.

어느 틈에 하늘이 모두 밝아오고 아침 식사 시간. 선실의 사람들은 각자 스타일로 아침을 준비한다. 아침 연속극을 보거나 요가나 스트레칭을 하거나 화장을 하거나 짐을 챙기거나 부부가 다리를 서로의 다리에 얹고 자거나. 나처럼 아침부터 들락거리며 사진을 찍거나.

소박하지만 식당에서의 아침 식사는 경건하다. 식판에 국과 밥을 얹어주는 승무원의 손길이 진지하다. 고춧잎절임, 감자조림, 꽁치구이, 콩자반, 된장국.

중국 땅과 북한 땅이 마주 보고 있는 압록강 하구로 향한다. 육지가 보이니 다 온 것 같아도 10시가 넘어야 배에서 내릴 수 있다. 드디어 예인선이 나타나고 항구로 큰 배를 인도한다.

예인선은 마닐라 삼으로 만든 굵은 로프를 연결해 안전하게 큰 배를 밀면서 정확한 방향으로 가게 한다. 해군 장교 출신인 남편은 설명해주어도 잘 모르는 나에게 열심히 배의 메커니즘을 설명해준다. 로프를 고정시키는 불노우즈라는 이름에 대해서도.

큰 짐의 하역 작업은 컨베이어 벨트 없이 모두 하역부들이 한다. 그러니 하선하는 데도 시간이 꽤 걸린다. 모든 걸 신기하게 구경하는 수밖에 없다.

입국 수속을 마치고 드디어 연변 출신 조선족 가이드와 중국인 운전기사가 나오고 작은 버스에 일행 11명이 탄다. 단둥항에서 압록강변까지도 사십 분쯤 걸리고 압록강변에서 점심을 먹는다.

북한에서 온 여자아이가 한복을 입고 손님을 맞는다. 합성섬유로 만든 주황색 한복은 처량해도 스무 살도 안 된 아이의 볼은 붉었다. 원산에서 사흘을 걸려 기차를 타고 단둥까지 왔다고 한다.

압록강을 처음 본다. 누군가는 압록강에서 통곡을 했다지만 미군 비행기가 폭격한 끊어진 다리를 보아도 아무런 감흥이 일어나지 않는다. 그 다리를 보고 안타깝다고 해야 할지 잘 되었다고 해야 할지 어정쩡한 느낌이다. 나란히 놓인 두 개의 다리 모두 일본인들이 만들었고 폭격맞은 다리는 360도 회전이 되는 거라는데 조선인이 설계했다고 한다. 그 다리를 건너면 북한 땅이고 하루에 한 번 횡단하는 기차가 지나가고 교역을 하는 차량이 지나간다.

그러나 내가 보는 동안 지나가는 차량을 보지는 못했다. 강폭은 그리 넓지 않아 북한 쪽이 눈에 들어온다. 녹이 슨 낡은 배, 말로만 들었던 다락밭, 돌아가지 않는 유원지의 놀이기구. 타워팰리스를 흉내 낸 듯한 아파트가 들어서고 있는 단둥 쪽과는 눈으로도 비교가 된다.

압록강은 중국말로 야루(Yalu)라고 한다.

오늘의 일정은 동쪽을 향하여 이동하여 통화까지 가는 것이다. 노면 상태가 좋지 않아 낡은 도요타는 툭툭 튀어 올랐지만 만주 벌판을 달린다. 땅의 고도는 점점 높아지는 듯하다. 옥수수와 담배밭, 압록강의 지류들 그리고 붉은 벽돌과 얇은 벽돌 지붕으로 지은 집들이 친숙하다. 처음 와본 곳이라는 느낌이 들지 않을 정도로.

# 백두산 가는 길

　낡은 도요타 차로 털컹거리며 달려 저녁이 되어서야 도착한 통화 역 앞의 호텔은 그런대로 괜찮았다. 일행 가운데 나만 유일하게 중국이 초행이라고 발마사지를 권한다. 나는 원래 마사지 같은 걸 좋아하지 않는다. 그래도 새로운 체험에 대한 호기심으로 8,000원 정도를 지불하고 호텔 방에서 발을 맡긴다. 발을 구석구석 결대로 혈대로 주무르고 누르고 쓰다듬으니 잠이 스르르 오며 피곤이 풀리는 듯하다.

　중국인 여자는 중국말밖에는 못해 겨우 한국 돈을 주고받는 정도의 의사소통을 하고 예전부터 귀가 아프게 들어왔던 사대주의를 생각해본다. 목욕탕에서 때밀이 한번 안 해본 내가 중국인 여자에게 맨발을 주무르라고 맡기고 있으니.

　마사지는 효력이 있어 푹 자고 아침을 먹으러 내려간다. 아침 뷔페는 생각보다 많은 종류의 음식이 차려져 있고 모두 내가 좋아하는 스타일이다. 조죽, 녹두죽, 콩국, 옥수수죽 그런 것만으로도 아침은 충분하다. 그리고 죽을 끓이는 방법이 마음에 든다. 간을 하지 않았고 수프와 같이 묽어서 훌훌 넘기니 속이 편안해진다. 그뿐만이 아니라 스무 가지가 넘는 채소로 된 요리가 정성스럽다. 가지, 오이, 목이버섯, 콩, 호박, 양파, 마늘쫑, 두부, 풋고추, 오리알 그리고 토마토는 껍질이 부드러워 통째로 먹어도 감미로웠다. 커피까지 우유와 곁들여 먹을 수 있어 나는 만족이었다. 하긴 같이 간 친구들은 나보고 어떤 경우에도 불만이 없는 사람이라고 하기는 했지만.

　이제 우리는 백두산으로 향한다. 기상이 바뀔지도 모르는 것에 대비해서 우비를 준비하고 끈 달린 모자도 챙겨 넣고 배낭을 메니 마음이 숙연해진다.

통화시는 여러 개의 강이 흘러들어 발전성이 큰 도시로 활발한 건설의 현장이 보인다. 이 도시를 빠져나와 동쪽으로 향하니 길은 점점 고도를 높여간다. 길가엔 휴게소가 없어 주유소에 딸린 화장실을 이용하는데 그저 1950년대 우리네 시골 뒷간을 생각하면 된다. 남자들은 옥수수 밭으로 들어가고.

백두산이라는 말은 눈을 씻고 보아도 없다. 중국에서는 장백산이라고 불린다. 지명을 바꾸는 것에는 여러 가지 의미가 있다. 단둥도 예전 이름은 안둥安東이어서 그 도시에서 나오는 술을 지금도 안둥소주라 하지만 중국 공산주의가 이름을 단丹으로 바꾸어버리듯이 우리 백의민족을 상징하는 영산인 백두산을 장백산으로 바꾸어버린다. 엄연히 현재는 제 나라 땅이기에 현실은 냉혹하다. 백두산 정상 밑에 자리 잡은 산문부터는 백두산의 공원 내 버스로 갈아타야 한다. 그리고 그 버스 안에서는 공원 전담 가이드의 설명을 들어야 한다. 물론 중국말로. 천지에 이르는 계단 밑 주차장까지 그 버스로 간다. 아주 큰 소리로 공간을 꽉 채우는 중국어 해설에 우리 가이드는 말한마디 못 한다.

드디어 백두산의 흰 이마가 보인다. 그리고 구름과 나무들이 예사롭지 않다. 아, 드디어 저 흰 이마를 보게 되는구나. 멀리 보이는 백두산의 허연 이마를 보자 나도 모르게 눈물이 솟는다. 저절로 흐르는 이 눈물을 위해 여기까지 왔노라. 그 흰빛은 바로 우리의 흰빛이었다. 저 날카로운 중국어 발음과는 어울리지 않는다. 가슴이 뛴다. 가슴속에서 탄식이 흘러나오지만 침묵으로 입이 다물어진다. 손을 모으고 머리를 숙이고 저 산을 보며 기도를 해야 할 것 같다. 오, 주님 여기 왔나이다.

그 크기와 깊이, 설명할 수 없는 빛의 정기로 가득 찬 천지

## 천지, 저 푸른빛을 보기 위해

이번 여행에서 내가 가장 기대했던 건 백두산 야생화를 내 카메라에 담아보는 거였다. 그걸 상상해보면 합숙소 같은 3등 객실도 긴 버스 여행도 문이 없는 화장실도 모두 참을 만했다. 그런데 실제로는 배 안에서도 재미있는 일이 많았고 그 불편함이라는 건 그리 대수로운 일도 아니었다.

화산이 폭발하여 흘러내린 화산재와 용암 돌 사이로 작은 꽃들이 피어 있다. 천시에 오르는 돌계단을 설으며 그 계단을 벗어나 꽃 사진을 찍는다. 가슴이 다시 뛴다. 금방 꽃 이름이 생각나지 않는다. 오기 전에 다른 건 몰라도 꽃 이름은 많이 공부했건만.

매발톱과 복수초, 제비꽃은 알 수 있었다. 백두산의 제비꽃은 더욱 빛나는 보랏빛을 하고 있다. 귀태가 흐르는 태고의 빛이 난다. 이미 남쪽에서는 3월에 피었던 복수초가 군락을 이루어 빛나고 있다. 부드러운 화산재가 검은 흙이 되어 흘러내린 사이로 노란 꽃들이 별처럼 빛난다.

'난 세상에서 하나뿐인 꽃으로 피어나는 기적이야' 요즘 자주 들었던 유행가 가사가 문득 머리에 떠오른다.

천지에 이르는 돌계단을 오르는 것은 보기보다 쉽지 않다. 남들은 잘 오르는데 500계단이 넘어가니 숨이 차오른다. 나의 지병을 생각한다. 사진을 찍는다고 정신을 집중하느라 몸의 균형을 잃는다. 이러다가 천지를 보지도 못하고 야생화 찍다가 쓰러지는 게 아닐까. 천지에 오르는 사람은 천지로 많지만 천지를 보지 못하는 사람도 천지로 많다는 말이 있다. 날씨가 변화무쌍하고 흐리고 비 오는 날이 맑은 날보다 많다는 뜻이겠지만 이렇게 눈앞이 노랗고 숨이 차오르니 과연 천지에 다다를 수 있을까. 숨이 끊어질 듯한 고통이 온다. 일행들은 벌써 올라가 있다. 다 올라와보니 모두 1,236계단이었다.

올라가는 길에 천지를 둘러싼 봉우리들의 웅혼한 자태에 머리가 숙여지는데 가파른 돌계단을 다 오르고 나니 천지가 기적처럼 펼쳐진다. 저 푸른빛을 보기 위해 여태껏 허위허위 살아온 것 같다. 누가 시키지 않아도 큰절을 하며 땅에 무릎을 댄다.

아아, 나의 산하여! 내가 예상했던 것보다 훨씬 큰 감동이다. 사진으로 숱하게 보아왔지만 그 크기와 깊이 그리고 설명할 수 없는 빛의 정기에 입이 다물어진다. 저 맑고 푸른빛의 깊이를 어떻게 표현한단 말인가.

"복 받으신 겁니다." 여기저기서 서로 축하를 보낸다. 천지의 모습을 완벽하게 볼 수 있는 걸 축하한다. "아무에게나 보여주지 않습니다."

구름의 빛을 따라 천지의 물빛이 서서히 변화한다. 영험한 정기가 흐른다. 물과 하늘이 조응하는 순간의 에너지를 느낀다.

감사합니다. 우리 민족에게 내려주신 축복에 감사드립니다. 우리 민족에게 내려주신 고통의 역사도 달게 받게 하소서. 우리 민족을 키워주고 변화시켜주고 발전시켜온 에너지의 근원을 보는 것 같다. 세계에서 가장 높은 곳에 자리 잡은 분화구가 만든 호수 아닌가. 저 푸른 호수가 불덩이였을 때를 생각해보아라. 불덩이가 폭발했을 순간의 힘을 생각해보아라.

"백두산 뻗어나려 반도 삼천리/ 무궁화 이 강산에 역사 반만년/ 대대로 이어가는 우리 삼천만/ 장하도다 그의 이름 대한이로세" 어린 시절 골목에서 고무줄 놀이를 하며 부르던 아이들의 노랫소리가 떠오른다. 그 노래는 단순히 온전한 노래가 아니었다는 걸 눈으로 본다. 장백폭포에서 오르는 북파 쪽 천지도 눈 아래로 보인다. 북한과의 국경이 바로 옆에 보인다. 천지를 둘러싸고 있는 유명한 봉우리를 올려다본다.

6·25전쟁에서 피를 흘린 대가로 중국에다 백두산을 떼어준 역사가 눈에 보인다. 그 전쟁은 누구를 향한 전쟁이었나. 바로 우리가 아닌가. 그런데 그 후예가 여기 천지에 와서 무릎을 꿇고 감사 기도를 올리는 이 상황을 어떻게 설명하란 말인가.

초라하게 국경을 지키는 북한 병사의 모습과 북한 땅인 장군봉이 대조를 이룬다. 나는 저들을 위해서 기도해야 될 것 같다. 빙하가 깎아져 된 해발 2,749미터의 봉우리를 보며 이 민족과 한반도를 위해 간구해야 할 것 같다. 나의 국가와 민족에 대한 시각이 백두산의 회백

천지에서 내려오는 길에 마주한 풍경들

색 이마를 보며 지극히 이기적이었다는 반성이 든다.

"봉우리들이여 가파른 봉우리들이여 천지여 구름을 따라 빛이 변하는 깊은 물이여 꽃을 보러 왔다가 더 큰 산과 천지를 선물로 받았구나. 아무 말이 없지만 민족을 단련시킨 검은 절벽의 카리스마. 저 깊은 푸른 눈의 지혜를 내 눈은 잊지 못하리."

보고 또 보아도 가슴에 가득 차는 풍경을 뒤로하고 층계를 내려온다. 돌아서는 게 아쉽고 아까워 내려가다가 다시 한 번 올라가 사진을 한 장 찍는다.

나 이제 그리워하리.

어느 틈에 남쪽 하늘에서 순식간에 검은 구름이 몰려오더니 비가 후드득 내린다. 내려오는 길에서도 언덕으로 내려가 빗속을 뛰어다니며 꽃 사진을 찍는다. 서파 쪽의 백두산 주변엔 금강대협곡이라는 협곡과 고산화원이라는 야생화 공원이 있다.

천지에 오르내리느라 오후 4시가 넘었지만 점심을 못 먹었다. 그러나 아무도 점심이 늦은 것을 불평하지 않는다. 나이 어린 연변 가이드만이 미안해할 뿐. 배가 고프지도 않다. 대협곡은 산책로를 정비해 놓아 곳곳에 관망대와 사자숙어로 의미 있는 말들을 나무에 새겨놓았다. 백두산 자락의 협곡 속을 빗속에 걷는다. 태고의 비밀을 간직한 협곡도 좋았지만 원시림 속에서 호흡하는 것이 좋았다. 마냥 이런 숲길을 걸으면 좋으련만.

백두산 자락의 한 음식점에서 늦은 점심을 먹고 다시 통화로 향한다. 10시 넘어서야 도착한 호텔에선 저녁을 준비하고 우리를 기다리고 있다. 중국식이 가미된 한국 음식으로 특별히 김밥과 달걀말이까지 가지런히 해놓았다. 굳이 한국 음식이 아니어도 잘 먹는데……. 언제나 과도하게 차려진 음식. 해조 물을 넣은 달걀국이 담백하고 시원하다.

눈앞에 백두산의 영상이 사라질까봐 조용히 잠을 청한다.

## 통화의 아침 그리고 고구려를 찾아서

중국은 표준 시간이 우리보다 한 시간 늦다. 그런데 거대한 중국이 모두 같은 시간으로 통일된다. 큰 땅덩어리와 거대한 인구를 통치하려면 시간도 하나로 묶어야 하리라.

중국 시간으로 6시도 안 된 시각에 거리는 잠이 깬다. 역 광장에는 작은 기구를 손바닥에 놓고 유연하게 손바닥을 돌리는 운동을 하는 사람들의 모습이 보인다. 출근을 위해 통화 역을 드나드는 사람들은 그리 바빠 보이지는 않으면서도 활기가 있다.

아침을 먹기 전 호텔에서 빠져나와 아침 시장을 구경한다. 리어카에 개구리참외를 파는 여자, 밀가루 반죽을 기술적으로 잘라 도너츠를 엄청나게 부풀리며 튀기는 모습, 담뱃잎 장수 그리고 나무 도마 위에서 다진 돼지고기와 당면, 많은 종류의 육가공품을 파는 가게 여인

통화시의 풍경들

은 카메라를 보자 매력적으로 웃어준다. 풍성한 과일, 열쇠장수 그리고 아침부터 찬거리를 사러 나온 검은 봉지를 든 사람들, 외국이라고 하기엔 친근하고 우리나라라고 하기엔 이국적인 풍경들. 허름한 주택가에 핀 접시꽃과 백일홍은 시간과 공간을 초월한 친근감으로 다가온다.

오늘은 고구려의 유적지 지안集安으로 향한다. 내가 직접 가서 보지 않으면 느끼지 못할 것이 있다. 지안은 압록강변의 도시로 신라의 고도 경주와 같이 고구려의 고분과 역사를 간직한 고구려 땅이다. 고구려의 과거와 그 영화의 잔재를 눈으로 볼 수 있는 곳이다. 그런데 지금은 중국 땅. 중국은 고구려를 변방민족의 역사로 철저히 이용한다. 유네스코 세계문화유산으로 지정된 광개토왕비를 호태왕비로 표기한다. 이름을 붙인다는 건 얼마나 중요한가. 중국 정부가 보존을 위한다고 지어놓은 유리 집은 보기에도 갑갑하다.

제복을 입은 중국 정부의 전문 가이드는 마이크를 잡고 중국어로 당당하게 설명한다. 연변 출신의 우리 가이드는 마이크도 제복도 없이 땀을 짤짤 흘리고 있다. 우리 일행은 불만을 표하지만 그들의 설명

광개토왕비, 광개토왕릉, 장군총

이 다 끝나고 나간 뒤에나 말을 할 수 있었다.

그렇다 하더라도 거대한 돌에 새긴 고구려의 건국과 부왕의 업적과 전승 기록 그리고 나라를 다스리는 법, 수묘 제도, 사형 제도 등을 새긴 거대한 돌은 백두산의 위용만큼 자랑스럽다.

광개토왕비 주변은 잔디가 아닌 토끼풀로 뒤덮여 있다. 관리가 어려운 잔디 대신 토끼풀이 엄청난 번식력으로 퍼져 있다. 세계문화유산을 보존하는 그들의 손길은 그리 정성스럽지 않다. 어정쩡하다. 고구려를 부각시킬 수도 무시할 수도 없는 그들은 제 땅의 관광자원으로 철저히 이용할 뿐이다.

일제 때 압록강을 통해 단둥으로 단둥에서 일본으로 광개토왕비를 가져가려던 시도는 실패했다고 한다. 비문의 해석은 세 나라가 모두 달리 한다. 권력은 차지할 수 있어도 문화는 지배할 수 없다는 말로 위로할 수밖에 없다.

우리가 고구려의 기상을 물려받아 온 세계를 당당히 누비고 다니는 민족이 되었다고 자위할 수밖에 없다. 물론 그러하니까. 활을 잘 쏘았다는 주몽의 후예가 아닌가. 활이란 무엇인가. 목표가 아닌가. 목표를 가지고 끊임없이 정진하는 정신을 물려받은 것이 아닌가.

나무를 베거나 말에 먹이를 주는 천한 사람에 이르기까지 서적을 좋아하였을 뿐 아니라, 사통팔달한 거리에 각각 커다란 구조물을 설치하여 이를 경당이라 하고, 자제가 혼인하기 전 주야로 여기서 독서하면서 활쏘기를 즐겼다. 책은 『오경』과 『사기』 『한서』, 범엽의 『후한서』 『삼국지』, 손성의 『진춘추』 『옥편』 『자통』 『자림』이 있었고 또 『문선』이 있어 이를 소중히 여겼다.

『구당서』 「고구려전」에는 이런 기록이 있다 한다.

고구려의 고분벽화를 보지 못한 것이 아쉬웠지만 장군총을 쌓은 돌의 위용과 광개토왕비의 웅혼을 느끼는 것만으로 만족한다.

압록강변의 조선족음식점에서 점심을 먹는다. 철사로 만든 석쇠를 숯불 위에다 놓고 콩기름으로 양념한 불고기를 구워 먹는다. 양배추와 순무와 오이를 식초에 절인 것도 맛이 좋았고 서울의 비싼 소고기 값을 생각하니 푸짐하여 많이 먹게 된다. 평양산 국수는 투릅나무 뿌리와 옥수숫가루로 만들었다는데 약국수라고 했다. 식량이 부족하여 만든 음식이라고 하지만 담백하고 개운했다.

## 압록강은 흐른다

압록강 하면 이미륵의 『압록강은 흐른다』가 떠오른다. 1899년 황해도 해주에서 태어나 압록강을 거쳐 독일로 갔던 이미륵의 자전적인 소설에 나오는 압록강의 묘사가 떠오르지 않을 수 없다. 독일어로 쓰인 작품이지만 압록강의 이름이 몹시 강렬하다. 『Der Yalu fließt』의 압록강.

우리들은 너무 조용히 소리 없이 이 거대한 물결을 헤쳐갔으므로 마치 영원 속으로 사라지거나 하는 것 같았다. 우리들이 강 한복판에 이르렀을 때 멀리서 몇 방의 총소리가 들렸다. 나를 태우고 있는 어부는 웃으면서 잠자코 있으라고 나에게 손짓을 했다. 나중에야 어부는 때때로 철교 위에서 그냥 경고 삼아 쏘는 총소리라고 속삭이듯이 내게 알려주었다. 반짝이는 수면 위에는 결코 우리를 발견할 수 없었을 것이다.

나는 이 도시를 떠나 한 번 더 강을 구경하기 위하여 언덕으로 올라갔다. 강은 언덕 사이로 모랫바닥을 통해 저녁노을의 미광을 받으면서 흐르고 있었다. 강은 여기서 좁아져서 그 폭을 반 킬로미터도 안 되는 것같이 보였다. 나는 맞은편 언덕에 있는 사람들의 얼굴을 거의 알아볼 수 있을 것 같았다. 그들은 그물을 널고 있었으며 부인들과 처녀들이 저녁밥을 지으려고 콩을 까고 있는 것 같았다. 어린애들은 장난치며 씨름을 하고 있었다.

오랜 옛날부터 우리 고국을 이 무한한 만주 벌판과 분리시키고 있는 국경의 강은 쉬지 않고 흐르고 있었다. 이편은 모든 것이 거대하고 침침하고 진지했으나 저편은 모든 것이 작고 맑게 보였다. 빛나는 초가집들이 언덕에 산재해 있었다. 벌써 저녁연기가 이 집 저 집의 굴뚝에서 솟아올랐다. 저 멀리 맑은 가을 하늘 아래에 산들이 잇달아 늘어서 있었다. 산들은 햇빛에 빛나고 있었다.

6·25전쟁의 소용돌이가 지나가기 선의 시간이지만 문학 작품에 나타난 묘사는 지금도 비슷한 느낌을 불러일으킨다. 이번 여행의 소득 가운데 하나는 압록강을 많이 보고 느낄 수 있었다는 거였다.

신의주와 단둥을 사이에 둔 압록강을 배를 타고 유람한다. 북한 땅이 잡힐 듯 보인다. 호기심보다는 불편한 마음이 앞선다. 유람이라고 하기엔 마음이 무겁다. 가깝게 보이는 그 땅을 바라보면 위협이 느껴지기보다 연민이 느껴진다. 우리가 경제적으로 앞선다는 우월감 때문일까. 돌아가지 않는 유원지의 놀이기구, 드나드는 것같이 보이지 않는 도서관, 강에 몸을 담그고 놀이를 하는 아이들의 모습에서 미사일을 쏘아 올린 나라의 공격성도 보이지 않는다. 산마다 뒤덮인 다락밭은 산하를 황폐하게 보이게 한다.

한편 단둥은 항구도시로서 우리나라와 북한의 접점으로 활발한 경제개발을 하고 있는 것이 눈에 보인다. 압록강 하구와 중국 대륙의 관문으로서의 유리한 조건을 백분 활용한다. 압록강변엔 주상복합 아파트가 올라가고 새 길을 놓는다. 그들은 위대한 한문화를 가지고 있는 공자와 맹자와 두보와 이백의 나라가 아닌가. 그들이 우리의 부와 아이디어가 잠시 부러워 따라온다 하여도 그걸 잘난 척하거나 뻐겨서는 안 되리라. 13억의 인구가 배불리 먹고 살고 있는데 그 인구가 움직이면 누구도 막을 수 없다. 전화선을 놓을 필요도 없이 휴대폰을 들고 다니는 중국인들을 보면 공포감이 몰려오는데…… 아무 데서나 침을 뱉고 더우면 옷을 올려 배를 내밀기 일쑤인 중국 남자들이 무례해 보일지라도 그건 13억 많은 인구의 다양한 모습일 뿐이다.

나는 혼자서 우리나라를 위한 결심을 한다. 새로운 아이디어를 내며 다시 변화하는 노력을 해야 한다고.

박작성이라는 고구려 성의 옛 이름이 남아 있는 호산산성을 구경한다. 마치 만리장성의 축소판처럼 꾸며놓았다. 만리장성의 동쪽 끝이라고 하지만 믿을 수 없는 해석이고 오히려 박작성이라는 고구려 성이 있었다는 말이 신뢰가 간다. 산에 오르듯 장성을 오른다. 땀에 옷이 젖을 정도로 꽤나 힘들다.

압록강의 지류인 작은 강을 사이에 두고 북한과 경계선이다. 장성을 내려오니 마을에서 참게를 구워 판다. 참게가 많이 나올 것 같은 야트막한 강이었다. 꼬챙이에 끼워 붉게 구워진 민물참게와 그물에 담긴 게를 보니 옛날이 생각난다. 참게장을 담그는 날, 그 버둥거리던 게와 온 집 안이 간장 달이던 냄새를 풍기던 시절, 태곳적 같은 시간과 작고 어둑한 부엌이 생각난다.

평화로운 마을 마당에 핀 봉숭아와 나비 그리고 돌아다니는 닭과 오리를 카메라에 담는다.

여행은 끝이 나고 단둥을 출발하여 항구로 향한다. 항구에는 우리를 싣고 갈 동방명주가 기다리고 있다.

# 저 푸른빛을
# 보기 위해 2

## 러시아를 통해 가다

작년 여름 처음으로 백두산에 갔었다. 그때는 인천 부두에서 배를 타고 단둥에 도착, 압록강을 따라 백두산으로 접근하는 코스였는데 장군총, 광개토왕비를 비롯해 고구려 유적지를 둘러보며 백두산의 서쪽으로 올라가 천지를 바라보는 거였다. 그때 천지를 처음 본 나는 충격을 받고 감동했고 여행을 주관했던 친구가 북파 쪽을 추천하며 내년에는 북파 쪽으로 가자고 약속을 해놓은 터였다. 감동한 것이 문제라면 문제였다.

올해는 속초에서 배를 타고 동해로 나가 러시아로 향한다. 자루비노라는 작은 러시아 항구인데 중국 쪽으로는 항구가 없어 러시아를 통과해야 한다. 중국 통과 입국비자 명목으로 6만 원을 냈다고 한다. 나는 유럽여행을 한 지 한 달도 되지 않은 데다가 폭우가 몰려오고 천둥번개가 심해지는 불순한 여름 날씨가 전국적으로 지속되니 은근히 걱정이 되었다. 게다가 16시간이나 배를 타야 한다니. 이러다가는 여행중독증에 걸렸다는 말을 듣겠구나 하는 생각까지 들고 배낭을 꾸리면서도 즐거움, 설렘보다는 조심스럽기만 하다. 한편으론 백두산 야생화를 또 볼 수 있다는 것과 다시 천지를 보면 어떤 기분이 들까

하는 호기심이 솟는다.

아침 일찍 관광버스로 가는데 속초까지 곧장이다. 속초에서 배가 떠나기 전인데 어머니의 전화다. "풍랑이 심하면 떠나지 마라…… 백두산 한 번 갔으면 됐지 뭘 또 간다구?" 걱정이 되는지 전화를 먼저 하신다. 그런 일은 좀처럼 없는 일이어서 내심 흐뭇하다고 할까? 노모에게 걱정을 끼쳐드리는 것이 흐뭇하다니? 딸년은 참으로 철이 없다. "조심해서 잘 다녀올게요." 미안한 듯이 말한다.

국제 부두에는 러시아 사람들, 중국을 드나드는 소무역상들, 우리처럼 여행객들이 짐을 내려놓고 출국 수속을 기다리고 있다. 작년 단둥 가는 배는 낡은 중국 선박이었는데 이번엔 동춘호라는 우리나라 배다. 시설도 깔끔하고 2층 침대가 있는 6인실이어서 좋다. 이번엔 여섯 부부가 일행이어서 남녀를 분리 여자끼리 한방을 쓴다. 동해 바다가 심하게 출렁인다. 비와 바람이 심해 밖으로 나가지는 못하고 방에서 맥주와 간식을 먹으며 논다.

배에서 멀미를 하지 않으려면 배의 출렁임에 몸을 맡기는 것. 어두운 동해 바다를 거슬러 북으로 간다.

아침까지 비가 뿌리고 날씨는 흐리지만 바다는 좀 잠잠해졌다. 소박한 아침을 먹고 항구에 도착하기를 기다린다. 작지만 러시아 항구라 독특한 분위기가 있다. 하선하고 입국 수속하는 데도 시간이 많이 걸린다. 컴퓨터에 정보가 뜨기를 기다리는 데 한참. 버스를 타고 중국 국경으로 향한다. 중간에 또 러시아 검문소가 있어 다시 짐과 여권 검사를 한다. 사회주의의 잔재인가. 검문을 하는 건물은 삭막하기만 하고 러시아인 직원들은 무표정이다. 죄지은 것도 없는데 주눅을 들게 하는 분위기지만 열심히 관찰한다.

훈춘을 통해 중국에 들어서다

국경을 통과하여 훈춘輝春의 중국 세관으로 입국한다. 훨씬 부드럽고 친숙하다. 훈춘에서 점심을 먹는다. 두만강을 보고 두만강 건너편 북한도 바라본다. 버스는 달려 달려 백두산 천지호텔까지 온다. 호텔이라기엔 열악하지만 샤워는 할 수 있다. 계속 비가 내린다.

## 빗속의 등반

천지호텔에서 자고 그날은 새벽 4시 기상이다. 아침을 호텔에서 간단히 먹고 5시에 출발이다. 혹시나 그칠까 했지만 여전히 비가 온다. 과연 산을 오를 수 있을까. 아무래도 여행 대장이 나를 속인 것 같다. 다들 백두대간을 마스터한 베테랑들인데 그런 축에도 끼지 못하는 나에게 그리 어렵지 않은 등산이라고 한 것이 수상하다. 게다가 내가 "이런 날씨엔 백두산 등산은 무리 아니에요?" 하니까 나에게 눈을 흘기는 게 아닌가. 나는 무조건 옷을 껴입는다. 우비도 아주 간단한 것밖에 없는데. 그리고 우산은 절대 가져가지 말라고 한다. 천둥번개가 치면 큰일 난다며 스틱도 절대 안 된다고 한다. 소용이 없는 걸 들고 온 거 아닌가. 스틱에 의지하면 다리에 부담을 많이 덜어주는데. 작은

빗속 보이지 않는 길을 걷다

배낭을 다시 챙겨 짐을 줄인다.

중국 영토니까 백두산이 아니라 어디까지나 장백산이다. 장백산 입구로 들어간다. 원래는 장백산 전용 버스만 들어갈 수 있는데 입장시간 전이라 우리 버스로 들어가 등산 가이드를 만난다. 백두산 등산은 개인이 할 수 없다. 반드시 전문 가이드가 앞장서야 한다. 산길을 인도하고 길을 안내하는 가이드에게는 물론 돈을 따로 지불한다. 나무 지팡이만 들고 우비만 입은 가이드에겐 특유의 전문성과 야성이 느껴진다. 그 전날에는 14시간을 등산했다고 한다. "이런 날씨에 올라가도 되나요?" 나의 물음에 그 남자도 짧고 날카롭게 눈을 흘긴다. '저 여자는 빼버려' 하는 것 같다. 나는 입구의 가게에서 비닐 바지를 1,000원을 주고 산다. 얇은 비닐 바지는 입다가 구멍이 나버렸지만 그래도 안 입는 것보다야 낫겠지. 여권과 지갑을 비닐봉지에 싸서 다시 배낭을 꾸린다. 이 나이에 할 수 없지 뭐 영광이나 영광 하며 포기에 가까운 배짱이 생긴다.

빗속에 가파른 산을 오른다. 조금 오르다 버려진 자작나무로 지팡이를 만들어 의지하며 올라간다. 자작나무의 흰빛은 빗속에서도 야광처럼 눈에 띈다. 내가 올랐던 남한의 산들과는 다른 원시림의 기운이 느껴진다. 13명의 일행들은 모두 잘 오른다. 나만 빼놓고. 드디어 숨이 차기 시작한다. 내 가쁜 숨소리에 내가 놀란다. 나는 금방 꼴찌가 된다. 여행 가이드가 맨 뒤에서 가볍게 따라온다. 다행히 등산화가 좋은지 발목은 괜찮다. 비는 눈앞을 가리고 안경에는 김이 서린다. 내가 뒤처지니 남편도 남아 함께 쉬어준다. 말도 하지 못하고 그냥 숨만 몰아쉰다. 훈련이 안 된 사람을 억지로 마라톤을 뛰게 하는 것이나 마찬가지다. 그래도 어찌어찌 오르니 능선이 보인다. "조금만 더 가면 능선입니다. 힘내십시오." 너무 힘드니 눈물이 난다.

절대 이런 데 따라오지 말아야지. 감동도 하지 말아야지. 내가 미쳤지. 천지가 뭐 대단하다고 이태를 연속해서 오다니. 그래도 작은 꽃들을 만나니 마음이 움직인다. 작지만 선명한 별빛처럼 빛나는 꽃.

작은 꽃아 귀여운 꽃아 내가 너를 보러 왔단다. 빗속에 카메라는 꺼낼 생각도 못하지만 눈에 넣어 놓듯이 꽃을 보니 힘이 생기는 듯하다. 능선에 올라서니 초원이 펼쳐진다. 마구 달릴 수 있는 초원이 아니라 용암이 흘러내린 사이로 키 작은 풀들이 구불구불 펼쳐진 초원이다. 멀리 깎아지른 듯한 단애에 얼음이 아직도 녹지 않고 그대로 붙어 있다.

완만하지만 자꾸 펼쳐지는 언덕을 넘기가 쉽지 않다. 앞서가는 일행들의 모습이 아주 작은 점으로 보인다. 비현실적이다. 남편은 내 손을 잡고 끌듯이 걷는다. 가이드는 우리가 길을 잃을까봐 곁을 지킨다. 한참 빗속을 걸으니 멀리 안개 속에 집이 보이고 일행들이 그 집 앞에서 쉬고 있는 게 보인다. 오르막이 완만해졌을 뿐 바위가 많아 생각보다 힘이 든다.

집은 단단한 천막으로 만든 대피소 같은데 막막한 고원지대에 구원이었다. 내가 하도 숨을 몰아쉬며 도착하니까 모두들 걱정스럽게 초콜릿과 사탕을 주머니에 넣어준다.

우리가 오른 봉우리가 차일봉이라고 한다. 원래 계획은 장군봉으로 오르는 거였는데 비와 바람 때문에 행로를 바꾸었다고 한다. 그 대피소에서 천지가 보이는 지점까지는 십오 분쯤 걸어간다. 그러나 비와 안개 때문에 천지를 볼 수 있으리라는 생각은 못했다.

### 두 번째 천지

나는 대피소에서 쉬고 있을 테니 갔다 오라고 하니까 앞으로 코스가 어떻게 될지 모른다며 손을 잡아끈다. 백두산에 처음 온 일행도 많아 천지를 볼 수 있는 봉우리까지 걸어간다. 비와 안개 속을 걸어간다. 모두들 우비나 판초를 입고 걸어가는 모습이 약간 숙연하기도 하다. 어디가 어디인지 앞을 모르는 그야말로 천지를 모르고 걸어간다.

고도가 높아 낮은 풀밖에는 없다. 가깝게 깎아지른 듯한 높은 단애가 보인다. 모두들 한 지점에 서서 기다린다. 천지를 볼 수 있을까. 보여달라고 빌어야지 천지가 열리는 거야, 누군가 하는 말이 들린다. 침묵이 흐르는데 정말 거짓말처럼 짙은 안개와 하늘빛이 움직이기 시작한다. 사람들의 감탄이 흘러나온다. 와, 이럴 수가 천지를 보여주신다. 저게 바로 천지가 열리는 거야. 눈물이 나려고 그래요. 와 대단하다.

"멀리 장군봉과 가까이 천문봉이 보입니다. 저 남쪽이 북한 쪽이죠. 우리가 오른 봉우리는 차일봉이고."

나는 큰절을 올린다. 천지가 말끔히 보이고 파란 하늘도 비치고 천지로부터 흘러내리는 물의 문, 달문이 선명히 보인다. 그 문을 통해

두 번째 천지, 새로운 감동을 낳다

흘러내린 물이 장백폭포로 떨어진다고 한다.

모두들 얼싸안고 누군가는 작은 병을 꺼내 정상주를 따라준다. 황송스럽게도 꼴찌로 온 나에게 제일 먼저 발렌타인을 따라준다. 내가 못 간다고 하니까 눈을 흘기더니 술을 따르면서는 아주 기특하게 쳐다본다. 어쩜 이렇게 금세 몸과 마음이 풀어질까. 그렇게 숨이 끊어질 듯 고통스럽더니 말끔히 아픔이 사라진다. 그 편편한 언덕 위에서 춤이라도 추고 싶다. 그러나 그 언덕에는 몸이 불려 달아날 것 같은 바람이 분다. 벼랑 끝에 너무 가까이 서지 말라고 주의를 준다.

처음 천지를 본 사람들은 감동의 눈물을 흘린다. 두 번째 보았지만 새로운 감동이 온다. 왜 그럴까? 힘들게 올라와서 보았기 때문일까? 아니면 정말 저 하늘 밑 천지에는 신효한 기운이 있기 때문일까? 아무래도 좋다. 여기 서서 맑은 물을 보고 하늘을 보고 높은 봉우리들을 보는 것만으로도 마음이 씻김을 체험한다.

고통 속에 있는 친구들을 생각한다. 그들의 아픔이 안개가 걷히듯 씻은 듯이 낫기를 기원한다. 갈등과 어두움과 혼돈에 밝고 맑은 기운이 비추어주기를 기원한다. 그런 간구가 너무나도 자연스럽게 우러나오는 것이 신기하고도 감사했다.

## 천지에서 물을 긷다

등산 가이드가 장백폭포로 내려가는 길의 통제가 풀렸다고 전해준다. 휴대폰의 위력으로 즉시 알 수 있다. 우리는 천지를 내려다보며 가파른 길을 내려간다. 꼬꾸라질 듯 가파른 길인데 바위가 흘러내린 너들강이다. 나는 씩씩하게 내려간다. 그 길에는 거짓말처럼 야생화들이 바위 사이마다 피어 있어 마치 분재 꽃꽂이를 해놓은 것 같다. 하나하나가 다 예쁘다. 흰용담과 호범꼬리, 매발톱, 구름국화, 바위돌꽃, 마가렛, 이루 헤아릴 수 없는 종류인데 색깔은 흰색과 엷은 노란색과 보랏빛이 가장 많다. 빨간색은 드물고 분홍빛도 보라색을 띤다. 예쁘기도 하지. 잠깐 고생으로 눈물을 줄줄 흘린 게 금세 웃음으로 변한다. 정말 나를 반기는 듯 걸음을 옮길 때마다 꽃들이 미소를 짓는다. 그 골짜기엔 우리 일행밖에 없다. 차일봉에 오르는 길에서도 따라오는 사람도 앞서가는 사람도 없었다. 묘한 성취감이 생긴다. 마음으로는 금세 닿을 듯하지만 꽤 오래 내려온다.

드디어 천지에 다가간다. 잔잔한 호수라기보다는 출렁이는 바다 같은 천지에 닿는다. 멀리서 볼 때는 명경지수와 같았는데 가까이에서는 살아서 생명이 넘치듯 출렁인다.

천지 내려가는 길에 본 어여쁜 꽃들의 자태

　뾰죽한 봉우리들에 둘러싸인 천지는 어머니의 넓은 품같이 맑고 깊고 성스러우면서도 다정하다. 천지 가까운 언덕에 찰랑이며 핀 꽃들은 어찌나 사랑스러운지. 1년 중 7월과 8월에만 피는 꽃들이다.

　나는 호수에 손을 담그고 물을 손으로 떠서 마신다. 그리고 가지고 온 깨끗한 물병에 물을 긷는다.

　천지에서 달문에 이르는 길은 꽤 넓고 완만하다. 어머니의 젖줄과 같은 달문으로 푸르고 맑은 물이 흘러내린다. 폭풍이 지나가고 내게 강 같은 평화가 온 것 같은 기분이다. 고통도 한순간 기쁨도 한순간이지만 영원히 지속될 것 같은 평화로움에 마음이 저리다.

　천지에서 달문으로 흘러내리는 물은 장백폭포로 내려 떨어진다. 폭포의 낙차는 68미터라고 한다. 천지의 물이 흘러나가는 곳은 오직 달문뿐이다. 달문에서 흘러내린 물은 장백폭포로 이도백하를 흘러 쑹화강을 이룬다.

## 장백폭포의 기상

폭포瀑布는 곧은 절벽絶壁을 무서운 기색도 없이 떨어진다.

규정規定할 수 없는 물결이
무엇을 향向하여 떨어진다는 의미意味도 없이
계절季節과 주야晝夜를 가리지 않고
고매高邁한 정신精神처럼 쉴 사이 없이 떨어진다.
금잔화金盞花도 인가人家도 보이지 않는 밤이 되면
폭포瀑布는 곧은 소리를 내며 떨어진다.

곧은 소리는 소리이다.
곧은 소리는 곧은
소리를 부른다.

번개와 같이 떨어지는 물방울은
취醉할 순간瞬間조차 마음에 주지 않고
나타懶惰와 안정安定을 뒤집어 놓은 듯이
높이도 폭幅도 없이
떨어진다.

— 김수영, 「폭포」 전문


폭포를 보면 시인 김수영이 생각난다. 시의 이미지가 너무 강렬하기 때문일까. 무엇을 향하여 떨어진다는 의미도 없이, 고매한 정신처

높이도 폭도 없이 당당하게 떨어지는 장백폭포

럼, 금잔화도 인가도 보이지 않는 밤, 취할 순간조차 마음에 주지 않고, 나타와 안정을 뒤집어 놓은 듯이, 이 구절을 좋아했었지. 형형한 김수영의 눈매와 함께 마음속에 남아 있는 시.

장백폭포의 발원지에서부터 내려가는 길은 층계로 내려가면서 폭포를 보게 되어 있다. 보통 폭포는 밑에서부터 보게 되는데 이번에는 폭포가 떨어져 내리는 걸 가까이 볼 수 있다. 경치를 볼 수 있게 터진 창문이 있는 층계. 그 내부는 빗물이 흘러내려 습하다. 여기저기 파이

프로 물을 빼지만 그 안으로 물이 소리를 내며 흘러내린다. 그래서 이틀 동안 통행이 안 되었는가 보다. 그날까지 통행이 되지 않았으면 왔던 길로 다시 내려가야 했었다. 그래도 장백폭포의 자연은 멋진 기상이 느껴진다. 높이도 폭도 없이 당당하게 떨어지는 장백폭포.

숨을 몰아쉬며 올라오는 사람들과 만난다. 주로 중국인들이다. 폭포의 각도만큼이나 가파른 계단이다. 내려가는 것도 결코 쉽지 않다. 꽃 무더기를 만나고 폭포 한 번 쳐다보고, 내려오니까 폭포에서 내려온 계곡물이 콸콸콸 시원스레 흐른다. 한참을 내려온지라 나무들이 많다. 여기저기 온천수가 솟는 것이 보이고 유황 성분 때문에 누렇게 된 바위가 보인다. 천지 밑에서 용천하는 온천수 때문에 천지의 수량이 유지되고 줄지 않는다는 신비가 느껴진다. 동해물과 백두산이 마르고 닳도록, 백두산 뻗어나려 반도 삼천리, 이런 노랫말들이 나온 근원이구나.

장백폭포를 흐르는 물의 일부는 온천물이 솟아오른 게 아닌가. 온천물에 옥수수와 달걀을 삶아 파는 가게가 있어 달걀을 사서 먹는다. 온천물에 넣으면 달걀의 흰자는 말랑말랑하고 노른자는 딱딱하게 익는다고 하는데 정말 그렇다. 말캉말캉한 달걀의 흰자를 먹으니 어린아이가 된 것 같다.

다 내려오니까 지프차로 천지에 오르는 사람들이 줄지어 서 있다. 비바람으로 우리처럼 등산을 한 팀은 드물었는가 보다. 백두산 전용 관광버스들이 줄지어 서 있다.

3시 가까이 되어 늦은 점심을 이도백하의 조선족 음식점에서 먹는다. 부드럽고 뜨끈한 두부가 아주 맛이 좋았다. 식당 옆의 마을을 카메라에 담는다. 여러 마리의 소를 몰고 가는 농부의 모습, 조선족이 살고 있는 마을의 정겨운 꽃과 풍경이다.

## 훈춘과 러시아, 발해가 남긴 그림자

이도백하에서는 잘생긴 소나무 미인송 자연림을 구경하며 지나간다. 밑동이 미끈하게 올라간 적송이 보기에도 귀해 보인다. 다시 투먼圖們을 거쳐 연변을 지나 훈춘으로 향한다. 반듯하고 가지런하게 잘 자라고 있는 논이 펼쳐진 곳은 우리 민족이 터를 잡고 사는 곳이다.

훈춘 시내에 들어오니까 밤 9시가 지난다. 하루의 여정이지만 아득히 먼 곳을 갔다 온 것처럼 꿈만 같다.

일행들은 발마사지를 받으러 가고 나는 바로 호텔로 온다. 우선 빗물과 땀에 젖은 몸을 씻고 싶었는데 눈치 빠른 가이드가 택시를 태워서 호텔에 보내준다. 훈춘 시내의 호텔은 괜찮은 편이고 차 도구와 에어컨이 있다.

돌아가기 위해 하룻밤을 훈춘에서 잔다. 몸은 곤하지만 정신은 맑다. 훈춘 호텔에서의 아침은 중국식 뷔페인데 가지, 콩, 고추, 오이 등 다양한 채소요리와 콩국, 만두, 따뜻한 우유, 두부 다 내가 좋아하고 몸에도 좋은 것들이다.

오늘의 일정은 그저 러시아의 자루비노항까지 가는 것뿐이다. 시간이 남아 느긋이 훈춘 시내를 구경하는데 아직도 자전거 뒤에 인력거처럼 만든 교통수단이 많은 도시이지만 교통의 중심지라 새로운 문물을 받아들이는 속도가 빠르다. 가장 번화한 쇼핑센터도 구경하고 이른 점심으로 냉면을 먹고 훈춘 장영자(세관의 지명이다) 세관으로 향한다. 조선족 여인이 삶은 옥수수를 들고 1,000원에 한 봉지라고 크게 외친다. 한 봉지를 사면 또 다른 여자가 와서 사달라고 따라온다. 소무역상들의 커다란 짐 행렬이 이어진다.

여기서 가는 배표를 끊고 가이드와도 헤어진다. 훈춘 출신의 조선족 청년 가이드는 며칠 동안 나에게 깊은 인상을 남겨주었다. 중국 정부에서 조선족 자치부인 길림성에서 한국말과 글을 배우며 교육받은 것을 감사히 생각하고 있었다. 그 덕분에 남한 사람들에게 가이드를 하며 세상을 배우는 것을 재미있어 했다. 우리들에게 이 땅에서 논농사를 지으며 조선 사람의 집을 짓고 땅을 지키는 조선족이 살고 있다는 걸 잊지 말라고 당부했다. 그러면서도 한국의 발전을 자랑스러워하며 진정으로 따르고자 하는 마음이 있었다. 보조 가이드 한 명을 데리고 다니며 일을 배우게 했고 순수하면서도 밉지 않게 영리했다.

다시 러시아로 입국, 느린 컴퓨터의 정보가 뜨기를 기다리고 여러 번 검색대에 짐을 얹어 놓으며 통관을 했다.

옛 발해의 땅이라는 연해주는 독특하면서 친밀한 인상이 있다. 나에게만 그럴까. 출입국 수속에 질린 사람들은 러시아라면 지겹다고 고개를 절레절레 흔들었다.

나는 제복 입은 러시아 여자의 외로움이 눈에 밟힌다. 변방에 사는 여자. 러시아라고 하기엔 중심에서 너무 멀리 떨어진, 작은 선풍기 하나밖에 없는 상자 같은 부스 속에서 느린 컴퓨터 화면을 보며 근엄한 표정을 짓는 여자의 허무함이 느껴진다.

배에 오르기 전, 러시아 항구의 작은 가게에서 뜨거운 홍차를 한 잔 마시고 막연한 아쉬움에 오렌지빛 꽃이 프린트된 손수건도 몇 장 산다. 풍경을 카메라에 담고 동춘호에 다시 오른다. 동춘호부터는 우리나라다. 떠날 때와는 달리 날씨가 좋아 바다는 잔잔하다. 갑판에 자리를 깔고 앉아 해가 지는 것을 구경하고 보드카를 마신다. 동해에도 해가 진다.

늦은 밤에는 하늘 가득히 박힌 별을 좇으며 별자리를 찾는다. 북두칠성과 북극성 그리고 오랜만에 카시오페이아를 불러본다. W자가 그려진 별자리, 별똥별이 빠른 직선을 그으며 먼 시공으로 날아가고 동춘호는 하얀 연기를 밤하늘에 날리며 남쪽으로 향한다.

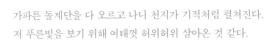

가파른 돌계단을 다 오르고 나니 천지가 기적처럼 펼쳐진다.
저 푸른빛을 보기 위해 여태껏 허위허위 살아온 것 같다.

# 바이칼에서
# 생긴 일

## 뜻밖의 러시아 여행

여행을 하게 되는 것이야말로 특별한 인연인 것 같다. 가려고 벼르다가도 못 가게 되는 사정이 생기기도 하고 가려고 벼르지도 않았는데 갑자기 가게 되는 일도 생긴다.

나의 이번 바이칼 여행이야말로 출발 일주일도 되기 전에 정해졌다. 러시아 여행은 비자를 내야 하고 비행기표만 해도 그전 날까지 대기자였다. 원래는 어머니가 지난 7월에 문인들과 바이칼 여행을 기획했는데 바이칼의 인접 도시인 이르쿠츠크에서 러시아 비행기가 큰 사고를 내면서 갑자기 취소가 되었다. 그런데 다시 또 다른 계획으로 블라디보스토크와 바이칼을 가게 되었다. 여행만이 아니라 블라디보스토크에서 있을 포석 조명희 선생의 문학비 제막식에 참석하는 일정이었다.

나이가 들수록 여름을 지내기 힘들어하는 어머니가 편안한 휴양지에서 지내셨으면 했지만 어머니는 더 늙기 전에 바이칼을 보고 싶다고 했다. 휴가를 맞은 남편도 이 여행에 동행하게 되었다. 어머니와 남편은 나에게 가장 어려운 존재다. 사랑하기에 더욱 힘든 사람들이다.

우리는 여행에서 해방감과 자유와 일상의 긴장으로부터의 탈출을 꿈꾸지 않는가. 나는 마음을 다스린다. 러시아와 바이칼을 볼 수 있

블라디보스토크 공항 앞에 선 어머니. 민영 시인

는 좋은 기회를 될 수 있으면 마음을 풀어놓고 자유롭게 보낼 수 있
도록 노력한다. 어머니와 여행하는 것이 얼마나 소중한 시간인가. 연
로한 어머니를 멀찍이서 돌보며 그 모습을 사진에 담아두자. 그리고
이 여행에는 순수하게 내 마음을 설레게 하는 게 있다. 바이칼의 야생
화를 보는 것. 겨울에는 얼어붙은 호수에 도로 표지판이 생긴다는 바
이칼의 8월은 야생화 천지라는 거였다. 1년 넘게 수천 장의 꽃 사진을
찍어온 나에게는 가슴 뛰는 일이었다. 백두산에서의 감동이 채 가시
기도 전에 바이칼을 가게 되다니 야생의 꽃들이 나를 부르는 것 같은
착각에 빠졌다.

　여행 첫날 블라디보스토크 항공을 탔을 때 에어컨도 되지 않는 낡
은 비행기 안에서 부채질을 하고 있으니 과연 무사히 다녀올 수 있을
까 조마조마한 마음이었다. 더위에 약한 어머니도 걱정이었다. 태어
나 처음 러시아 땅을 밟았는데 여러 단계의 입국 수속에서부터 러시
아인들은 딱딱하고 무표정하고 도도했다. 러시아의 젊은 여자들은 모
두 예쁘긴 한데 잘 웃지 않고 눈길조차 주지 않는다. 그게 매력이기는
하다. 스튜어디스의 푸른 제복이 크레파스 색깔같이 선명하고 강렬

하다. 동쪽 점령지라는 뜻을 가진 러시아의 동쪽 끝 도시이고 부동항인 블라디보스토크에 처음 내린 인상은 변방의 군사기지 같은 느낌이었다. 거기서 바로 러시아 국내선 비행기로 갈아타고 바이칼 호수에서 가까운 도시 이르쿠츠크로 가게 되었다. 바이칼은 몽골을 통해 가게 되는 코스가 보통인데 우리는 블라디보스토크를 경유한다.

국내선인데도 또 탑승 수속이 까다롭다. 신발과 웃옷까지 벗으라는 공항 직원의 명령에 항의도 못 하고 어머니는 고분고분 웃옷을 벗는다. 그들이 도스토옙스키와 푸시킨과 체호프와 톨스토이를 통독했고 누구보다 러시아를 사랑했던 이 작가를 알 리가 없다. 언어가 전혀 통하지 않으니 무슨 항의도 할 수 없다.

네 시간 삼십 분쯤 걸려 이르쿠츠크에 이르니 12시가 넘었다. 시내에서 떨어진 숙소로 가는 길은 비포장도로로 자작나무 숲이 쭉쭉 뻗어 밤인데도 희끗희끗 빛을 내며 번득인다. 피곤감이 사라지며 눈이 번쩍 뜨인다. 시베리아의 자작나무 숲이구나. 이 숲을 보러 온 것이다. 야생동물의 눈처럼 번득이는 하얀 자작나무는 정신이 번쩍 나게 하고 가슴이 서늘해지는 힘이 있다. 그냥 하얀 것이 아니라 마치 나무마다 조각을 한 듯 날카로운 문양이 들어 있다.

바이칼의 물고기 이름을 딴 하리우스 빌라는 예전엔 군인들의 막사였다는데 나무로만 지어졌고 넓은 앙가라 강이 흐르는 강변에 위치해 있다. 나무색과 초록색의 페인팅이 눈에 띈다. 어머니와 우리 부부는 2층에 나란히 방을 잡았다.

하루도 안 된 시간이지만 너무 멀리 와 있는 것 같은 기분, 자작나무 숲의 바람소리가 예사롭지 않다. 나무로 된 깊이가 얕은 욕조에서 목욕을 한다.

## 앙가라 강이 흐르는 이르쿠츠크

바이칼의 서쪽에 위치한 앙가라 강이 흐르는 도시 이르쿠츠크는 동시베리아의 행정 문화 교통의 중심지다. 올해로 345년이 된 도시라고 한다. 그래서 그 숫자를 기념하는 행사가 벌어졌다. 러시아는 이 도시를 중심으로 몽골, 중국과 인접하여 동으로 동으로 영토를 넓혀갔다. 그러나 현재의 이르쿠츠크는 유럽풍의 낡은 도시 같다. 기념물이 많아서인지 과거의 기억에 사는 도시라는 인상이다. 그러나 풍부한 수량과 가파르게 흐르는 앙가라 강을 바라보면 그 힘이 엄청나다. 자연의 힘과 합쳐진 과거의 힘은 분명 현재의 힘이다. 앙가라 강 상류의 수력발전소는 이 지역 전체에 가장 싼값으로 전기를 공급한다. 여기저기 기념탑이 많은 나라, 동상이 많은 나라, 영원히 꺼지지 않는 불꽃은 도시마다 타오른다. 밤이나 낮이나 영하 40도의 추위에도 이 불꽃은 꺼지지 않는다. 호국 열사들을 위한 참배 지역인데 그 지역에는 결혼을 하는 신랑 신부들과 축하객들이 찾아온다. 언제든 웨딩드레스를 입은 신랑 신부들을 볼 수 있다. 퇴역 군인들이 군복에 훈장을 그대로 달고 벤치에 앉아 있는 모습을 볼 수 있다. 거리의 이름도 가린 거리 마르크스 거리 레닌 거리, 그들은 이름으로 기억한다.

향토박물관에 시베리아 주민의 생활용품들도 비교적 전시가 잘 되어 있었고 1879년에 있었던 대화재 때의 도시 풍경을 그린 유화는 사실적으로나 예술적으로도 훌륭하였다.

데카브리스트(12월 혁명당원) 박물관은 수수한 목조건물인데 12월 혁명당의 주역인 트루베츠코이와 그 부인 예카테리나가 1845년부터 1856년까지 살았던 집으로 일행들의 주목을 끌었다. 혁명이라는 말만 들어도 가슴이 뛰는 사람들이 있다. 이 도시의 정신적인 뿌리가 차

앙가라 강이 흐르는 이르쿠츠크 정경

르 전제에 맞섰던 러시아 귀족혁명당 데카브리스트에 있다고 한다. 군사 쿠데타에 실패하고 유형지인 이르쿠츠크에서 지적인 토양을 가꾸어 긍지의 뿌리가 된다. 푸시킨이 이 데카브리스트들과 친분이 있었다는 것만으로도 중요하게 기억된다.

1762년에 세워진 즈나멘스키 수도원은 일요일에는 미사가 행해지고 있다지만 현재 교회로서의 기능보다는 데카브리스트들 가족의 묘가 있다는 것에 더욱 의미가 깊은 것 같다. 러시아의 종교는 노인들의 기도처에 불과한 느낌이다.

두 번째 날은 앙가라 강이 보이는 시내의 호텔에서 묵는다. 9시가 가까운데도 해가 지지 않는다. 앙가라 강의 황혼은 강의 깊이와 빠르기만큼 장엄하다. 러시아는 무언가 비장한 기운이 흐르는 나라. 몸을 드러낸 젊은 여인들의 바비 인형 같은 몸매와 얼굴은 예쁘기만 한데 명랑하지 않고 왠지 슬퍼 보인다. 남자들은 약간 무기력해 보이는 인상이다. 과거에는 군복이 가장 어울렸던 러시아 남자들이었겠지만.

슬루디앙카 역 풍경

## 바이칼에서 생긴 일

이르쿠츠크 역에서 타는 방법이 까다롭고 기차 시간이 모스크바 표준 시간으로 되어 있는 시베리아 횡단 열차를 탄다. 러시아 글자만큼이나 헷갈리기 쉬운 열차 타기였지만 앙가라 강과 다차 그리고 자작나무 숲을 보며 가는 짧은 여정은 더 가고 싶을 정도로 재미있다. 이미 타고 있는 장거리 여행객들의 모습을 보는 것도 특별했다. 베개만 한 흑빵과 팔뚝만 한 소시지로 끼니를 해결하며 여행하는 러시아 청년은 2층 침대로 올라갈 때마다 미안한 몸짓을 한다. 꽤 높은 2층을 높이뛰기 선수처럼 한번에 훌쩍 뛰어오르는 모습이 날렵하다.

역에 내리니 산딸기 바구니와 훈제된 말린 생선을 파는 사람들이 몰려드는 광경은 정겹기까지 하다. 농부와 어부의 얼굴은 세상 어디나 순박하다.

바이칼 호수에서 가장 가깝고 최남단인 슬루니앙카 역에서 내려 바이칼 호수로 걸어가는 길이야말로 이번 여행에서 가장 인상에 남고 아름다웠다. 하늘과 물과 꽃 그리고 초록색의 자연스러운 길은 야생화가 지천인데 나는 거의 흥분 상태가 되어 카메라 셔터를 눌러대었다. 꽃들은 피어 있으나 깊은 잠에서 깨어난 듯 내 눈에 잡혀 들어왔다. 어머니는 민영 시인과 같이 앞서 걸어간다. 어머니가 뒤돌아보며 나를 부른다.

"얘야, 사진은 그만 찍고 이 시를 들어보아라."

이 용담꽃
작은 술잔에
이슬 한 모금
받아 마시곤
떠나야 하리

길은 외가닥
불빛 멀어도
떠나야 하리
쪽빛 늪 위에
구름 비끼면

—민영, 「용담꽃」 전문

나지막하지만 언어 하나하나에 힘을 주는 목소리로 노시인은 나를 위해 다시 시를 읊어주신다. 민영 시인의 얼굴이 소년처럼 빛난다. 손에는 모두 작은 용담꽃 다발을 만들어 가슴에 안고 있다. 살면서 이런 순간이 또 올 수 있을까. 바이칼에서 우리의 언어로 시를 읊는 아름다운 울림이 얼마나 자랑스러운가.

걸어가는 모든 일행이 어린아이가 된다. 나는 그 모든 것을 담아둔

바이칼 주변 축제와도 같은 시베리아의 여름 햇볕을 즐기는 사람들

다. 오늘 하루만 만날 수 있는 꽃들을 영원히 담아두기 위해.

바이칼이 보인다. 지구 담수의 20퍼센트를 차지한다는 풍부한 물인 호수가 눈앞에 보인다. 물론 보이는 건 지극히 일부분이지만. 바이칼이란 발음만으로도 매력적이다. 입 안으로 바이칼이라고 말하는 것만으로도 신선하고도 상서로운 기운이 도는 상큼하면서도 강력한 에너지를 가진 호수. 시베리아 철도의 철길을 건너기도 하는 들길을 따라 바이칼로 간다.

시인들은 저마다 시를 읊는다. 호수 주변엔 해변저럼 수영복 차림으로 비치발리볼을 하는 사람들, 비키니 차림으로 파라세일을 하는 사람들, 축제와도 같은 시베리아의 여름 햇볕을 즐기는 러시아인들의 몸짓이 푸른 물과 선명한 대비를 이룬다.

그 광경만으로는 해변과 비슷하다. 물을 입에 대본다. 하얀 돌들이 정갈하게 깔려 있는 신성한 호수에 손을 담근다. 짜지 않은 담수라 떠 먹어도 된다는데 그 정도로 깨끗한 건 아니다. 사람들이 많이 놀러 오는 장소라 유리병과 캔들이 주변에 흩어져 있다. 그래도 물은 맑고 알지 못하는 에너지가 느껴진다. 우리 민족의 시원이라는 그 바이칼의 여름을 만끽한다. 발리볼을 하는 사람들의 소리가 들리지만 시간을 알 수 없는 적막감이 온다. 바이칼을 바라보며 멀리 작은 섬까지 걸어간다. 가까이 가니 섬이 아니라 낮은 숲길로 연결되어 있다. 걸어가는 곳마다 풍경이 달라진다. 가슴을 펴고 두 팔을 벌려 바이칼을 안아본다.

지구의 푸른 눈이라는 바이칼. 감사합니다. 저에게 이렇게 과분한 풍경을 보여주시다니요.

텐트를 치고 여름을 즐기는 러시아인 가족은 장작 위에 쇠꼬챙이에 꿴 생선을 굽고 있다. 청어처럼 생긴 오물이라는 이름의 바이칼 담수어다. 젊은 남자의 등떠리도 햇볕에 알맞게 타 있다.

내 카메라엔 '메모리 용량이 부족합니다'라는 붉은 사인이 나온다. 메모리 카드를 하나 더 챙겨 왔어야 하는데 이틀 동안 400장이 넘게 사진을 찍은 것이다. 나는 저장된 사진을 앞으로 돌려 초점이 맞지 않거나 중복된 사진을 삭제한다. 어지간히 찍어대었구나. 마음의 균형을 잃는다. 앞으로의 여행 일정에서 사진을 어떡하지?

바이칼 호수에서의 자유로운 시간이 지나고 다시 오솔길을 지나 버스로 돌아온다. 버스로 바이칼을 내려다볼 수 있는 굴뚝이라는 이름의 마을로 올라간다. 생선을 구워 파는 장사들이 시장을 형성하고 있는 마을이다. 가이드는 다시 이르쿠츠크로 돌아갈 때까지 화장실이 없으니까 여기서 다녀가세요 한다. 앞서가는 어머니를 따라간다. 어둡고 깊은 재래식 뒷간이다. 바이칼이 한눈에 내려다보이는 경치는 기막히게 좋은 곳이지만, 나는 그곳에서 가방에 든 카메라를 떨어뜨린다. 깊고 어두운 구멍 속으로 빠뜨린 나의 카메라. 비디오테이프처럼 되감을 수 있다면 잠깐 나의 실수를 고칠 수 있을 텐데⋯⋯. 순간에 일어난 일이지만 돌이킬 수 없는 일이었다. 가슴이 철렁했다. 눈앞이 노래졌다. 손으로 눈을 가리고 엉엉 울고 싶었다. 내 마음속의 어린애는 발버둥치며 장난감을 잃어버렸다고 소리치고 있었다. 오호통재라 아끼던 나의 장난감, 손에 익어 만지기만 해도 기분이 좋아졌던 나의 물건, 수천 장의 꽃 사진을 찍어주었던 것을 바이칼에서 잃어버리다니⋯⋯ 부주의한 주인을 만난 불쌍한 물건.

그때 어머니의 준엄한 음성이 들린다.

"응석 부리지 마라. 더 좋은 걸로 또 사면 되지."

자신의 실수로 카메라를 잃어버렸는데 누구를 탓하랴. 너무 아낀 것도 죄라면 죄다. 물건에 대한 지나친 애정도 죄다. 꽃에 대한 지나친 친밀감도 잘못이라면 잘못이다. 그냥 바라보았어야 했다. 예쁜 꽃들을 멀찍이서 바라보며 유유히 걸어갔어야 했다. 머릿속에 담아두었어야 했다. 악착같이 내 물건에 담아두려고 했던 건 소유욕 때문이었다. 물건을 잘 챙기라는 남편의 말을 잔소리라고 생각했는데 보기 좋게 벌을 받았다.

부끄러움과 창피함보다는 되돌릴 수 없는 수백 장의 사진들이 눈에 어린다. 시퍼런 바이칼이 삼켜버린 사진들.

나는 순간 8월에 아들을 잃은 어머니를 생각한다. 이제 세월이 흘렀다지만 어머니의 상실감을 생각한다. 큰 고통을 겪어낸 사람의 대범함을 생각한다. 사소함에 매달리지 않는 겸허함에 머리를 숙인다.

그 가벼운 마음을 생각한다.

나는 버스로 돌아와 자리에 앉는다. 나 자신을 반성한다. 다행히 일행들은 나에게 덕담을 해준다. 액땜하신 겁니다. 우리 여행의 액을 모두 가져가신 겁니다. 디지털의 꽃을 피울 겁니다. 모두들 고맙다.

이 여행의 회장격인 김영현 실천문학 사장은 마이크를 잡고 내가 우리 여행에서 뜻밖의 즐거움을 선사해주었다고 찬사(?)를 보내준다. 때로는 남의 실수가 즐거움을 가져다주기도 하니까.

바이칼을 생각하면 잃어버린 사진기 속에 들어 있는 그 야생화들이 하늘거리며 떠올라 눈물이 어린다. 아직 성장하지 않은 내 마음속의 어린애가 주르륵 눈물을 흘린다. 그저 유년의 그리움을 가져다줄 뿐 그 눈물은 감미롭다.

내 소유가 될 수 없는 바이칼의 꽃들이여, 언제 다시 볼 수 있으리.

## 감동의 바이칼 박물관

아끼던 장난감을 잃어버려 풀 죽은 아이처럼 되어버렸지만 다시 명랑성을 회복할 수밖에.

김영현 사장은 나에게 자신의 카메라를 빌려준다. 처음에는 사양했지만 곧이어 솔직한 나의 마음이 나온다. 어머니의 여행기 『잃어버린 여행가방』을 낸 출판사 사장이니까 "잃어버린" 것에 대해 책임을 지려는 것 같다.

오늘은 우리의 민속촌에 해당하는 나무로 된 브리아트족 원주민촌을 구경하러 간다. 농사 종교 교육 가정의 생활상을 볼 수 있는 지역으로 우람한 통나무와 견고한 목재로 되어 있는 집들이 보기 좋다. 원래 있었던 곳이 댐 건설로 수몰되어 다시 재현하여 만든 곳이라는데

브리아트 원주민촌과 바이칼 생태 박물관

도 고증에 충실해 보인다. 정갈하면서도 내부 구조나 가구, 소품에 품격이 있었다. 그네와 널뛰기를 혼합한 듯한 놀이기구도 낯익고 작은 학교의 분위기도 좋았다. 마을을 다 돌아볼 수 있는 마차도 있었다. 외국인 관광객이 많았고 기념품을 달러로 살 수 있었다. 바이칼의 물고기를 그린 조약돌과 흙으로 빚은 물개 모양의 파란색 작은 피리를 아이들을 위해 샀다.

나는 바이칼의 생태 박물관에서 가장 감동을 받았다. 러시아의 기초과학 수학 생물학 지리학 지질학 고고학의 모든 것을 보여주는 자연사 박물관이야말로 러시아의 진수가 아닐까 생각했다. 크지는 않았지만 전시된 색채가 세련되었고 내용이 풍부한 것은 결국 기초학문의 깊이를 말해주고 있었다. 생물학자 지질학자의 두상을 그 곁에 세워놓은 것도 존경스러웠다. 바이칼의 호수 깊이만큼이나 러시아의 깊이가 느껴지는 순간이었다.

동물의 박제는 유리상자 속에 들어 있지 않은데도 냄새가 전혀 나지 않았고 친숙하게 관찰할 수 있었다. 바이칼의 물을 정화하는 기능을 가졌다는 새우(에삐슈라)는 그대로 살아 움직이는 것을 수족관에서 볼 수 있었다. 어릴 적 아버지는 새우를 에삐라 하셨는데 러시아어에서 온 낱말이었나? 지형 지리적인 도형과 도면, 서식하는 생물들의 생태를 섬세하게 잘 보여줄 뿐만 아니라 바다표범 여우 늑대 곰 공룡 뼈 등을 만질 수 있게 보여주는 경지가 놀라웠다. 여러 분야의 많은 전문가들이 양성했다는 것을 보여주었다. 무엇보다 학문과 학자에 대한 존경심에 머리가 숙여진다.

러시아는 신이 주신 자연, 바이칼을 이토록 섬세하고 아름다운 분석으로 그 사랑을 표현하고 있다.

### 선상에서 보는 바이칼

바이칼은 336개의 하천이 흘러들고 앙가라 강 단 하나의 강으로 흘러나간다. 그 앙가라 강은 예니세이 강으로 예니세이 강은 북극으로 흘러간다. 바이칼이 앙가라 강으로 흘러드는 하구엔 바위가 하나가 있고 그 바위에 얽힌 전설이 있다. 옛날에 바이칼이라는 왕에게는 336명의 아들과 앙가라라는 외동딸이 있었다. 그 사랑하는 딸이 좋아하는 남자가 있었는데 이름은 예니세이. 아버지의 반대를 무릅쓰고 아버지가 잠든 사이에 애인을 따라 몰래 도망치는 딸의 뒤통수에 돌을 던져 죽게 했다는 전설, 그 돌이 떨어진 자리가 바로 앙가라 강의 시작이라는 것이다. 딸의 슬픈 눈물이 강이 되어 흐른다는 전설의 고향이 있다고 한다.

그 바위는 샤먼바위라고 하는데 바이칼과 앙가라 강을 구별하는 표지석이다. 그 주변 마을 리스트반카에서 유람하는 배가 떠나고 호텔도 들어서 있다.

배를 타고 바이칼을 유람한다. 보드카와 훈제된 요리를 가지고 배

목적지 없이 배를 타고 바이칼을 유람하고 돌아오다

를 탄다. 풍부한 물 위를 바이칼 깊숙이 배를 타고 간다. 두 시간 남짓의 시간이 꿈같이 흘러간다. 그 짧은 시간 동안 천둥번개가 치고 비가 쏟아지기도 하고 다시 해가 비치기도 한다.

배 위에서 노래도 하고 보드카도 마시고 춤을 추기도 한다. 남편은 나를 선실로 데리고 가서 둥근 창이 보이는 침대를 보여준다. 갑판보다 한 층이 낮은 선실은 물과 같은 높이로 출렁임을 볼 수 있다. 짧은 순간이지만 로맨틱하다.

어머니는 선실에서 일행들과 대화를 나누고 목적지도 없이 바이칼을 한동안 유람하고 선착장에 도착했다.

반야라는 러시아식 사우나를 체험한다. 자작나무 가지로 몸을 때린다는 사우나 체험. 여기서는 완전 남녀 차별로 자작나무 가지는 남자들만 체험했다나. 반야 안에 품위 있게 차를 마실 수 있는 방이 있는 것 그리고 홑이불과 같은 마로 된 하얀 포로 몸을 휘감을 수 있는 것이 특이했다. 나는 간단한 사우나 후 마포를 두르고 어머니와 홍차 한 잔과 함께 담소하고 젊은 여자들은 몸매를 자랑했다.

남자들은 반야에 들어갔다 나오더니 불콰한 얼굴로 어깨동무를 하며 뭔가 서로 친숙해진 몸짓이다.

## 러시아의 인상, 이르쿠츠크 거리 풍경

이르쿠츠크를 거점으로 바이칼 주변을 둘러본 사흘 동안의 여정 동안 도시를 충분히 느낀다. 내가 러시아에 와서 놀란 것 가운데 하나가 거리의 광고판이다. 크기와 모양은 규격인데 시각적으로 세련되었고 다양했다. 하나하나 광고 예술을 보는 듯 역시 미술과 영화의 나라답다는 느낌이다. 샤갈과 칸딘스키와 타르코프스키가 태어난 나라가 아닌가. 러시아의 중심지도 아니고 변방인데도 불구하고 품격을 유지하고 있다. 건축물도 비록 낡았지만 미적인 감각은 훌륭했고 색채감각이 뛰어나 짙은 초록색 보라색 파란색을 잘 구사했다. 하루아침에 될 수 없는 문화의 힘이다.

이르쿠츠크의 교통수단은 풍부한 전기를 이용하는 트람바이와 트롤레이 부수가 있다. 기차와 같은 레일 위를 움직이는 것, 위에 전선이 연결되어 있다.

비록 바이칼의 야생화 사진은 날아갔지만 곳곳에서 러시아의 꽃을 만난다. 보랏빛 꽃들이 서늘하다. 꽃 이름은 다 모르지만 모두 아름다웠다. 수레국화 금어초 용담화 달리아 글라디올러스 아마릴리스 비비추 포피 백두산에서 보았던 꽃 종류가 눈에 띄어 반가웠다. 러시아의 여름은 축제와 같고 꽃들은 젊은 여자의 짧은 청춘처럼 예쁘지만 슬프다.

꽃 사진을 찍어보면 꽃의 표정이 잡힌다. 집 마당에 핀 꽃 다르고 시골 텃밭에 핀 꽃이 다르다. 산속에 핀 꽃 다르고. 러시아의 꽃도 특별한 표정이 있었다. 기후와 바람과 그리고 그 꽃을 보아주는 사람이 다르니 꽃의 표정이 다를 수밖에 없으리라. 나는 러시아의 보랏빛에 매료된다.

러시아의 주말농장격인 다차는 시 외곽에서는 어디든 볼 수 있는데 정원을 아름답게 가꾼 집들도 많았다. 가꾸지 않아 황폐한 집도 있었지만. 다차는 러시아 사람들의 기본 식량을 해결해주기도 하고 도시와 농촌 생활을 병행하게 하는 건강한 제도인 것 같다.

### 조명희 문학비 제막식, 혁명과 예술에 대해

이 여행에서 가장 힘들었던 것이 이르쿠츠크에서 블라디보스토크 오는 비행기 안에서 1박을 해야 하는 거였다. 일정상 어쩔 수 없다 하지만 연로한 어머니한테는 버거운 일이었다.

수속이 까다롭고 비행기 트랩을 올라가면서도 무작위로 여권 검사를 하는 둥 쓸데없이 경직되게 만드는 분위기는 사회주의적이지 않은가 생각했다. 남자들 벨트는 물론이고 나는 셔츠까지 벗어야 했다.

블라디보스토크에서 여행 목적이기도 한 조명희 선생 문학비 제막식이 있었다. 극동 기술대학의 뚜르모프 총장과 주한 블라디보스토크 총영사가 나왔다. 동행하신 조명희 선생의 가족 여섯 분, 아흔이 넘으신 조카(조중협 교장선생님의 강건함은 경탄을 자아냈다)를 비롯한 친인척은 여행 중 친숙해졌다. 나는 조명희에 대해서는 카프문학가라는

조명희 문학비 제막식에서 인사말 하는 어머니

것 이외엔 잘 몰랐지만 그 가족들과 여행하면서 그분들이 얼마나 좋은 사람들이고 건강하고 예술적인 감성이 풍부한 분들인가를 피부로 느꼈다. 모스크바에서 먼 길을 온 조명희 선생의 막내아들과 외손자, 연변에서 열 시간 동안 버스를 타고 왔다는 문인들 그리고 블라디보스토크 방송 3사 모두 취재를 나오는 성대한 행사였다. 문학비의 글씨를 써주신 만해마을의 효림스님, 축가를 부른 시인들은 모두 여행하면서 가까워진 분들이다. 잃어버린 민족문학사를 찾아가는 작가모임을 이끈 김영현 사장의 수고는 말할 것도 없었다.

어머니는 폭염에 서 있느라 힘드셨지만 맡은 축사를 훌륭히 했다. 혁명가와 예술가에 대해 그리고 조명희 선생의 가족에게 감동적인 인사말을 했다.

대학 도서관 로비에서 러시아식 칵테일 파티가 있었다. 조명희 선생님이 활동하던 1920년대식 축음기를 내놓아 음악을 틀어놓는 센스와 낭만을 보여준다.

대학 총장은 음악이 나오자 어머니께 가벼운 춤을 청하고 아주 짧은 시간이지만 자연스러운 파티 분위기를 만들어준다.

나는 도서관의 책 박물관에 관심을 기울인다. 볼펜 길이의 반도 안 되는 아주 작은 책에서부터 전시된 책들이 모두 아름다웠다. 책에 대한 존중심에는 무조건 머리가 숙여진다.

## 여행을 마치고

블라디보스토크는 러시아 철도의 끝단으로서의 자존심 그리고 점령지로서의 전승기념물이 특색이다. 전승을 거둔 잠수함과 블라디보스토크 역의 아름다운 천장화에는 모스크바까지 9,288킬로라는 거리가 쓰여 있는 것이 인상적이다.

도시는 바다를 보면서 언덕 위에 자리 잡은 것이 지형적으로 샌프란시스코와 비슷하다는 느낌. 도시 곳곳에 갤러리가 많았다. 블라디보스토크 같은 유럽의 도시가 우리나라와 이렇게 가깝게 맞닿아 있다는 것이 새삼스러웠다. 대형 슈퍼마켓에는 물건이 풍부하고 물가도 꽤 높은 것 같아 월 평균 200달러의 소득이라는 게 믿어지지 않았다. 블라디보스토크는 우리나라와 표준 시간이 두 시간 앞서고 바이칼은 우리와 일치한다.

떠나는 날 아침 둘러본 신한촌의 기념탑은 우리 조선인들의 넋을 위로하기 위한 기념물이다. 크고 작은 돌기둥이 단순해서 오히려 감동을 자아냈다. 1800년대 중반부터 연해주에서 조선인들이 모여 살던 곳이었는데 1937년 중앙아시아로 강제 이주당했던 조선인들의 슬픔이 어려 있다. 그 넋을 위로하는 탑이다. 얼마나 많은 사람들이 추위와 굶주림에 죽었고 살아남은 사람들도 얼마나 혹독한 고생을 하였을까.

강제 이주를 반대하다가 1938년 하바롭스크에서 처형당한 조명희를 생각하면 그 기념비를 참배하며 숙연해진다.

어머니는 그곳에서 가장 깊은 감동을 하는 것 같았다. 어머니가 살았던 시대와 맞닿은 시간에 일어난 일들이다.

나는 무사히 여정을 마친 것에 진심으로 감사하는 마음으로 조국을 그리워하며 죽어갔던 영혼들을 위해 기도한다. 마음속에 알지 못할 슬픔이 고인다.

걸어가는 곳마다 풍경이 달라진다.
가슴을 펴고 두 팔을 벌려 바이칼을 안아본다.

엄마와 밤기차를

오랜
예찬

## 프랑크푸르트로 가다

여행에도 팔자가 있고 시기가 있는 모양이다. 올해 나는 세 번째로 인천공항을 통해 출국하게 되었다. 토정비결이나 점을 본 적은 없지만 올해 나에게 여행운이 트인 모양이다. 그러나 운세라는 것이 다 그렇듯 자신의 선택이 가장 큰 작용을 한다. 이번 유럽행이야말로 내가 고른 것. 신문이나 인터넷에 나오는 수많은 여행 상품 중 하나를 빠르게 선택했고 결정했다. 내가 특별히 가고 싶은 곳이 들어 있고 여러 나라를 둘러보며 여러 교통수단을 이용한다는 것이 매력적이었다. 그러나 너무 흔한 게 여행이다. 유럽 여행이 이제는 특별한 일이 아니다. 나에게는 오히려 늦게 온 운세일 수도 있다.

12년 전 한 달에 만 원씩 자동이체 되었던 적금이 만기가 되었다. 물론 200만 원 가까운 신기한 목돈으로 여행비가 다 충당되지 않았지만 커다란 종잣돈이 되었다. 한 달에 만 원씩 저축했기에 유럽 땅을 밟을 수 있게 된 것이다.

얼마 전 내가 처음으로 책을 내고 난 뒤 한 출판사 관계자와 이야기를 하게 되었는데 미술에 관한 글을 가끔 쓰는 나에게 파리의 그림 이야기를 하도 오랫동안 하길래 "저는 아직 프랑스에 가보지 않았는데요" 하니까 입을 딱 벌리고 말을 잇지 못했다. 그 남자는 충격을 받은 것 같았다. 나는 그때 민망했다기보다는 가보지 않았지만 동경과 그리움을 품고 있는 것도 그리 나쁘지 않다고 이야기하고 싶었다. 그리고 많은 책과 그림을 통한 간접경험도 괜찮았다고 말하고 싶었다.

불특정 다수의 모르는 사람들과 여러 날 여행하면서 불편하지나 않을까 염려되기도 했다. 거기다가 2주 전에 다친 발목이 아직도 완전하지 못해서 커다란 약봉지를 들고 가야 했고 만약에 대비해 압박붕대와 파스를 챙기고 늘 먹는 약들까지 챙기려니 한심스러운 생각이 오고 갔다.

그러나 스스로 선택해서 여행을 갈 수 있는 것은 역시 축복이고 감사할 일이었다.

공항에 나와보니 총 30명이 한 팀이었는데 여러 여행사에서 신청해서 연합한 팀이었다. 그래서 여행사 이름은 따로 없고 우리가 타고 갈 항공사명이 여행 팀의 이름이 되었다. 같이 여행하는 사람들을 관찰하는 것도 재미있을까.

가이드는 약간 살이 붙은 이십대 후반 아니면 삼십대가 지났을지도 모르는 젊은 여자인데 왠지 권태로워 보인다. 우리는 처음이지만 그녀에게는 늘 하는 일이고 업무인지라 신선함이 없다. 명단을 확인하고 비행기표를 나누어주는 손길, 이름을 부르는 목소리가 피로에 무겁게 젖어 있다. 그리고 외국에서 산 듯한 금속 벨트와 목걸이, 프린트된 웃옷이 이국적인 느낌을 자아내기보다는 좀 나른해 보인다. 시작부터 내 마음이 왜 그러지? 눈길 한번 따로 주지 않고 사무적으로 여권과 비행기표를 체크하는 그런 포즈가 오히려 나을지도 몰라.

프랑크푸르트행 비행기를 탄다. 가보고 싶었던 독일 땅이다. 고등학교 1학년 때부터 배웠던 독일어, 대학입학시험 때는 가장 실력이 좋았었고 대학 때는 독문학 강의를 얼마나 많이 기웃거렸던가. 하인리히 뵐의 『아홉 시 반의 당구』를 읽으며 우리 친구들은 오전 9시 반에 학림다방에서 만났었지. 전혜린의 산문집 『그리고 아무 말도 하지 않았다』와 함께 하인리히 뵐의 동명소설을 얼마나 반복해서 읽었던가. 전후의 가난하고도 암울한 부부의 이야기인데도 아름다운 소설을 읽으며 독일이라는 공간을 마음속에 꿈꾸었지. 독일로 유학 간 피아니스트 친구가 보쿰에서 보내오던 엽서에서 그 기운을 느끼곤 했지. 아이들이 어릴 때부터 괴테인스티튜트를 같이 다니며 독일어를 배우게 했던 극성 엄마이기도 했는데, 그런 생각들이 오고 간다. 비록 짧은 일정이지만 독일을 스쳐가는 일정이 마음에 들었다.

비행기 안의 인쇄물에서 '기록은 기억을 지배한다'는 글귀를 발견한다.

몽골의 울란우데 평원을 지난다. 서쪽으로 가면서 계속 낮이 지속한다. 거울처럼 빛으로 반짝이는 사행하는 하천들이 보인다. 기하학적으로 선을 그어놓은 시베리아의 철도가 보인다. 놀랍게도 바이칼을 지난다. 거울처럼 조용한 호수가 신비하게 펼쳐진다. 중앙아시아의 노보시비르스크도 지난다. 예카테린부르크를 지나 발틱해로 들어선다. 하늘을 비추는 바다가 보인다.

옆자리에 앉은 젊은 남자는 여행객은 아니고 한국 기업의 직원인 듯 반듯한 옆모습이고 『이케아―스웨덴 가구왕국의 상상초월 성공스토리』란 책을 보고 있다. 훈련된 직원의 모습이다. 두꺼운 사전 같은 유럽여행 최신개정판 말고는 아무 책도 챙겨오지 않은 것을 후회한다. 과연 열흘 넘게 활자를 안 보며 지낼 수 있을까. 다행히 지루하

독일의 풍경

기도 전에 독일 땅이 보이고 프랑크푸르트가 보인다. 마인 공항을 빠져나오는 동안 제일 먼저 공항 안에 큰 책방이 눈에 띈다.

독일 땅에 내리니 비가 온다.

전차가 있는 도시, 전찻길만 보아도 다정하구나. 전차는 기차보다 유연하지, 굽은 길에다가 찻길과도 섞여 있다. 처음 가보는 프랑크푸르트의 중심, 뢰머 광장은 기원전 로마군이 주둔했다고 해서 지어진 이름으로 광장 중앙의 동상은 정의의 여신 유스티티아 여신으로 오른손엔 검 왼손에는 저울을 들고 있다.

도서전이 열리는 도시라 그런지 책방이 자주 보인다. 책이 주는 느낌이야말로 만국 공통어인지도 모른다. 도시엔 마인 강이 흐르고 강한 켠 운하에서 큰 배가 움직인다. 독일에서의 첫날 호텔 바에서 맥주를 시키니 땅콩을 유리컵에 넣어 작은 찻수저를 꽂아준다. 병을 수거하는 쓰레기통엔 병 색깔별로 따로 분리해놓은 세심함이 보인다.

### 하이델베르크 성에서

아침은 호텔에서 먹고 짐을 챙겨 나간다. 이제 프랑크푸르트는 정도 들기 전에 '아우프 비더젠(Auf wiedersehen)!'이다. 그룹 투어는 처음부터 끝까지 따라다니는 담임선생 같은 가이드와 현지 가이드가 따로 있다. 독일 유학생인 가이드는 버스에 타자마자 열심히 독일에 대해 설명한다. 독일에서의 모든 대화는 날씨로 시작해서 날씨로 끝난다는 말부터 제2차 세계대전 이후 독일이 속죄하는 의미로 노력한 여러 가지에 대해 이야기한다. 1933년 히틀러 정권이 군수물자의 수송을 위해 만든 아우토반은 도로세를 받지 않는다. 그리고 지역마다 유대인 박물관을 만들어 자라나는 아이들에게 잘못된 역사를 기억하게 하고 다시 그런 잘못이 일어나지 않도록 교육한다. 그리고 유대인에게는 많은 특혜를 준다. 의과대학에 입학하는 정원이라든지 루프트한자 비행기 좌석을 따로 남겨 놓는다든지 하는 배려를 계속하고 있다.

익히 들어왔지만 현지에 와서 그런 말들을 들으니 존경스럽다. 과거의 영광을 보여주는 유물도 중요하지만 현재의 그런 노력으로 미래의 모습을 보여준다.

하이델베르크로 가는 아우토반은 그리 빨리 달리는 것 같지는 않다. 박정희 대통령이 독일 방문 때 감탄하고 따라 만들었다는 우리의 경부 고속도로, 그러나 독일과는 지형이 달라 이탈리아 A1고속도로의 설계를 본땄다고 한다.

차종마다 속도제한이 있어 우리가 탄 관광버스는 그저 110킬로미터로 달리는 것 같다. 비가 와서 가라앉아 있지만 차분하게 아우토반을 달린다. 생각보다 산이 많지 않다. 숲이 가득하다고 생각했는데 산속이 아니라 평지의 숲이다. 인구밀도가 높지 않아 도시는 작고 그저 푸르름이다. 자연도 사람을 닮은 듯 허세가 없다.

대학도시인 하이델베르크는 차분하고 매력적이다. 경사진 언덕을 오르면 나오는 고성 하이델베르크 성의 분위기도 그 붉은색의 돌과 무너진 성의 모습이 친근감을 준다. 아마 그 붉은색의 무너져가는 성 벽 때문에 가을에 특히 멋지다고 한 것 같다. 사진에서 많이 보아서일 까 낯설지는 않은데 상상한 것보다 다정하게 다가온다. 아침부터 세 계 곳곳에서 온 관광객들과 꽃을 들고 설명하는 관광 가이드들과 네 카 강이 흐르는 작은 대학도시는 허세도 없고 화려함이 없지만 믿음 이 간다. 모두들 1751년에 만든 거대한 술통 22만 리터를 담는다는 그로세스 파스로 몰려간다.

나는 약제박물관에 잠시 들렀는데 놀라운 박물관이었다. 각종 약 재료와 약제기구의 역사박물관인데 정교하고 아름다웠다. 독일의 화 학 의학의 역사를 보는 듯했다.

하이델베르크 성을 짓던 석공이 어린 자식이 죽자 그 슬픔을 이겨 내려고 아기 천사가 컴퍼스를 들고 있는 것을 새겨놓았다. 컴퍼스라 면 기하학의 기본 도구가 아닌가. 석공이 늘 가까이 쓰던 도구를 아이 들이 안고 있는 부조를 만든 것이 특이해서 한참을 들여다본다.

프리드리히 5세가 사랑하는 아내를 위한 생일 선물로 하루 만에 지 었다는 엘리자베스의 문도 사랑스럽다. 독일인의 열정이 엿보인다. 괴테의 작품들이 생각난다.

성에서 네카 강을 내려다보는 것도 좋다. 건너편 강 언덕에는 호화 로운 별장들이 있다고 한다. 그리고 숲속에 철학자의 길이 보인다. 강 은 좋은 운송 수단으로 쓰이고 있었고 도시 곳곳에 흩어져 있는 대학 의 건물들을 내려다본다. 서울 곳곳에 흩어져 있던 옛 서울대가 생각 난다. 연건동 의과대학 말고는 이제는 흔적이 없는 서울대의 옛 캠퍼 스들. 갑자기 방산시장 뒷골목 친구가 다니던 음대도 생각난다. 안에

하이델베르크 성과 철학자의 길

들어가면 작은 연못이 있고 그 오롯한 연못엔 얼마나 많은 꿈과 낭만
이 있었던가.

비가 오지만 성을 천천히 내려오며 아름다운 성벽과 돌길의 감촉
을 느낀다. 네카 강을 건너는 칼 테오도르 다리를 거니는 것도 좋다.

하이델베르크, 이름처럼 고귀하고도 신선하다.

나는 고성 근처의 가게에서 포도 모양이 새겨진 포도주병 마개를
하나 산다.

베네치아로 가기 위해 오스트리아 인스브루크로 향한다.


**오스트리아를 거치며**

내가 이 여행에서 가장 기대했던 것이 길이다. 도시와 도시를 연결
하는 길, 나라와 나라를 건너가는 길을 보고 싶었다. 버스나 기차 속
에서 하염없이 밖을 내다보며 동경했던 유럽의 땅을 보는 것만으로도
내 여행의 목적은 충분했다.

그룹 투어가 마음에 차지 않고 거슬리는 점이 있을 수 있다는 것
도 들어 알고 있었지만 가이드들은 노력을 많이 했고 인터넷의 발달

로 고객의 불만이 빨리 전해지기 때문에 조금이라도 차질을 빚을까봐 우려하는 모습이 오히려 안쓰러울 지경이었다. 일행들도 남에게 피해를 줄까봐 서로 배려했다. 그런데도 긴 시간 버스로 이동하면서도 서로 통성명을 하지는 않아 프라이버시를 지킬 수 있었다. 참으로 놀라운 변화였다. 예전엔 기차를 한 번 타도 옆 사람과 대화를 하고 뭐 하는 사람인가 서로 궁금해하며 소통을 했었는데…….

일행은 78세 어머니를 중심으로 세 아들과 며느리 가족 7명, 그리고 우리보다 좀 나이가 많은 부부 말고는 모두 아이와 같이 온 젊은 엄마들이었다. 젊은 엄마들은 기말시험이 끝나자마자 방학도 되기 전 유럽여행에 데려온 것이다. 그런데 가만히 관찰하니 아이들과 여행을 한다기보다는 마치 과외공부 시키듯 교육 차원에서 데려온 것 같았다. 세계사 공부 겸 넓은 세계를 보이고 또래 친구들에게도 꿀리지 않으려는 목적이 있는 것 같았다. 아이들은 모두 예의 발랐고 엄마의 통제를 받으면서도 구김살이 없었으며 연령별로 금세 친해져 버스 속의 자리가 재편성되었다. 친구들끼리 휴가를 온 이십대 후반의 직장 여성 세 명은 1년 동안 돈을 모아 어렵게 왔다고 했다. 착하고 건전하고 귀여운 여자들이었다. 일행 중 나와 정신연령(?)이 맞는 듯 가장 가깝게 지냈다. 그래서 가끔 포도주를 같이 따서 먹고 쇼핑한 것을 보여주기도 했다. 다양한 연령층이 섞인 것이 오히려 활력을 주는 것 같았다.

하이델베르크를 떠나 오스트리아로 가는 길은 시원스러웠다. 하늘의 구름이 나라마다 다르다. 오스트리아의 산악도시로 이동하는 길은 지루하지 않다.

초원 위에 프로펠러같이 생긴 풍력발전소의 시원한 모습, 구름이 이동하는 것만 보아도 좋다. 호수와 작은 마을들을 보며 지대가 높은

오스트리아의 산악도시로 이동하는 가운데 본 풍광

도시 인스브루크로 간다. 인스브루크엔 인 강이 흐른다. 작은 도시지만 세련되었고 전차가 다닌다. 작은 골목들이 사랑스럽다. 황금지붕이 유명하다는데 황금지붕보다 도시가 사랑스럽고 카페 안을 들여다보니 마주 앉아 다정히 이야기하는 두 여자들이 눈에 띈다.

포장마차에서 뜨거운 소시지를 하나 산다. 마치 순대 싸주듯이 소스와 함께 포장해준다. 작은 가게들은 앙증맞다. 숙소는 티롤 지역의 스키장 펜션 같다. 서늘한 산 기운이 느껴진다. 호텔에서 먹은 저녁에 나온 허브 냄새가 나는 수프는 그런대로 뜨거우니까 괜찮았는데 메인으로 나온 돼지고기와 콩 모두 풀 죽은 통조림 같아 별로였다. 오스트리아까지 와서 저녁을 이렇게 부실하게 먹다니.

다음 날 아침엔 갓 삶은 따뜻한 달걀 반숙이 나와 어제 저녁 식사

의 불만이 해소된다. 삶은 달걀 하나라도 제대로 된 걸 먹으면 마음이
풀린다. 아침 따뜻한 유유와 콘플레이크는 죽 대신으로 충분하다. 이제
오스트리아를 떠나 베네치아로 향한다. 네 시간이 걸린다고 한다.

## 베네치아에서

인스브루크를 떠나 이탈리아로 향한다.

버스 운전기사는 이탈리아 남부 시칠리아가 고향이라는데 다혈질이
라 서는 곳마다 싸움을 일으키길 좋아한다. 하이델베르크에서도 주
차장에서 독일인과 싸우는 걸 유학생 현지 가이드가 뜯어말렸는데 싸
우는 게 이탈리아 기사에게는 사는 재미인 것 같았다. 그런데 폭력은
곤란. 무사히 다니기를 기원한다.

이탈리아는 도시에 진입할 때 버스 한 대당 꽤 많은 출입세를 물어
야 했다. 도시마다 가격의 차이는 있었지만 베네치아는 400유로 정도
였는데 굉장한 관광 수입을 올리는 게 눈에 보였다. 각 나라에서 온
버스들이 엄청나게 많이 몰려드니까.

바다가 보인다. 느리게 푸르게 기우뚱하게 누운 바다가 보인다. 가보
지 않으면 상상이 안 된다. 바다 위의 도시인 베네치아는 400개의 다리
와 118개의 섬과 177개의 운하로 이루어졌다고 한다. 낮은 바다 수면
위에 나무를 박고 그 위에 돌과 흙으로 매립해서 만들었다는 도시.

베네치아는 이탈리아 북부 아드리아해 연안에 수만 년을 두고 해
류, 조류, 하천의 퇴적과 침식, 해일 등의 작용으로 퇴적물이 쌓여 바
다의 일부가 폐색되어 이루어진 51킬로미터 정도 석호(lagoon)의 중
간에 위치한 점토층의 갯벌 위에 돌과 나무 말뚝 등을 이용하여 일종
의 간척사업으로 일구어진 도시라고 한다. 나의 기억에는 토마스 만

의 『베네치아에서의 죽음』이 떠오르고 그 베네치아의 이미지는 죽음과 아름다움으로 이어졌는데…….

동로마제국과 서로마제국의 중간 위치고 상업과 교역의 중심지라는 정도의 지식밖에는 없다. 시오노 나나미의 『바다의 도시 이야기』를 꼭 보아야겠다고 생각한다. 『로마인 이야기』와 비슷할까봐 아직 보지 않을 걸 후회한다.

6세기 말 훈족의 침입에 쫓겨 만든 도시가 주체할 수 없는 부와 예술과 번영을 안겨주었는데 지금은 서로 부딪칠 정도 몰려드는 사람들의 물결에 쓸려 무슨 자석에라도 끌리듯 베네치아로 간다.

순례자들처럼 뜨거운 여름 햇빛 속에 몰려드는 세계인의 모습은 경건하기까지 하다. 가이드는 소매치기 조심하라고 여권 조심하라며 환상을 깨지만 그렇더라도 성마르코 광장으로 들어가는 배 위에서 훑어보는 도시와 바다에 박아놓은 나무 기둥이 현실 같지가 않다. 베네치아의 지도조차도 묘한 상상을 불러일으키는 기호와 같다.

얼마 전 베니스 비엔날레를 다녀온 화랑을 경영하는 친구의 글에서 본 구절이 이번 여행을 부추겼다고나 할까. 물속으로 잠길지도 모르고 소멸할지도 모르는 사라짐에 대한 아우라, 슬픔이 묘하게 어우러져서 독특한 분위기를 자아낸다고 했던 말이 내 마음에 꽂혔다.

마르코 성인의 유해를 모신 성당, 이집트의 알렉산드리아에서 마르코 성인의 유해를 훔쳐 돼지고기 밑에 숨겨왔다는 성 마르코 성당으로 들어가는 줄이 뜨거운 햇볕 속에 길게 늘어서 있다. 베네치아의 가이드는 우리한테 신기한 비법이 있다는 듯 쉬쉬하더니 옆문으로 들어가는 길로 이끈다. 그 문으로 이끄는 사람은 나이 든 이탈리아 노인이다. 우리는 마치 비밀 결사단처럼 따라 들어간다. 나중에 보니 가이드

바다 위의 도시 베네치아의 길

는 그 노인에게 돈을 치르고 그 노인은 돈을 챙겨 어디론가 사라진다. 급행료를 치르고 들어간 성마르코 성당은 놀라운 금빛 모자이크로 반짝인다. 모자이크의 빛깔들이 어우러져 깊이 있는 화려함을 보이는 천장화에 입이 다물어지지 않는다. 푸른빛과 벽록색과 금빛이 어우러진 모자이크.

성당이 이렇게 아름다워야 할까? 바닥은 침하와 침수가 계속되어 한 쪽이 기울어져 있는 불안한 바닥이다. 물이 침수되어 거적 같은 것을 깐 곳도 있다. 그 기우뚱한 바닥을 조심스럽게 걸으며 성당을 돌아 나오는데 아무 생각이 떠오르지 않고 작은 초 하나를 밝히고 성호를 긋는다.

나폴레옹이 감탄했다는 성마르코 광장은 활기에 넘쳐 있다. 아름다운 가게들과 오래된 카페들이 둘러서 있고 사람들을 구경하는 것만으로도 시간을 잊는다. 한 카페에서 서서 생맥주를 한 잔 마시고 성마르코 성당 가까운 유리공예 숍에서 작은 귀걸이를 하나 산다.

곤돌라를 타고, 수상택시를 타고 저마다 다른 다리 밑을 지나며 섬과 섬 사이를 지나가는 체험은 특별했지만 충충한 물과 부식이 되고 침수가 되고 있는 낡은 집들이 헐어가는 것은 소멸이 진행되고 있는 보여주기 위한 도시였다. 살아 움직이기보다 모든 시민들이 관광을 위해 존재하는 도시. 인구가 점점 줄어든다는 도시. 이 도시에서 아이를 낳아 기르기는 힘들겠다는 생각. 생각보다 더럽지는 않았지만 그 충충한 물을 보니 어쩐지 마음이 울적해지는 것은 나만의 생각일까.

그러면서도 베네치아 베네치아 하면서 끌리는 것은 탐미적인 갈구 때문일까? 소멸에의 안타까움 때문일까?

## 피렌체의 인상

베네치아를 벗어나 한 시간쯤 떨어진 근교의 호텔로 간다. 거기도 작고 아름다운 도시고 호텔과 상점이 잘 정돈되어 있다. 그러나 이미 우리가 도착했을 때는 상점 대부분이 닫혀 있다.

긴 하루해가 지고 9시가 넘어도 사방이 훤하다. 내일 아침 일찍 떠날 테지만 짐을 방에 올리면서 약간의 피곤이 온다. 여러 번 배를 옮겨 탔던 물의 도시 베네치아에서 충격을 받았기 때문인가. 발목은 아직도 완전하지 않아 약을 챙겨 먹으며 붕대를 해야 하는데 앞으로 남은 여행을 잘 치를 수 있을까 아득한 느낌이 든다.

샤워 꼭지 트는 것이 저마다 다른 호텔 방에 익숙해지기도 전에 떠나 바쁘다. 그날 본 것을 마음으로 정리하기도 전에 새로운 도시로 떠난다. 아니 점점 더 아득히 오래된 도시로 떠나는 시간과 공간의 여행이다.

호텔에서의 간단한 아침이지만 에스프레소가 정신을 들게 하고 크루아상은 따뜻하고 신선하다. 피렌체까지는 세 시간이 걸린다고 한다.

피렌체로 향하는 고속도로변엔 해바라기 밭이 많다. 이탈리아의 해바라기는 태양이 너무 뜨거워 반대편을 본다고 한다. 역시 도시 진입세

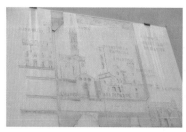

단테 생가와 그가 세례를 받은 성당

를 내기 위해 셨던 곳에서 가이드와 만난다. 모습은 드센 아줌마 같은
데 버스에 타자마자 피렌체와 로마의 역사가 숨 가쁘게 흘러나온다.

피렌체는 영어로는 플로렌스라고 한다. 로마 북서쪽 233킬로미터,
아르노 강이 가운데 흐르는 구릉과 선상지상에 있다. 근대적인 대도
시로서 아르노 강 연변의 교통로와 아펜니노 산맥을 넘는 교통로의
요지기도 하다. 피렌체의 역사는 기원전 10세기 무렵의 취락 빌라노
바에까지 거슬러 올라간다. 도시로서의 발전은 기원전 2세기부터 시
작되었는데, 특히 로마에서부터 뻗어오는 카시아 가도街道의 중심으
로 중요한 지위를 차지했다.

피렌체에서 가장 중요한 인물은 단테로, 도시를 이루는 데 영향력
이 컸던 이유는 그 유명한 메디치가의 막대한 부다. 그런데 단테의
『신곡』을 읽지 않아서일까. 쉽게 와닿지 않지만 13세기의 시인이 지
금도 살아 있는 도시다. 단테가 라틴어가 아닌 이탈리아어로 시를 썼
다는 것 자체가 중요하다.

단테가 세례를 받은 산조반니 세례당이 있다. 그 성당엔 1401년 페
스트로부터 피렌체가 자유로워진 것을 기념하기 위해 세운 천국의 문

온통 역동하는 조각물의 도시

이 황금으로 빛난다. 창세기의 이야기들이 생생하게 10개의 부조로
된 문은 가까이 다가가기조차 경건하다.

제일 먼저 들렀던 단테의 생가는 피렌체 도시 골목 안에 위치해 있
다. 안에 들어가지 않았지만 밖에서 보아도 느낌이 온다.

토스카나 지방의 대리석으로 지어진 종탑과 그 유명한 꽃의 성모
교회 두오모는 피렌체의 상징이다. 힘 있는 조각품들이 시뇨리아 광
장에 널려 있다. 아무리 진품은 따로 있다지만 다비드나 헤라클레스
조각이 살아 숨 쉬는 도시다. 길바닥에도 모조품이지만 그림이 흔하
다. 미켈란젤로 광장에서 강 건너 보이는 피렌체의 인상은 단테가 살
았을 때와 크게 다르지 않을 것 같다.

산타크로체 교회 앞 강한 태양 아래서 그림을 그리는 젊은이의 모습
이 보기 좋다. 과거와 현재가 손을 잡는 순간이다. 그 교회는 영화 〈전
망 좋은 방〉에 나왔다고 한다. 미켈란젤로, 갈릴레이, 마키아벨리의
무덤이 있다는 교회다.

어느 골목에서 들어간 가게에서 미켈란젤로의 창세기 아담을 창
조한 그림이 프린트된 작은 헝겊 가방을 5유로 주고 산다. 그리고 부

산타크로체 교회 앞 강한 태양 아래서 그림을 그리는 젊은이의 모습

엉이와 책이 조각된 도자기 장식품을 산다. 'ASTROLOGY'라고 쓰인
책을 펼친 모양이다. 정교하고도 앙증맞다. 가게 여주인은 작은 물건
을 천천히 품위 있게 포장해준다. 피렌체의 자존심이 느껴진다. 인터
넷과 전화를 할 수 있는 가게가 있어서 집 떠나고 처음으로 아이에게
전화를 한다. 삼 분이 안 되었다고 75센트를 받는 인상이 좋은 주인은
유대인 같았다. 집 안으로부터 둥치가 올라간 등나무가 있는 집도 만
난다. 나무가 먼저 있었을까 집이 먼저일까 궁금하다.

　아름다운 좁은 골목들의 도시 피렌체를 떠나고 나면 그리울 것 같다.

**폼페이의 거리에 서서**
　피렌체를 떠나 로마로 향한다. A1고속도로는 이탈리아의 근간도로

다. 로마로 향하는 길에서는 멀리 산 위에 고성 도시가 보인다. 곳곳에 가로수가 가지런한 로마 시대의 마찻길이 보인다. 로마로 가는 표지판이 나타날 때마다 가슴이 뛰는 것은 전혀 예상치 못한 감정이다. 감동할 준비가 되어 있는 것도 아니고 열띤 목소리의 로마 아줌마의 로마 이야기가 다 귀에 들어오지 않는데도 로마로 향하는 길은 숙연하다. 황혼 무렵 불타는 듯한 로마를 보게 되는 것도 놀랍다.

로마는 하루아침에 이루어지지 않았지만 아직도 로마는 멸망하지 않았다.

올리브와 와인 예찬에다 이탈리아인의 가족 중심 생활 이야기가 이어진다. 오늘은 로마 근교의 호텔에서 여장을 풀고 사흘간 묵게 된다고 한다. 매일 하룻밤 자고 떠난 호텔이었는데 사흘 동안 있게 된다니 집을 얻은 기분이다. 수영장도 보이고 야외 바도 있는 호텔이다. 방의 열쇠는 그야말로 놋쇠로 된 묵직한 쇳대다.

약간의 빨래도 할 수 있으리라. 40도에 가까운 뜨거운 날이 여러 날 지속되니 속옷이라도 빠는 것이 필요하다. 더블침대 말고도 2층침대가 곁에 있다. 가족이 오더라도 묵을 수 있겠다. 자기 전에 수영장이 보이는 야외 바에서 맥주와 캄파리를 시켜 먹으며 몸과 마음의 긴장을 푼다.

다음 날도 6시 모닝콜 7시 반이면 버스가 떠난다. 여행이라기보다 유럽 강훈련이다. 빨리빨리를 외치는 우리나라 사람이 개발한 여행 패턴이다. 코리안 타임이라고 할 때가 있었는가 싶게 모두들 정확하다.

이번 여행에 폼페이를 볼 수 있었던 것은 덤으로 얻은 소득이었다. 딱 10년 전 여름 부산에서 배를 타고 후쿠오카를 간 적이 있는데 그때 기차를 타고 찾아간 후쿠오카 시립미술관에서 대대적인 폼페이 벽화전을 하고 있었다. 1박 2일 동안의 짧은 여행이었는데 폼페이의 벽화들을 보며 감동했던 생각이 난다. 그런 곳을 실제로 가보다니. 기원전 8세기 때부터 있었던 도시가 기원 79년 8월 24일 베수비오 화산 폭발로 사라진다. 화산재에 덮여 18세기까지 묻혀 있었던 도시. 아직도 발굴이 진행 중인 도시. 예전에 그런 이야기들 들었을 때 마치 꾸민 이야기가 아닐까 생각했었는데 모두 증거로서 남아 있으니 믿을 수밖에 없다.

무척이나 뜨거운 해가 내리쬔다. 바다의 문이라는 입구는 사람이 가는 길과 마차가 가는 길로 나뉘어 있다. 가장 부러웠던 건 그대로 남아 있는 돌이 깔린 길이다. 폼페이의 유적에는 바닥은 있지만 지붕이 없다. 윗부분은 날아가버린 형상. 상수도 하수도가 갖추어 있었고 수도관에는 납 성분이 있었다고 한다. 주점, 가게들, 방앗간, 우물가, 환락가의 집조차도 그려진 벽화들이 2,000년 전에 어떻게 살았을까 상상할 수 있다. 북적이던 거리와 웅성이던 사람들의 발걸음 소리와 마차들의 말발굽 소리가 들리는 듯하다. 지금 비록 화산재를 뒤집어쓰고 정지화면으로 미라가 되어 있지만 그 화산이 폭발하기 전까지 인간의 생활을 누렸을 사람들의 기운이 느껴진다.

나는 그들이 너무 환락적인 생활을 했기 때문에 벌을 받아 도시가 멸망했다는 말에는 동의하지 않는다. 그들은 도시를 이루고 인간의 욕망에 충실한 생활을 하며 부를 이루고 생을 즐기다가 천재지변으로 그렇게 되었을 뿐이다. 상점의 외상값까지 적어놓고 창녀의 집엔 체위의 그림까지 그려놓은 그 충실히 인생을 즐기는 태도. 식탁 밑바닥엔 먹다가 버린 생선뼈와 닭뼈, 게, 조개껍질 등을 모자이크해놓은 유머러스함. 생활과 예술적인 감각이 서로 어우러진 모습을 상상해본다. 그 바닥 모자이크는 바티칸 미술관에 있다 한다.

지금도 폼페이의 노천극장엔 문화적인 행사가 열린다. 2,000년 전의 도시 골목을 걷는 것만으로, 수천 년을 견딘 돌길을 뜨거운 태양 아래 걷는 것만으로도 충분하다. 유도화가 핀 빈 집터를 들여다본다. 폼페이를 바쁘게 돌아다니는 검은 개는 어디서 왔을까.

등나무꽃이 핀 이탈리아 음식점에서 스파게티와 오징어튀김을 먹는다. 피자 반죽을 하는 이탈리아 남자의 손길을 가만히 보면서.

있던 것은 다시 있을 것이고 이루어진 것은 다시 이루어질 것이니 태양 아래 새로운 것이란 없다. "이걸 보아라 새로운 것이다." 사람들이 이렇게 말하는 것이 있더라도 그것도 우리 이전 옛 시대에 이미 있던 것이다.

하늘 아래서 벌어지는 일이 모두 허무한 일이니 "자기의 노고로 먹고 마시며 스스로 행복을 느끼는 것보다 인간에게 더 좋은 것은 없다"는 코헬서의 말씀이 입 안에 맴돈다.

### 지중해를 바라보며

폼페이에서 점심을 먹고는 바로 국철을 타고 소렌토로 간다. 허름한 철도지만 각국의 여행객들로 꽉 찼다. 유레일 패스로도 되지 않는 간선철도.

예전에 경춘선을 타고 강촌이나 춘천에 가던 생각이 난다. 주말엔 기타를 어깨에 맨 대학생을 자주 볼 수 있었지. 그때 그 대학생들은 벌써 퇴직을 앞두고 있거나 희끗희끗 늙어가고 있겠지. 앞자리에 앉은 학생도 한국의 여행 안내서를 들고 있다. 유럽에 들어와 배낭여행

깜짝 놀랄 정도의 푸른색 지중해

을 시작한 지 보름쯤 되었는데 많이 지쳤다고 한다. 표정이 무척 진지하다.

소렌토는 바다가 보이는 절벽에 길을 내어 만든 작은 도시다. 꼬불꼬불 산복도로 같은 길을 튼튼히 잘 놓았고 또 좁고 굽은 길을 택시기사가 기술적으로 운전한다. 지중해와 베수비오 산이 보인다. 거기에서 배를 타고 카프리섬으로 간다. 카프리라면 오나시스 같은 부호의 별장이나 요트가 정박해 있던 곳이 아닌가. 우리나라의 남해안에서 볼 수 있는 풍경과 크게 다르지 않지만 수많은 지중해 예찬자들의 글이 생각난다. 그들이 너무 과장한 것인가.

카프리섬에서는 비토리아 광장에서 리프트가 출발하여 몬테 솔라로 정상까지 올라갈 수 있다. 그 리프트는 혼자 타는데 큰 동력이 필

지중해와 보라색 꽃 무더기

요하지 않을 듯 느리게 올라간다. 카프리섬이 내려다보이고 지중해를 바라보며 느리게 올라가는 시간이 좋았다. 단체로 움직이다가 잠깐이 라도 혼자 생각하며 풍광을 바라보는 것이 휴식이 되었다. 강한 햇볕 에 바랜 듯한 연한 보라색의 꽃 무더기를 보니 마음이 서늘해진다.

정상에는 마치 우리나라 남해안의 외도처럼 조경이 되어 있었는데 그곳에서 내려다보이는 지중해는 깜짝 놀랄 정도의 푸른색이었다. 저 푸른색에 매혹되어 지중해 예찬을 하는구나. 그 투명한 에메랄드 보 석 같은 녹색을 띤 푸른색을 본 것만으로 이번 여행이 충분하다고 생 각한다. 맥주 한 잔 에스프레소 한 잔으로 대만족. 다시 느리게 리프 트를 타고 내려와 지중해 바닷가로 갔다. 모래가 아니고 작은 조약돌 이 깔린 해변인데 여행객들이 많았지만 바닷물은 맑았고 따뜻했다. 지중해에 몸을 담가보는구나. 해볼 것은 다 해보네.

돌아가는 길에는 다시 배를 타고 나폴리로 가는데 세계 3대 미항이 좀 망그러졌나 보다. 이탈리아 정부에서도 어쩌지 못하는 통제 불능 의 도시가 되어 범죄와 마약의 온상이 되어 있다고 한다. 크루즈 선박 들이 여러 척 정박해 있다.

돌아가는 길은 기차가 아니라 우리 버스가 와서 기다리고 있다. 주차장에서 시칠리아 운전기사는 또 한바탕 싸움이 붙어 있다. 이번에는 남의 싸움에 끼어든 듯하다.

나폴리 시내를 버스로 둘러본다. 유서 깊고 아름다웠던 항구도시의 현재는 그리 좋지 않다. 노숙자들과 불법입국자들, 허름한 집에 걸린 빨래들, 싸구려 옷을 파는 노점상과 엉망인 교통질서가 말해준다.

다시 지는 해를 보며 로마의 숙소로 돌아온다. 내일은 5시 기상 바티칸으로 간다.

## 로마에서

오늘 아침은 호텔에서 도시락을 싸준다. 도시락이라야 김밥 같은 건 물론 아니고 크루아상과 오렌지주스, 사과 한 개 정도다. 바티칸을 보려면 일찍부터 줄을 서야 하기에 느긋이 아침 먹을 새도 없고 버스 안 덜 깬 상태에서 마른 빵을 먹는다. 모두들 조는 상태로 로마로 향한다. 오늘은 옷을 갖추어 입어야 한다. 반바지라든가 슬리퍼 차림 민소매는 안 된다.

드디어 로마 시내로 버스가 들어온다. 오래 주차할 수 없기에 빠른 속도로 내린다. 7시 반쯤 넘어 도착하였지만 높은 담장 아래로 각국에서 온 사람들이 줄지어 서 있다. 우리나라만이 아니라 다른 나라에서 온 여행객도 그룹이 많다. 바티칸의 담장을 바라보며 아침부터 내리쬐는 뜨거운 태양 아래 줄지어 선 모습이 어쩐지 현실감이 없다. 어디로부터 무엇을 보러 왔을까? 얼마나 경이롭고 거룩한 것을 보러 멀리서들 왔을까. 여행객이 아니라 순례자들이다. 바티칸으로 들어가는 표지 화살표가 마음에 와서 꽂힌다. 일행 중 한 사람이 한 조각에 1유로씩 한다며 수박을 나무 상자에 받쳐 사가지고 온다. 뭘 이런 걸 하면서도 갈증에 모두들 수분을 취하고 다른 그룹도 부러운 눈길로 바라본다. 9시가 되자 줄이 천천히 움직이고 공항에서 입국 검색을 하듯이 검색대를 통과하여 느리게 들어간다.

미리 귀에 꽂는 PDA를 나누어주어 다급한 가이드의 목소리가 귀에 들린다. 바티칸 로비의 현대 조각물은 신선하다. 1999년 줄리아노 반지(Giuliano Vangi)의 〈크로싱 더 트래스홀드(Crossing the Threshold)〉.

먼저 바티칸 박물관으로 들어가는데 중정에 솔방울 모양의 분수자리가 눈에 띄고 지구 모양의 현대 조각물도 보인다. 거기서 미켈란젤로의 〈천지창조〉를 설명할 수 있는 그림판이 여러 개 있어 가이드들이 미리 보여준다. 인파에 밀려가듯 들어가지만 조각품들이 줄지어서 있는 그 권위와 위세에 정신이 혼미해진다.

나는 PDA를 빼고 그냥 따라 들어간다. 설명을 들어도 다 기억할수도 없고 사진을 찍어도 사람들 때문에 초점을 잡지 못한다.

시스티나 성당 안으로 들어간다. 그 안에서는 침묵해야 한다. 미켈란젤로, 그는 누구이기에 우리를 그렇게 사로잡는 것일까? 천장을 우러러보며 하느님과 아담이 손을 잡는 순간을 본다. 창조의 순간이다. 힘찬 사랑을 불어넣는 모습을 이렇게 보여주다니.

"주님, 사람이 무엇입니까? 당신께서 이토록 알아주시다니 인간이 무엇입니까? 당신께서 이토록 헤아려주시다니!"

시편의 말씀이 맴돌았다. 미켈란젤로의 그림 속에서 가득 모인 사람들의 경탄과 탄식이 모여 바람 소리처럼 들린다. 어디선가 쉬잇 하

무너진 도시에서 오래된 질서의 아름다움을 보다

는 소리가 더욱 예사롭지 않다. 한참을 서서 올려다보며 감사의 기도를 드린다. 저를 이 세상에 보내주시고 생명을 주셔서 감사합니다. 이렇게 사랑이 가득 찬 아름다운 창조의 순간을 보여주셔서 감사합니다. 그 자리를 떠나고 싶지 않을 정도로 사로잡힌다.

시스티나 성당에서 성 베드로 성당으로 건너가는 길도 아름답다. 성 베드로 성당으로 들어가 오른편에 있는 그 유명한 피에타상을 보고 거대한 성당의 한 기도석 앞에 무릎을 꿇고 앉아 가장 간단한 기도를 드린다. 나의 주님은 언제나 가깝게 계셨습니다. 제 곁을 떠나지 마소서.

점심 후에는 로마를 본다. 콜로세움과 개선문, 진실의 입이 있는 산타마리아 코스메딘 성당과 트레비 분수를 본다. 도시가 한눈에 보이는 포로 로마노의 위용에 머리가 숙여진다. 그 오래된 질서의 아름다움, 무너진 도시의 기둥과 주춧돌들이 더 정겹다. 돌로 된 하수도 뚜껑과 돌로 된 길의 탄탄함이 부럽다. 맷돌같이 생긴 돌은 어디에서 나왔을까. 꽃 문양의 돌 부조. 돌도 꽃과 같았고 꽃은 돌이 되었다. 로마는 멸망하지 않았다. 로마의 역사는 뜨거운 태양 아래 아직도 기적처럼 펄펄히 살아 움직이고 있었다.

## 피사와 밀라노에서

마르쿠스 아우렐리우스의 『명상록』이 생각난다. 공부를 시작하기 전 마음을 잡을 때 늘 보던 국어 교과서였다. 왕이 어떻게 금욕주의자일 수 있을까, 그 글을 읽으면 마음이 차분히 가라앉았으면서도 용기가 생겼었다. 문장은 아름답고도 힘이 있었다. 그때 이미 로마의 정신에 매료되어 있지 않았을까. 로마는 그런 명상가 현제를 가졌다는 것만으로도 동경하게 되었다.

시오노 나나미의 『로마인 이야기』는 로마에 사로잡히게 만드는 책이었다. 1,000년이 넘게 나라를 유지해온 원동력과 지금도 면면히 흐르고 있는 법과 정치 경제 외교의 기반, 가정교육과 인재의 지도력을 키우는 감동적인 이야기들, 그리고 신이 내린 예술가들, 이민족을 받아들이는 포용과 관용, 개인의 부보다는 사회 기반 시설에 치중한 것, 소설보다 더 멋진 로마의 역사 이야기, 작가에 의해 꾸며지고 재구성되었지만 사료와 증거가 언연히 있어 신뢰를 주었다.

우리에게 로마는 이미 들어와 있었다. 모든 길은 로마로 통한다. 로마에 온 사람들은 이미 로마를 배우러 온 사람들이다. 나의 길이 로마로 통하기 위해 왔다.

나는 로마를 보러 온 젊은이들이 많이 배워가기를 바란다. 누구는 여행지에서 한국 사람을 만나면 기분이 나쁘다고 하지만 나는 그렇지 않았다. 많이 와서 배워가고 느끼고 가길. 여행객들 대부분이 나보다 젊은이들인 게 좋다. 그들 모두 미래의 희망이 아닌가.

일본은 우리처럼 여행객들이 많지 않았는데 그 이유는 고등학교에서 수학여행을 유럽으로 오기 때문이라고 한다. 그러니 군이 엄마 손 잡고 올 필요가 없는 것이다.

우리의 여행 패턴은 주입식 교육처럼 빨리빨리 많은 걸 집어넣으려고 한다. 동아전과처럼 생긴 여행안내 책을 들고 다니며 유럽을 빨리 섭렵한다. 지식이 주입되어야 창조력도 나오고 콘텐츠도 나오지. 허공에서 무슨 창의력이 나오느냐는 게 나의 생각이다.

해 지는 로마를 두고 숙소로 돌아온다. 로마의 마지막 밤이다. 주말이라 호텔 수영장에서는 생음악과 피자파티가 열린다. 음악에 맞춰 기이한 춤을 추는 아이는 일행은 아니지만 한국 아이다. 수영장 물속에 뛰어들듯이 아슬아슬하게 몸을 움직인다. 로봇 춤 같기도 하고. 서양 어른들이 나와 추는 춤과는 너무 다르다. 참 대단한 민족이지. 두려움도 없고 눈치도 보지 않으며 처음 온 이국에서 춤을 출 수 있으니 무얼 못하리오. 음악을 연주하던 주자가 일부러 느린 곡조로 바꾸어버린다. 서양 여자 둘이 나와 지루한 춤을 춘다. 1,000년 전에 추었던 춤과 그리 다르지 않은.

나는 유도화 나무 아래서 미혼의 젊은 친구들과 7유로 주고 산 시칠리아산 포도주를 마신다. 시칠리아는 못 갔지만 포도주라도 충분하다. 여행 중에 이런 호사스러움과 평화가 오다니…….

이제 사흘 동안 묵었던 로마 근교의 호텔과는 작별이다.

피사의 탑

　주말이 되어 시칠리아 운전기사는 집으로 가고 다른 기사로 교체된다.

　다음 날은 다시 A1고속도로를 타고 피렌체 쪽으로 향하고 목적지는 피사다. 기울어진 피사의 탑 말고는 볼 게 없다고 말하는데 40도가 넘는 뜨거운 태양에 구름 한 점 없다. 네 시간이나 소요되는 여정이지만 중간에 한 번 쉬고 가기에 어렵지 않다.

　피사는 작은 마을인데도 주차장에서 자체 순환버스로 갈아타게 되어 있고 오래된 작은 마을은 낮잠 자듯이 조용하다. 들어가기 전에 중국음식점에서 점심을 먹었다. 오래된 양은 찻주전자에 뜨거운 차를 주었고 양배추 요리가 나왔다. 한 번도 와본 적이 없는 그러나 다시 올 것 같지 않은 장소에서 양배추볶음을 먹는데 웬일인지 기시감이 느껴진다. 양은 주전자 때문인가.

　기울어진 피사의 탑은 성당에 부속된 종탑이고 세워질 때부터 기울기 시작했다는 것은 처음 알았다. 가까이 가보니 섬세하고 아름다웠고 멀리서 보면 기울어졌지만 금세 무너질 것 같지는 않게 든든해 보였다. 갈릴레이의 실험, 물체의 떨어지는 속도와 무게의 관계. 무거울수록 빨리 떨어지는 게 아니라는 증명을 한 것으로 유명한데 그 의미는 더욱 크다. 지금의 피사는 피렌체에서 가까운 항구도시로 흑인들과 밀입국자들이 많은 쇠락한 곳이 되어버렸지만.

나는 한 가게에서 피렌체에서 나온 푸른 바탕에 색색 가지 유리 알갱이가 붙은 접시를 하나 샀다. 나중에 어머니께 드리려고 산다. 가게의 젊은 여자직원은 어찌나 정성껏 물건을 싸주는지 그 손길과 포장지도 아름다웠다.

이탈리아의 시골을 내다보고 카라라라는 거대한 대리석 산지도 지난다. 그런 걸 눈으로 확인하니 기분이 좋다. 피렌체의 아름다운 두오모의 건축물 원자재 생산지다.

밀라노가 가까워지며 교통 체증이 보인다. 가까운 친구가 의류회사의 주재원으로 밀라노에 가 있은 적이 있어서 밀라노 하면 항상 의상 코디를 중요하게 생각했던 그 친구 생각이 난다.

이번 여행에 밀라노까지 오게 되다니. 도착하여 가장 먼저 눈에 띄는 것은 다양한 디자인의 전차가 다니는 것.

깊은 해자로 둘러싸인 밀라노 귀족의 요새였던 스포르체스코 성을 둘러보고 스칼라극장도 둘러본다. 중세와 현대가 잘 어우러진 도시의 비토리오 에마누엘레 2세 회랑을 걸어본다. 아름답게 모자이크 된 대리석 바닥을 걸으며 최신 패션명품의 쇼윈도를 구경한다. 다행인지 불행인지 7시가 넘어 문을 닫았다. 눈이나 높이고 가자는 생각이다.

'SPQR(Senatus Populus Que Romanus)' 즉 로마를 위한 원로원과 민회라는 뜻으로 동전이나 깃발, 방패는 물론 현재는 배수구 뚜껑이나 버스에도 이 문자가 새겨진 바닥 위에는 늑대의 젖을 먹는 로마의 시조 로물루스 형제가 모자이크 되어 있다.

발뒤꿈치를 대고 돌리면 행운을 가져온다는 예쁜 하수도 구멍에 모두들 발을 대고 한 바퀴 돌린다.

방사선의 회랑을 지나면 두오모가 나온다. 삼각형의 탑들이 수없이 솟아 있는 것이 화려한 레이스처럼 아름답다. 거대한 성당인데도 위압적으로 느껴지는 것이 아니라 부드럽게 느껴지는 것은 예술적인 매력일까. 두오모 앞 광장에 지하철역이 있는 것은 간편하고 합리적이었다. 오늘은 밀라노에서 묵게 된다.

## 스위스의 인상

밀라노에서 지낸 시간은 얼마 되지 않아 아쉬웠다. 그 유명한 레오나르도 다 빈치의 〈최후의 만찬〉도 보지 못하고 밀라노에서 하룻밤 자고 떠난다. 〈최후의 만찬〉은 인원이 제한되어 있어 여름휴가 때는 거의 보기가 힘들다고 한다.

이제 이탈리아를 떠나게 된다. 이번 여행에서 가장 긴 시간 있게 되는 이탈리아, 처음 와보았지만 낯선 곳이 아니고 오래전에 와보았던 것 같은 나라다. 스위스 국경을 넘어가면서부터는 정갈한 산과 마을과 호수가 질서가 있는 듯 조용하고 깨끗하고 정확하게 보인다.

인터라켄이라는 알프스 산맥 마을은 로키산맥의 벤프나 재스퍼와는 분위기는 다르지만 비슷한 마을이다. 알프스 산맥이 전개되면서 산 위에 쌓인 눈을 올려다보니 유럽은 자연의 혜택도 많이 받고 있구나 하는 생각이 들었다. 머리가 선뜩해지고 눈이 밝아지는 만년설이 쌓인 산, 점심 전에 자유 시간이 있어 도시를 산책한다. 어느 예쁜 가게에서 동생한테 줄 티셔츠를 하나 산다. 신용카드를 주니까 영수증의 사인과 카드의 사인을 대조한다. 한국에서도 유럽에 와서도 사인을 대조하는 걸 못 보았는데 정확한 나라라는 인상을 받는다.

점심 후에 산악열차를 타러 역으로 간다. 융프라우요흐(Jungfraujoch), 처녀의 어깨라는 이름의 유럽에서 가장 높은 산(3,454미터)에 오르는 열차를 탄다. 누가 높은 산의 이름을 '젊은 여자의 어깨'라고 지었을까? 그 이름 때문에 더 많은 사랑을 받는 게 아닐까?

놀란 것은 그 산악열차가 1912년에 운행하기 시작했다는 것, 바위산을 관통하여 설계된 것, 융프라우까지 올라가는 데 세 번 기차를 갈아탄다. 그래서 한 번 탈 때마다 표에다 작은 구멍을 뚫어주는데 왕복해서 도착 지점까지 오면 여섯 개의 구멍이 뚫리게 된다. 기차를 타고 올라가면서 알프스의 경치를 볼 수가 있고 작은 들꽃들이 핀 초원도 실컷 볼 수 있었다. 주로 보라색과 노란색이 어우러진 알프스의 꽃들. 아주 높은 곳까지 마을이 있고 트레킹 코스가 보인다. 부드러운 눈바람이 부는 만년설 쌓인 설원도 춥지 않았고 시원했다. 물론 항상 그런 건 아니고 날씨가 나쁜 날은 가까이 와서도 설산을 보지 못한다고 한다. 걱정했지만 고산 증세도 그리 심하지 않았다. 너무나도 잘 놓인 기찻길과 완벽한 시스템과 잘 설계된 전망대 때문일까. 문명 속에 곱게 들어온 자연이라 할까.

네팔에서 안나푸르나를 보았을 때 백두산을 처음 보았을 때의 놀라운 감동은 오지 않았다. 자연보다는 인간이 설계한 문명과 시설에 더 감탄했다.

전쟁의 상처도 마음의 그늘도 없는 것 같은 나라, 석회질이 많은 탁한 눈 녹은 물이 흘러내리는 알프스 아래의 마을도 정갈하기만 하다.

요들송을 들으며 스위스 식당에서 저녁을 먹었는데 메뉴는 생각나지 않는다.

'처녀의 어깨'라는 이름의 산

인터라켄을 떠나 프리부르(Fribourg)로 간다. 해 지는 알프스를 보며 새로운 도시로 간다. 처음 들어보는 도시이지만 오래된 중세도시인데 도착했을 때는 날이 어두워져서 운전기사도 호텔을 찾느라고 길을 헤맸다. NH호텔이다.

### 처음 밟아본 파리

프리부르에서 묵은 NH호텔은 여행 기간 동안 묵은 호텔 중 가장 마음에 들었다. 구형이지만 정갈한 선풍기가 향수를 불러일으켰고 찻주전자와 페퍼민트차도 있어 차를 끓여 마시니 그동안의 피로가 풀리는 것 같았다. 침대 머리 탁자 위에는 독일어와 영어와 프랑스어로 된 신약성서가 놓여 있다. 그 옆에는 자기 전에 보기 좋은 단편소설집이 놓여 있다. 독일어로 된 것인데 NH호텔에서 주는 문학상 수상작품집이다. 유럽 전역을 대상으로 한 것 같고 스페인 작가의 소설을 독일어로 번역해 놓았다. 작은 책이지만 사랑스럽고 다 해독할 수 없어도 넘기는 것만으로 기분이 좋아진다. 프리부르는 단지 제네바에서 TGV를 타기 위해 경유한 도시지만 하룻밤에 좋은 인상을 받는다.

여행 중에는 사소한 것으로 기분이 상하기도 하고 작은 배려와 문화적인 감각으로 감동을 받기도 한다.

아침에 나오면서 호텔에서 싸준 바켓 샌드위치도 아주 좋았다. 스위스 국경을 넘어 프랑스로 가는 기차 시간에 맞추려면 아침 먹을 새도 없었기에 버스 안에서 샌드위치와 치즈를 먹는다.

그리고 처음 와본 도시 프리부르의 아침을 본다. 자유의 땅이라는 뜻일까? 높고 낮은 언덕과 골목들, 교회와 중세풍의 집들과 호수로 이루어진 도시, 그러면서도 세련된 감각이 돋보이는 도시다. 여행 안내 책자에도 안 나오고 여행사의 스케줄에도 없었던 곳이다. 프리부르에서 제네바로 향하는 길은 아침 해를 받아 더욱 청초하게 빛난다. 내가 원했던 것이다. 버스를 타고 가며 풍경을 하염없이 넋을 놓고 바라보는 것. 그 풍광은 눈에 거슬리는 것이 없이 아름답고도 조용하다.

레만호가 보인다. 제네바 역에서 파리의 리옹 역까지 가는 TGV를 탄다. 이번에는 이탈리아 운전기사와 그동안 안전하게 실어준 버스에게도 감사와 안녕을 보낸다. 그라찌에!

기차는 탈 때는 검표를 하지 않지만 차 안에서 검사를 한다고 한다. 파리까지는 세 시간 반이 걸리는데 2층으로 되어 있고 식당이 있고 실내 좌석은 넉넉하고 편안하다. 무엇보다도 짐을 싣는 칸이 넓고 여러 군데 있어 편리하다. TGV를 타보고 우리나라의 KTX와 비교가 되는 건 어쩔 수 없었다. 훨씬 늦게 만들어졌고 유럽의 고속기차를 모델로 만들었는데 왜 그렇게 차이가 나는지 얄팍하고 좁고 불편하게 만들어진 의자라니. 다니면서 유럽의 문화적인 깊이에 감동하였지만 기가 죽지는 않았었는데 TGV와 우리의 고속열차를 비교하니 아쉬운 건 사실이다. 이렇게 잘 되어 있구나. 구석구석, 그들의 철도와 길의 역사를 생각하면서 억지로 마음을 가라앉힌다. 하루아침에 이루어진 것이 아니니까.

스위스 국경을 넘고 기차는 두 역에만 정차하고 논스톱으로 쾌적하고 빠르게 파리로 향한다. 프랑스의 농촌 풍경을 본다. 조금도 지루하지 않게 감미로운 시간이 지난다. 더 오래 가도 좋으련만. 프랑스에 오니 구름도 자유로워 보이고 아름답구나.

리옹 역에 내린다. 공기가 다르다고나 할까. 파리에 내리니 자유로움의 기운이 느껴지는구나. 역 앞에는 짐을 싣고 우리를 데려갈 버스와 현지 가이드가 마중 나와 있다.

점심 후 먼저 들르는 곳은 몽마르트르 언덕이고 물랭루즈의 빨간 풍차도 본다. 생각보다 작지만 또렷한 빨간 풍차가 장난감처럼 보인다.

파리는 거의 평지여서 낮은 언덕이지만 파리 시내가 내려다보이고 성당을 오르는 계단이 넓고 풍요롭다. 그러나 몽마르트르 언덕까지 오르는 길은 싸구려 상점들이 들어차 그리 좋은 인상은 아니다. 화가들이 모인다는 광장도 이제 기운이 다 빠진 듯 어설픈 화가들이 호객 행위를 하는 것 같다. 사크레쾨르 성당의 예수재림 벽화의 색채는 아름다웠지만 예수님 얼굴이 친숙하게 느껴지지 않았다.

너무 많이 사람들한테 사랑을 받아서일까. 너무 많이 몽마르트르 언덕을 칭송해서일까. 기대만큼 큰 감흥이 일지 않았다. 이미 다 소진하여 전성기가 지났다는 느낌이 들었다.

내려오는 길에서 본 무궁화, 달리아는 유난히 세련되고 예뻤다.

파리에서 20킬로미터 떨어진 베르사유 궁전으로 간다.

루이 14세의 영욕이 어린 장소, 들어가는 입구의 넉넉한 돌길 광장이 마음에 들었다. 궁전 전체의 배치가 화려하고 역시 조각품들이 보석처럼 빛났다. 그 유명한 거울의 방에서는 바닥의 모자이크가 착시를 일으키듯 기하학적인 문양이 특이했다. 넓고 잘 구성된 정원의 아름다움을 느끼며 과거 화려했던 왕가의 정원을 누구나 걷고 자전거나 카트를 타고 둘러볼 수 있는 것은 자유 평등 박애를 실천하고 있는 것 같았다.

베르사유 궁전에서 다시 파리 근교의 숙소로 돌아온다. 운전기사는 프랑스 사람이 아니라 이탈리아 사람이다. 이탈리아에서 파리에 와서 여름 성수기에 놀기도 하고 돈도 번다고 한다. 이틀을 묵게 되는 작은 호텔인데 끊임없이 펼쳐지는 밀밭이 보이고 드골 공항 근처다. 여행도 이제 얼마 남지 않았다. 붉은 포피꽃과 누런 밀밭이 자연스럽게 조화를 이루고 늦은 해가 지면서 황혼 무렵 구름의 붓질이 자유롭다. 어느 틈에 초생달이 그림처럼 뜬다.

오늘의 첫째 시간은 에펠탑이다. 어제 베르사유 궁전을 오고 가며 멀리서는 에펠탑을 보았지만 가까이 접근하여 꼭대기까지 올라가게 된다. 그림으로 영상으로 하도 많이 보아서 새롭지 않으리라 생각했는데 그 밑에 도착해보니 의외로 기단의 면적이 넓고 곳곳의 기하학적인 분할이 무척 신선하여 자꾸 카메라를 눌러댄다. 1889년 프랑스 대혁명 100주년 기념으로 공모한 작품으로 프랑스혁명과 만국박람회를 기념하기 위한 조형물이었는데 프랑스의 철강 산업의 기술을 보

에펠탑, 그리고 파리 풍경

여주기 위한 목적도 있었다고 한다. 27개월 동안 공사를 했고 한 명의 안전사고가 없었다는 게 더욱 자랑스러운 일이었다. 당시 오래되고 아름다운 도시 파리의 미관을 해치는 철제 괴물 같다는 혹평을 받기도 했는데 지나고 보니 시대를 앞서가는 조형물이었다. 요즘은 철제 건축물이 흔하지만 그 당시는 소재가 획기적이었으리라. 가까이서 관찰해보았다. 철을 아름답고 유연하게 구성해 놓았고 그 균형감과 색채가 역시 대단하다. 건축의 교과서 같은 작품이다. 아침부터 세계 각처의 사람들이 몰려든다. 든든한 기단, 잘록한 허리, 탑의 중심에서 보여주는 자존심, 안내하는 직원들도 에펠탑을 디자인한 양복을 입고 있고 입장권도 아주 세련된 디자인이다. 아름답기로 작정한 도시 파리의 면모다. 한 귀퉁이를 삼각형으로 떼어내고 또 한 귀퉁이를 삼각형으로 떼어내니 탑 모양이 되게 디자인했다.

　전망대의 밀랍인형들, 에펠과 에디슨과 아버지의 비서였던 에펠의 딸이 연극무대에서 살아 있는 듯하다. 에디슨이 방문한 기념이라고 한다. 그래서 어린아이들까지 에펠탑을 보러 오는가. 탑의 꼭대기에서 세계 곳곳의 방향과 거리를 명시해 놓았다. 세상의 중심이라는

에펠탑에서 내려본 파리 모습

생각이 이렇게 사람들에게 사랑을 받게 만든다. 뤽상브르 공원과 라 데팡스와 방사선의 도시설계와 센 강이 위성지도처럼 한눈에 보인다. 작지만 가장 아름답고 사랑받는 도시 파리를 내려다본다.

오늘의 둘째 시간은 루브르 박물관이다. 박물관의 대명사 같은 루 브르에 관한 이야기는 얼마나 많이 들었던가, 한 작품을 30초씩만 보 아도 일주일이 걸린다는 박물관, 60만 점의 작품이 있다는 루브르, 그 런 곳을 한 시간 반의 시간에 보아야 한다.

나는 가이드와 PDA를 따라다니지 않고 그냥 다니기로 한다. 설명 이야 나중에 책이나 인터넷을 보면 되겠고 우선 나의 맨눈으로 보고 싶었다. 젊은 친구들이 나를 따라다니겠다고 나선다. 왕궁과 현대적 인 감각의 유리 피라미드는 잘 어울리며 마치 포인트를 찍듯이 신선감을 준다. 나는 빨려 들어가듯이 박물관으로 들어간다. 아무리 좋은 작품도 어떻게 전시하고 놓여지느냐에 따라 그 품격과 가치가 달라지는 법, 나는 가슴이 뛰고 두근거리더니 흥분 상태가 된다. 내가 생각하고 상상했던 것 이상이다.

경정경정 뛰면서 방과 방 사이를 다닌다. 적어도 함무라비 법전과 〈모나리자〉는 보아야 되니까.

레오나르도 다 빈치의 〈모나리자〉는 왜 그렇게 사랑을 받는 것일까. 〈모나리자〉가 있는 방으로 가는 길은 따로 화살표를 그어놓았다.

〈모나리자〉는 피렌체 여인의 초상이라고 한다. 스무 살의 젊은 프랑스 왕 프랑수와 1세는 64세의 레오나르도 다 빈치를 1516년 자신의 성에 초대한다. 다 빈치에게 매료된 젊은 왕은 나의 아버지라고 부르며 섬기면서 예술 활동을 마음껏 하게 한다. 그러나 결국 3년 뒤인 1519년 왕의 품 안에서 다 빈치는 죽고 영원히 프랑스에 묻히게 된다. 〈모나리자〉가 프랑스의 루브르 박물관에 있게 된 이유기도 하다. 미완성 작품이라 주문한 부인한테 주지 않고 알프스를 넘을 때 가져온 작품이다. 희미한 미소와 부드러운 눈매의 여인. 이 그림은 그 후 200년간 라파엘로를 비롯한 화가들에게 막대한 영향력을 끼쳤다고 한다. 뒤의 배경 또한 예사롭지 않고 풍경이 인물의 분신처럼 밀착감을 준다. 그때 같이 가져왔던 그림이 바로 〈세례자 요한〉이다.

〈세례자 요한〉을 만난다. 어떻게 남자가 그렇게 아름답고 요염할 수 있을까 놀라운 그림이다. 루브르에서 그 그림을 보게 된 것도 행운이었다. 아름다움과 예술가를 아끼고 사랑했던 프랑스가 받은 선물이 아닐까. 선물치고는 굉장한 거지만.

결국 베르메르의 〈레이스 짜는 여인〉을 찾고 그 그림 옆에 나란히 놓인 베르메르의 〈천문학자〉도 만난다. 레이스 뜨기에 열중하고 있는 여인의 손, 하얀 레이스가 달린 옷과 머리 스타일, 그 시간 속으로 빨려 들어갈 것 같다. 책이 놓인 책상 위에서 지구의를 돌리며 연구에 열중하고 있는 천문학자. 이것만으로도 나에게는 충분하다. 거기다가 렘브란트의 초상화까지 보았으니 무엇을 더 바라리오.

오늘의 셋째 시간은 센 강이다. 바토무슈라는 이름의 유람선을 타고 센 강변을 유람한다. 뜨거운 햇볕 여러 나라 사람들 그리고 과도하게 주입되는 정보와 볼거리들이다. 아름다운 것이 주는 피로감이 없는 건 아니지만 배의 가장 윗칸 자리에 앉아 저마다 다르게 아름다운 다리들을 보며 익숙한 지명들을 만난다. 오르세 미술관 노트르담 성당의 위용과 아름다운 에펠탑과 시테섬, 미라보 다리, 퐁네프 다리, 자유의 여신상 등 그리 넓지는 않지만 아기자기한 강변을 구경한다.

오늘의 달팽이 요리까지 맛본 파리 수업시간을 끝내고 호텔에 돌아와 파리의 마지막 밤을 보낸다. 이번 여행에서의 마지막 밤이기도 하다. 초반에는 하루가 길게만 느껴지더니 갑자기 막바지에 이르니 금세 끝이 나게 된다.

해 질 녘 부드럽게 자유로운 프랑스의 구름을 본다. 밀밭과 포피꽃과 해당화.

오늘은 일어나 마지막 짐을 챙기고 파리의 노드 역으로 향한다. 런던으로 가기 위해 유로스타를 탄다. 역에서 영국으로 입국하기 위한 수속을 한다. 이미 유로스타를 타면 영국 땅이 되듯이. 요즘 테러로 위협받고 있는 런던이기에 검색이 철저하다. 영국인 직원은 나에게 런던에 온 적이 있느냐고 묻는다. 나는 'My first London'이라고 말할 여유가 생기고. 유로스타를 기다린다. 2층은 아니지만 TGV만큼 편안한 기차고 이른 오전이라 파리에서 런던으로 출근하는 것 같은 젊은 이들이 많다. 그들은 노트북을 꺼내 놓거나 책을 보고 아니면 수면을 보충하는 듯 유로스타의 분위기는 여행자의 술렁임이 아니라 사무실처럼 숙연하다. 옆자리에 앉은 머리를 하얗게 깎은 백인은 무슨 생각을 하고 있을까. 나는 그 일상을 보게 되는 것이 좋다. 파리와 런던이 가깝다는 것에 놀란다.

긴 해저 터널을 지나 영국의 풍경과 접하게 되는 것, 집 벽에 마구 낙서와 칠을 해놓은 것이 보이는 런던의 주택가를 지나 워털루 역에 다다른다.

### 런던의 인상

런던에서는 비가 내린다. 여행 시작 프랑크푸르트에서도 비가 왔는데 떠나는 런던에서도 비가 오는구나. 가는 비인가 이슬비인가.

하루지만 런던에서 타고 다닐 버스와 가이드가 기다린다. 역에서 가까운 곳에 런던 아이와 빅벤이 있다. 그리고 템스 강변에 전시된 달리의 조각품들을 본다.

런던 브리지와 버킹엄 궁전과 빨간 2층 버스와 런던의 일상을 본다. 넥타이를 한 정장 입은 젊은이들이 바쁘면서도 집중력 있는 얼굴로 거리를 다니는 모습, 곳곳에서 담배를 물고 있는 모습에서 스트레스를 받고 있다는 느낌을 받는다. 해가 지지 않는 나라였던 영국의 위세가 겉으로 드러나지는 않지만 차분한 분위기에서 범접하기 어려운 권위가 느껴진다. 여기저기 공사현장이 있는 것으로 보아 런던이 과거의 도시가 아니라 현재 숨 쉬며 힘을 발휘하고 있는 도시라는 걸 보여준다. 곳곳에 미적인 조형물과 광고판들도 보기 좋았다.

흔히들 대영박물관이라고 하지만 브리티시 뮤지움은 입장료를 받지 않는다. 루브르 박물관에서의 감동은 아니지만 로제타석, 파괴된 그리스 조각품에서 보여주는 묘한 느낌과 매력, 중동지방의 도자기들을 본다. 제국주의자의 노획물을 모아놓았다고 비난받는 대영박물관에 실제로 가보니 그런 느낌은 없었고 도리어 파괴된 조각을 모아들인 영국인들의 노력이 감동스러웠다. 인간의 문명을 기리고 보존해야겠다는 의지를 어찌 비난하겠는가. 박물관 입구에 몇몇 현대 조각품들을 배치하여 생기를 주었다.

가장 아쉬웠던 것은 테이트 모던을 몇 번 지나치면서도 가지 못한 것, 테이트 모던에 가면 칸딘스키를 볼 수 있었을 텐데……

마지막으로 들른 하이드파크에서 앨버타 기념비를 카메라에 담는다. 빗속에 기괴한 분위기를 자아낸다. 하룻밤도 자지 않고 늦은 밤 히드로 공항에서 떠나게 되는 일정으로 끝난다.

우리나라로 돌아오는 비행기에서 바이칼을 만난다. 무슨 인연인가 1년 전 바이칼에서 카메라를 빠뜨렸던 기억, 창을 열고 사진을 찍으려니 배터리 용량이 떨어졌다는 신호가 들어온다.

가본 곳이 주는 친밀감과 그리움이 가슴에 감미롭게 남아 있다.

일상이 기다리고 있는 한국의 일간 신문을 보며 버전을 바꿔본다.

2,000년 전의 도시 골목을 걷는 것만으로,
수천 년을 견딘 돌길을 뜨거운 태양 아래 걷는 것만으로도 충분하다.

# 엄마와
# 밤기차를 타다

### 어머니와 함께하다

여행에 다녀왔다. 어머니와 함께. 다녀온 지 이틀이 지났는데도 뼈가 녹아내리는 듯한 여독이 빠지지 않는다. 너무 집중했기 때문일까, 너무 멀리까지 이동했기 때문일까, 아니면 연로한 어머니를 모시고 다니느라 지나치게 긴장했기 때문일까.

이번 여행은 언제나 그렇듯 나에게 특별했다. 정양모 신부님이 기획한 여행을 따라가본 사람들은 예술과 종교에 대한 독특한 체험의 매력이 있다고 했지만 나에게는 처음이었고 어머니는 지난해 중동 여행에 이어 두 번째였다.

떠나기 전까지 유난히 일이 많았다. 어머니는 박경리 선생님의 장례를 치르고 난 지 얼마 뒤여서 입술이 부르튼 것도 채 낫기 전이었다.

떠나기 전에 읽어보라고 정신부님이 손수 만든 60쪽가량의 두꺼운 여행안내 책자를 들여다보아도 눈에 들어오지 않는다. 모르는 지명들과 미술관의 이름들이 머리에 그려지지 않는다.

나는 짐을 싸며 마음을 추스렸다. 그냥 다녀오자. 이 세상에 여행처럼 쉬운 게 어디 있냐? 주는 음식 먹으며 정해진 숙소에서 자면서 보여주는 것 보면 되는데……

머릿속 백지에다 그림을 그려넣자고 생각한다. 떠나기도 쉽지 않다. 떠나는 날 아침에는 밥을 한 솥 지어 주먹밥을 만든다. 그래야 내 마음이 편할 것 같아서다. 아이들은 금세 맛있다며 접시를 비우고 어머니도 아침을 들지 않았다며 맛나게 드신다. 밥에는 마음을 진정시키는 힘이 있으니까. 따뜻한 밥을 손으로 꼭꼭 주먹밥을 만들면서 떠나는 사람의 불안감을 덜어주었다.

KLM 항공 승무원 제복의 푸른색은 깊고도 세련되었다. 군복 같기는 하지만 일회용 컵에 들어간 선의 세련된 디자인이 내 눈에 들어온다. 어머니와 옆자리는 아니지만 앞뒤 자리로 바꾸어준다. 생각보다 좌석이 좁아 무척 힘이 든다. 잠이 오는 것도 아니고 이어폰도 성가시고 책도 눈에 들어오지 않는다. 어머니도 가져온 책 한 권을 보시더니 재미없다고 넘겨준다. 바이칼 호수를 볼 수 있지 않을까 했지만 행로가 다르다. 하염없는 북극의 얼음 벌판과 길도 도시도 없는 시베리아를 지난다. 두려움이 엄습하기도 한다. 러시아라는 나라는 저 큰 벌판을 소유하고 있구나. 자원은 많다지만 두렵다. 계속 낮이 지속된다. 식사로 나온 비빔밥은 맛이 꽤 좋았다. 네덜란드 사람들의 상술이 보인다. 컵라면도 먹고 암스테르담 스키폴 공항에서 내려 다시 부쿠레슈티행 비행기로 갈아탄다. 두 시간 정도의 시간에 공항에서 어정거리고 일행들과 비행기에서 남은 포도주도 마신다.

부쿠레슈티 공항에서 성악을 공부하는 미남 가이드를 만나고 시내에 있는 캐피탈 호텔에 묵는다. 엘리베이터는 두 사람이 들어갈 정도로 협소하여 짐을 옮기는 데도 한참이 걸린다. 47명의 일행. 과연 이 여행이 어떻게 진행될 것인가? 기대와 우려가 반반이다. 혼곤히 자고 일어나 맞는 루마니아의 아침이다. 사회주의와 독재자가 뿌려놓은 영향력에서 아직 벗어나지 못했지만 로마니아라고 불리는 나라는 로마의 풍모를 지녔다. 세상의 중심이었다는 자존심을 조금이나마 깔고 있다. 울퉁불퉁한 도로 사정과 집시할머니의 남루가 루마니아의 경제 사정을 엿보게 해준다.

루마니아의 수도 부쿠레슈티를 둘러본다. 가장 먼저 간 곳은 루마니아 농민박물관인데 박물관학의 천재라고 불리는 베르네아가 1990년에 만들었다고 한다. 우리로 말하면 민속촌이라고 할 수 있는데 농촌의 다양한 주택과 생활, 종교를 알 수 있게 해 놓았고 전원의 풍경을 담고 있어 참 감동스러웠다. 1996년 유럽박물관상을 받은 박물관이라고 해서 더욱 세심하게 보게 되었는데 구석구석 사랑스럽고 좋아 보였다. 집집마다 뜰과 헛간 농사 도구들과 이콘들이 조성된 지 오래되지 않았지만 정감이 어렸고 박물관이라기보다 루마니아의 농촌을 걷는 기분이어서 마음이 편안해졌다. 오랜 시간 비행기를 탄 피곤함이 농사짓는 사람들이 위로해주는 듯 어느 나라나 농촌이 갖는 근본적인 평화가 있었다. 언제나 만나면 반가운 꽃들, 특이한 형태의 자주달개비와 수레국화, 포피와 매발톱, 연보라색 장미도 보았다. 푸른 색채를 넣은 것이 색채 감각이 뛰어나다는 걸 보여준다. 호수를 끼고 조성된 마을은 보여주기 위한 마을이지만 격조가 있었고 자원봉사자들이 곳곳에서 꽃모종을 심는 모습이 아름다워 보였다.

루마니아의 국립미술관은 한때 차우체스크의 관저로 사용된 건물이다. 아침에 산책을 하다가 먼저 만났던 건물로 호텔에서 그리 멀지 않았다. 내부에서 사진 촬영은 금지해 찍어 오지는 못했지만 루마니아의 자존심이 느껴졌다. 루마니아 출신 근현대 작가들의 작품이 11개 방이나 전시되어 있는데 익히 아는 이름은 아니었지만 작품들이 수준 이

루마니아 민속촌에서 만난 고양이

상이었고 한 작가의 작품을 10점 가까이 볼 수 있어 놀라웠다. 우리나
라의 국립미술관에서 과연 현대작가의 작품을 그렇게 수집할 수 있을
까 생각해보았다. 루마니아 출신 조각가 브랑쿠시의 〈기도하는 사람〉
도 볼 수 있었다. 가난한 시골 출신의 브랑쿠시는 로뎅의 작업실에 들
어가는 것을 거부했는데 큰 나무 밑에서는 아무것도 할 수 없다고 한
말이 유명하다.

그 외에 루마니아가 한창 번창할 때 모아두었던 유럽의 미술품도 충
분히 볼만했다. 얀 반 에이크, 엘 그레코, 루벤스, 들라크루아, 모네, 시
슬리, 부르델의 작품은 미술관의 품격이 대단하다는 걸 보여주었다.

루마니아 하면 제일 먼저 떠오르는 것이 차우체스크인데 그와 김일
성은 사이가 좋았다. 김일성의 주석궁을 본받아 인민궁전은 1984년부
터 짓기 시작했다. 서른두 살 여성의 설계로 지어졌는데 1,400개 정도
의 방이 있는 단독 건물로는 세계에서 제일 크다고 한다. 호화로운 샹
들리에가 볼만하다는데 들어가보지는 않았고 버스 안에서 스쳐 보았
다. 정신부님의 심미안으로는 차에서 내려서 볼 가치도 없는 건물이고
내가 보기에도 그랬다. 그 건물의 허무한 거대함이 독재의 종말을 그대

인민궁전 앞 강에서 물고기를 잡는 벌거벗은 아이들

로 보여준다. 그에 비하면 인민궁전 앞 강에서 물고기를 잡는 벌거벗은
아이들의 자유로움이 루마니아의 밝은 미래를 말해주는 듯했다.

스타브로폴레오스 성당으로 간다. 야외 카페가 줄지어 있는 좁은
골목 속에 은밀하게 위치한 작은 성당은 고즈넉하고 아름다웠다. 크
지 않아도 운치가 느껴지고 섬세한 목각도 내부의 벽화도 모두 좋았
다. 덩굴로 올라가는 으아리도 제라늄도 사랑스러웠다. 그 성당에서
100미터도 안 되는 거리에 까르쿠 베레라는 루마니아 전통음식점이 있
는데 고기와 맥주라는 뜻이라고 한다. 고기 다진 것을 양배추에 싸서
토마토 소스에 졸인 전통요리, 향료 맛이 나는 루마니아 전통 토마토
수프도 좋았다. 포도주와 함께 나온 각종 치즈와 살라미 안주도 상당히
고급스러웠는데 부쿠레슈티에서 가볼 만한 집이란 생각이 들었다.

우리는 저녁을 천천히 먹고 부쿠레슈티 역으로 향한다. 파리에서처럼 북역이란 이름의 역이다. 거기서 루마니아 북쪽으로 가는 열차를 타야 한다. 침대열차에서 하룻밤을 잔다.

## 루마니아의 밤기차를 타고

밤차를 타러 낯선 도시의 역으로 가는 행렬은 아무리 일행이 많아도 쓸쓸함을 자아낸다. 나이 드신 어머니가 침대차에서 하룻밤을 자는 것은 무리인 것 같기도 하다.

소형 비행기가 여의치 않아 기차를 타게 된 것인데 모두 2인실이 아니고 4인실 6인실로 여러 표가 끊어져 혼선을 빚게 되었다. 50명 가까운 인원이 짐을 싣고 타는 것도 보통 일이 아니다. 부쿠레슈티 역은 종착역이라 빨간 동그라미로 끝 역을 표시해 놓았다.

밤새도록 루마니아의 북쪽으로 향한다. 러시아에서 열차를 타보아서 처음은 아니다. 어머니의 나이를 배려해서 2인실에 들었지만 다른 이들은 3층 침대에까지 올라가야 했다. 어머니는 덜커덕거리는 소음과 역마다 내릴 때의 수선한 소음에 잠을 못 이룬다. 나는 2층에 사다리를 타고 곡예를 하듯 올라가 잘 잤지만. 어릴 적 침대생활을 하지 않았으니 2층 침대에 대한 호기심과 동경이 있었으나 어머니는 우리가 내릴 수체아바 역이 종착역이 아니라고 하니 지나칠까봐 걱정이다. 그 많은 인원들이 다 안전하게 내릴 수 있을까 어른으로서의 염려였다.

게다가 내릴 때가 돼서야 객실 안에 세면대가 있는 것을 알았다. 뚜껑을 여니 요술처럼 세면대가 나왔고 얼마든지 방 안에서 세수를 할 수 있었는데 화장실까지 가느라 그렇게 애를 썼으니.

루마니아 북부 시골에 동이 튼다. 포피와 유채화가 핀 벌판이 끝도

루마니아 북부 시골, 동이 트는 아침을 어머니와 걷다

없이 이어지는 루마니아의 벌판이다.

너무 멀리 왔나 보다. 집 생각을 하니 아득하다. 생각을 하려 해도 잘 되지 않는다. 그냥 여행에 집중하자고 스스로에게 타이른다. 다행히 모두들 무사히 내려 기다리는 버스를 탄다.

생전 들어보지도 못하고 처음 와보는 도시 수체아바에서 아침을 맞는다. 빨간 수실로 갈기를 단 말이 모는 마차와 말똥들이 50년 전 서울 시내의 풍경을 떠올리게 한다. 말똥을 밟지 않으려고 조심조심 걸었던 유년의 골목길이 닿을 듯이 떠오른다.

아침을 먹기로 한 곳은 펜션과 같은 곳인데 정원이 아름답고 갖가지 튤립(잎사귀가 레이스와 같은 것, 검붉은 색, 연분홍색, 복합색 등)과 물망초가 흐드러지고 사과나무와 라일락이 밤기차에 시달린 몸과 마음에 기쁨이 샘솟게 했다. 아침이 나오는 8시까지는 두 시간이 남아 있어 주변을 산책한다. 멀리 왔지만 굴뚝에서 나오는 음식을 준비하는 연기 그리고 정갈하게 빨아 널은 빨래를 보니 친밀감이 솟는다.

넉넉한 볼에 담은 루마니아 토마토수프를 잉그리드 버그만을 닮은 루마니아 여자가 서빙해준다.

우리 말고도 각국에서 온 여행객이 많아 아침이 꽤 풍성하고 따뜻하다.

## 은수자와 같은

아무리 들어도 지명이 머리에 들어오지 않는다. 루마니아 북부 수도원이 많은 지역이 부코비나 지방인데 그 지역에서 가장 대표적인 수도원인 수체비차 수도원은 수체아바 서쪽으로 70킬로미터쯤 떨어져 있다. 수체비차 수도원을 시작으로 이 지역에 6개 수도원을 보기로 되어 있다. 성당 내부뿐만 아니라 외벽의 이콘 벽화로 유명한데 유네스코 세계문화유산으로 지정되어 있다.

각 수도원마다 특색이 있고 유명한 그림들이 있어 신부님은 열심히 설명해주셨지만 나는 그저 그 분위기만 느낄 뿐이었다. 성당 안팎을 가득 채운 그림들이 수백 년 동안 세월이 흘러도 새로운 의미로 다가오며 빛난다는 것이 놀라웠다. 순례자들의 눈빛이 기적처럼 빛난다. 성서의 말씀과 이야기를 채색그림으로 보여주는 열정을 보니 내 입에서는 감탄이 나온다.

그 무엇보다 수도원의 정적과 정원의 아름다움, 은수자와 같은 수도자들의 모습들에서 여러 민족의 침입과 흑사병 그리고 공산주의의 압박을 견뎌온 인내의 세월이 느껴지는 것은 나만이 아닐 것이다. 수도원마다 역사가 다르고 지어진 연대가 다르고 이콘을 그린 화가들이 다르다. 우리나라 사찰의 탱화를 연상시킨다. 그 바래가는 색채 때문일까. 민화를 연상시키기도 한다. 이름 없는 화공들이 그렸기 때문일까. 이콘을 그린 화가가 알려진 것도 있다.

이곳에 다시 올 수 있을까? 부코비나 지방에 한 번 온 것만으로도

은수자와 같은 수도원의 정적

대단한 인연이다.

몰도비차 수도원, 보로네트 수도원, 후모르 수도원을 순례한다. 멀리 떠난 고장에서 비가 내린다. 서늘한 성당 안의 정적이 까닭 없이 슬프다.

수체아바의 호텔에서 하룻밤을 묵는다. 멀리 왔고 곤고하기 때문일까. 어머니는 옷을 갈아입으면서 "내가 박경리 선생 돌아가시고 얼마나 허전한지 아니?" 하신다. 그분의 장례 기간 동안 장례위원장이라는 생전 연습해보지도 않은 일을 잘 치른 어머니. 원주에서 감자나 김치를 가져가라는 전화를 받으면 기꺼이 달려가던 어머니. 돌보아줄 웃어른이 없다는 것, 마음이 저리다.

루마니아에서 아침을 맞고 산책을 한다. 가까운 정교회 성당에서는 미사를 마친 사람들이 교회 마당에서 음식을 나눈다. 우리의 영성체와는 달리 실제로 빵과 술을 축성하여 나누어 먹는다. 가난한 사람들에게도 먹을 것을 나누어주는 모습이 인간적이다. 구경하는 나에게도 종이컵에 단팥죽 같은 것을 준다.

그날도 수도원 순례를 한다. 아드보레 수도원은 벽화가 많이 상해 있다. 최후의 심판과 가톨릭의 영향으로 크리스토폴 성인이 그려져 있다 하여 열심히 찾아본다.

마지막으로 들른 드라고미르나 수도원은 들어가는 입구가 사과 과수원으로 사과꽃이 눈부시게 피어 있어 그 길을 걷는 것만으로 그리움이 온다. 높은 성벽으로 둘러싸여 있어 요새와 같다. 수도원의 벽화 순례가 지겨워지기도 전에 수도원 순례가 끝난다. 상술과 계산에 능숙하지 않은 정교회 수녀님들에게 작은 이콘이나 묵주나 도록을 사는 것도 쉽지 않다. 아직은 유로화가 통용되지 않으니 더욱 그렇다. 그래도 영문 도록과 묵주를 산다. 드라고미르나 수도원 박물관엔 채색삽화 귀중본과 러시아 황제가 하사한 1598년작의 금실은실 자수가 보관되어 있었다. 세월의 풍상과 신앙심이 만든 수도원을 다시 돌아보며 머리를 숙인다.

오늘은 느긋이 낡고 작은 도시를 산책하고 도시의 가톨릭 성당에서 미사를 드린다. 정양모 신부님과 여행 중 처음 드리는 미사다. 여행할 수 있는 건강과 축복을 주신 것에 감사하고 가족의 평화를 빈다. 일행들에게도 축복의 기도를 보낸다.

루마니아의 국민 85퍼센트가 정교회 신자고 가톨릭 신자는 1퍼센트에 불과하지만 젊은 사제가 나와 먼 나라에서 온 순례객들에게 환영하는 인사를 멋지게 한다.

수도원 순례

거리는 낙후된 것 같지만 서점에 걸린 문구들이 대단했다. 공원에는 물이 콸콸 흐르고 있어 시원스러웠다.

저녁은 느긋하게 호텔에서 모두들 모여 여흥과 자기소개를 하는 시간이 되었다. 기차를 탈 시간까지 넉넉했다.

다시 기차를 타러 수체아바 역으로 간다. 갈 때보다는 능숙하게 기차에 타고 자리를 잡는다. 세면대도 잘 열어서 사용해보았다.

루마니아의 마지막 밤을 기차에서 보낸다.

이곳에
다시 올 수 있을까?

# 6월의
# 장미를

## 발칸산맥을 넘어

종착역인 부쿠레슈티 역에서 내려 다시 버스에 짐을 싣는다. 부쿠레슈티 역 근처 호텔에서 아침을 먹고 국경을 넘어 불가리아로 향한다. 비슷한 나라 같지만 언어가 다르고 민족이 다르고 문자가 다르다. 불가리아는 슬라브 민족이고 문자는 러시아 문자와 비슷하다. 루마니아가 기름진 평야인 데 비해 불가리아는 우리나라처럼 산이 많다. 루마니아와 불가리아의 국경에는 다뉴브 강이 흐른다. 도나우 강이라고도 한다. 푸른 다뉴브 강이라고 이름을 부르는 것만으로도 음악 소리가 들리듯 낭만적이다. 그러나 두 나라 사이에는 엄연히 국경이 있고 버스에 탄 모든 여행객의 여권을 검사하는 과정을 거친다. 사회주의이고 전체주의적인 분위기가 느껴진다. 유럽의 경제가 한통속이 되어 가는데도 그 관행을 버리지 못하는, 강하게 오랫동안 해오던 것을 금세 버리지 못하는 성미라고나 할까. 내가 보기에는 별 의미 없는 삼엄함이지만.

태양이 뜨겁고 국경에서 여권 검사를 기다리는 동안 들어간 화장실에서는 돈을 받는다. 두 시간 가까이 지난 뒤 여권을 돌려받고 불가리아로 들어선다. 기차에서 바깥 잠을 잔 곤고함이 몰려온다. 그러나 순례자의 기도문을 같이 외우며 마음을 채운다.

이 순례 동안에 항상 주님 품 안에 머물게 하시고 서로 사랑하게 하시며 앞으로의 모든 날이 이 순례의 은혜로 충만케 하소서.

우리나라의 1960년대 국도 같은 길을 달린다. 강원도 같기도 하고 문경새재 같기도 한 고갯길이다. 그러나 아주 세련되고 유럽풍인 집에 다다라 점심을 먹으니 어느 나라에 왔는지 모를 지경이다.

불가리아에서는 전문 가이드가 나와서 설명을 해준다. 다뉴브 강은 8개 나라를 지나가고 있다는 것, 불가리아는 치즈 요구르트 등 낙농 제품이 유명하고 장수국가라는 것, 온천 햇빛 호수 등 좋은 자연환경으로 휴양지로서 적합한 나라라는 것, 요즘은 인구가 줄고 있고 젊은 이들이 유럽으로 일자리를 찾아 떠난다는 것, 13퍼센트의 무슬림 이슬람교가 있다는 것 등.

우리는 발칸산맥을 넘어 카잔루크로 향한다. 장미의 계곡으로 불리는 곳이지만 좁은 계곡이 아니라 발칸산맥과 스레드나고라 산맥 사이 넓은 평원의 장미밭으로 다마스커스라는 종류의 장미를 재배한다. 세계 장미 향수의 80퍼센트를 공급한다는 유명한 장미 생산지다. 그 카잔루크에서 장미꽃을 따는 계절이 되면 축제가 열리는데 6월 첫 주부터라고 한다. 우리는 한 주 일찍 왔다. 불가리아 여행사와 전달이 잘못되어 축제 전에 오게 된 것이다. 그래서 쉽게 호텔 방을 구할 수 있었는지 모르지만.

카잔루크의 한 호텔에서 여장을 푸는데 로비부터 장미 향기로 가득하다. 호텔 숍에서 파는 여러 가지 장미 제품에서 뿜어나오는 향기

다. 기분이 좋아지는 장미향이 옛날에는 최음제를 쓰였다니 사랑의
느낌이 우러나는 것은 좋은 것이다.

불가리아에서 첫 밤을 묵고 일찍 장미박물관으로 향한다. 5톤 트럭
가득 넣은 장미에서 장미 기름 1리터가 나온다고 한다. 장미 기름 원
액은 세계의 유명한 화장품 회사로 팔려간다. 6월에 핀 장미를 새벽
3시에서 6시 사이 해 뜨기 전에 딴다고 한다. 해 뜨기 전 장미꽃잎이
촉촉할 때 최상의 향수를 얻을 수 있다. 보기에는 찔레꽃 비슷하여 그
리 볼품이 있어 보이지 않는다.

장미박물관은 그 역사와 도구를 잘 진열해 놓았고 불가리아 여자
가 열심히 설명한다. 장미축제에서 뽑힌 역대 장미미인들의 사진도
걸려 있다.

호텔 밖에서 싸리 빗자루로 마당을 쓰는 모습은 너무 친숙하였다.
아니 여기서도 싸리 빗자루를 쓰다니…….

불가리아 제1제국은 동방에서 온 부여족이 세운 국가이다. 부여족은 불가
리아 주민에게 독립과 역사로 남아 있고, 발칸 산, 발칸산맥, 발칸반도, 소비
등 다수의 지명으로 남아 있으며 불가리아 말 문법 구조로 남아 있고, 문화와
생활양식의 전통(정월 달집놀이, 굿거리 등)으로 남아 있으며, 또 갓난아기 엉덩
이의 반점(몽고반점)으로도 남아 있다. 현재 백인 세계에서 갓난아기의 반점이
나오는 민족은 오직 불가리아인뿐이다. 그 원인은 불가리아인의 원조상이 부
여족이었기 때문이라고 생각한다.

―신용하, 「다시 보는 한국역사」(동아일보 연재)

그 친숙함은 카잔루크의 북쪽 도시 아르바나시에서도 보게 된다.

장미계곡에서 장미를 따는 사람들, 장미박물관

### 다뉴브 강가 산책만으로도

벨리코 투르노보라는 곳에는 차레베츠 고성이 있다. 불가리아 2차 왕국의 옛 도읍지를 복원해 놓은 곳인데 제3의 로마라고 불릴 정도의 요새기도 하고 지리적 전략적으로 중요한 곳이다.

다뉴브 강의 지류인 안트라 강이 성을 중심으로 흐르고 있고 성의 높은 언덕 중심에는 교회가 보였다. 그 위에는 불가리아의 국기가 휘날리고 있었고 교회 안에는 벽화가 잔뜩 그려져 있는데 현대화가의 그림이다. 가슴을 유난히 드러낸 성모님의 모습도 그리 아름답지 않았다. 성곽은 남한산성 비슷한데 복원한 지 얼마 되지 않아서인지 세월이 주는 아름다움이 느껴지지 않았다. 남한산성 성곽길을 걸으면 역사의 운치가 느껴졌는데 잠깐 보았던 하이델베르크의 운치와는 비교가 되지 않았다.

폼베이 유적 무너진 집터에서 주는 비애감도 없었다. 그러나 그 성에서 내려다보이는 불가리아의 집들과 강들이 사랑스러웠다. 역사적인 유적이 감동을 자아내려면 시간과 예술성 그리고 역사적인 이야기가 있어야 하는 것 같다.

햇볕이 뜨거워 어머니는 교회까지 올라가지 못하고 그늘에 앉아 쉬기로 한다.

점심은 불가리아의 중국음식점에서 했는데 양배추로 그렇게 여러 가지 요리를 할 수 있는지 놀랐다. 몸에 좋은 양배추니까 단순하지만 흰밥과 함께 먹었다. 물론 중국식의 소고기나 닭고기 요리도 나왔지만 일행 중 누군가가 민들레 잎을 따서 씻어 와 한국에서 가져온 막장과 쌈을 먹으니 씁쓸함이 개운했다. 이제 여행에 지칠 때가 되었나 보다. 매일 짐을 싸는 것에 좀 지치기도 했다.

아르바나시의 옛 마을을 구경한다. 대문의 모양과 담이 우리나라 집과 비슷하다. 불가리아 민속마을인데 그 마을에는 유명한 성당이 있다. 17세기에 지어진 예수성탄성당으로 겉에서는 초라할 정도로 작은데 교회 안에 그려진 벽화가 놀랍도록 아름다웠고 불가리아 미술사상 처음으로 그려진 〈인간의 일생〉이 마치 만다라 같았다. 생로병사의 모습이 인생 그 자체다. 오십대의 남자를 왕처럼 그린 것이 재미있었다.

정신부님의 계획에는 없었지만 불가리아 가이드의 추천으로 가본 곳이 민속공예마을이다. 마치 인사동 같기도 하고 교토의 기요미즈데라淸水寺 주변 같기도 한데 언덕을 오르면서 작은 가게들을 들여다보는 게 재미있었다. 금세공, 보석가공, 레이스 뜨개질, 제당소, 도공, 이콘 그림, 금속 공예, 칼 만드는 곳, 목공 등 공예품을 직접 만들어 파는 가게들이 재미있었다. 우리 모녀는 티셔츠에 그림을 그려 파는 가게에서 함께 기념 티셔츠를 샀다. 도자기 종 하나를 사고 동생을 위해 터키석 반지도 하나 샀다. 여행에서 그곳 물건을 사는 것은 큰 즐거움이어서 정신이 집중되다가 정신이 팔리다가 피곤이 풀렸다.

불가리아 국경 도시 루세에서 불가리아의 마지막 밤을 보내게 된다. 루세까지는 또 산맥을 넘는 길이다. 루세의 크리스탈 호텔에서 저녁을 먹고 다뉴브 강가까지 국경 도시의 밤을 산책한다. 강까지 이르는 길에는 예쁜 가게들이 불을 밝히고 있고 거리는 전차가 다니는 오래된 도시의 멋이 있었다.

불가리아 수도 소피아에 가지 못한 것은 아쉬웠지만 장미 향기 가득한 나라 불가리아에서 다뉴브 강가를 산책한 것은 잊지 못할 것 같다.

그 성에서 내려다보이는
불가리아의 집들과 강들이 사랑스러웠다.

# 감미로운 선물

## 벨기에로 향하다

좋은 태양과 공기와 토양과 품종이 절묘하게 조화되어 빚어냈다는 장미 향수의 나라 불가리아를 떠난다. 루세의 호텔에서 커다란 볼에 넉넉하게 담긴 불가리아 요구르트에 꿀을 넣어 든든히 먹는다. 여러 가지 곡식의 플레이크도 요구르트와 같이 먹는다.

짐을 싸서 버스에 올리고 다시 다뉴브 강을 건너 국경으로 간다. 루마니아로 건너갈 때도 여권을 모두 검열하고 돌려준다. 다시 부쿠레슈티 공항으로 향한다. 라이트 형제보다 비행기를 먼저 발명했다는 긍지가 있는 나라 루마니아의 공항엔 그 비행기의 모형이 모빌처럼 걸려 있다.

루마니아의 공항 음식점에서 각자 음식을 주문하여 먹는데 이 나라를 떠나는 게 왠지 섭섭하다. 다시 이 나라에는 올 것 같지 않아서일까 아니면 어느덧 여행 일정의 반을 넘겨버린 아쉬움 때문일까. 신부님은 앞으로는 밤기차를 타는 일도 없고 편한 일정만 남아 있다고 안심을 시켜주신다. 여행 일정의 절반을 넘기면 나머지는 훌쩍 가버리고 만다. 마치 인생 여정처럼.

국내선 비행기와 같은 KLM을 타고 다시 암스테르담 공항으로 온다. 선진국으로 온 기분이 든다. 곳곳에 디자인이 상큼하다. 암스테르담 공항에 나온 네덜란드 버스 운전사는 영어도 잘하고 장사에도 능하여 만나자마자 생수장수 노릇을 톡톡히 한다. 내릴 때는 마담 하며 손을 꼭 잡아주는데 좀 느끼하지만 피곤하니 잠시라도 팔을 의탁할 수밖에 없다.

네덜란드에서 벨기에로 향한다. 비가 온다. 해수면보다 낮은 나라 네덜란드 땅은 처음 밟는다. 네덜란드에 대해선 딱히 아는 게 없다. 홀란드, 더치, 이런 단어들이 떠오를 뿐.

벨기에로 가는 길에 브레다 근처 고속도로 휴게소에서 저녁을 먹게 되는데 라 플레이스라는 곳에서는 아주 다양한 메뉴를 선택할 수 있다. 어머니는 채소와 새우를 넣은 매콤한 양념의 볶음국수를 맛나게 드신다. 밖에 비가 오기 때문일까. 국수장국이 생각나지만 따뜻하고 고추 소스가 들어간 볶음국수만으로도 좋다.

네덜란드와 벨기에는 국경도 분명치 않게 훌쩍 넘는다. 겐트라는 벨기에 도시에 여장을 푼다. 이제 이틀 밤을 비즈니스호텔인 이비스에서 자게 되는데 그것만도 집이 생긴 듯 좋다.

돌을 깔아놓은 좁은 길은 주로 일방통행으로 자연스럽게 굽어 있고 갖가지 디자인의 전차가 차와 함께 다닌다. 벌써 40년도 지난 일이지만 광화문에서 신설동까지 타고 다니던 전차가 생각난다. 작은 부적 같은 전차표와 땡그렁거리는 종소리 같던 전차가 아득하다. 중학교 때가 전차 시대의 마지막이었다. 우리나라도 아직까지 전차가 있다면 볼만할 텐데. 지하철 공사와 도시 개발로 남아날 수 없었던 전차와 기동차가 생각난다.

겐트의 저녁을 혼자 산책한다. 10시가 넘어서야 어둠이 내린다. 여기저기 운하가 있어 배가 다니는 아름다운 도시다. 호텔 주변 작은 가게들은 이미 문을 닫았지만 들여다보기만 해도 앙증맞고 특징이 있다.

나에게는 벨기에에 사는 오랜 친구가 있다. 여행을 떠나기 전 그 친구에게 여러 번 전화를 해보았지만 통화가 되지 않았다. 한 해 선배였지만 대학 동기라 말을 트고 지냈다. 볼이 붉어 항상 따뜻해 보였던 친구. 풍만한 가슴이 아름다웠던 친구. 늘 꿈꾸는 듯한 눈빛과 목소리를 가진 친구. 그는 25년이나 벨기에의 안트베르펜에 살았고 그동안 너무나도 큰 슬픔을 겪었다.

나는 호텔 로비에서 전화를 한다. 금세 그 친구의 목소리가 나온다. 나 지금 겐트에 있어. 그 친구는 내일 아침 호텔로 오겠다고 한다. 나는 다음 날 친구 Y를 만날 생각에 잠을 이루지 못한다.

안트베르펜에서 차를 몰고 8시에 오기로 한 친구는 9시에 버스가 떠날 때가 되어 도착했지만 반가워서 껴안고 또다시 바라보고 한다. 같이 버스를 타고 브뤼헤로 향한다. 아름다운 운하 도시와 오랜만에 친구 때문에 약간의 흥분 상태가 된다. 신부님은 Y에게 앞장서서 길을 찾으라고 하신다. 벨기에에서는 가이드도 없이 길을 찾아야 되니 언어가 통하는 Y의 역할이 생기게 된다. 신부님은 5개 국어를 능숙하게 하시지만 단체여행에서 따로 만나 합류한 내 친구의 입장을 배려해주는 마음이다. 좁은 일방통행로이기에 버스에서 내려 걸으며 물어물어 미술관을 찾는다.

그뢰닝 미술관(흐로엔닝헤라고도 한다)은 벨기에에서 처음으로 가는 브뤼헤의 미술관이다. 골목에 자리 잡고 있어 내가 생각했던 미술관이 아니다. 옛 수도원이었다니 보라색 라벤더 꽃이 정원을 수놓은 아름다운 중세풍 정원을 걸어 들어가야 마주할 수 있는 미술관은 작

그뢰닝 미술관 들어가는 길

은 듯해 보이지만 속은 알찼다. 입구는 소박한 로마네스크 수도원처럼 내부 장식도 수도원의 분위기를 잃지 않도록 꾸며졌다고 한다. 이 미술관은 플랑드르 르네상스 이전의 작품을 전시하기 위한 목적으로 1930년경 건립되었다고 한다. 이 미술관은 1717년 회화와 드로잉을 위한 독립적인 아카데미가 설립되면서 시작되었다. 1794년 이후 프랑스 군대가 많은 작품들을 루브르에 가져갔고 교회와 수도원으로부터도 예술작품을 약탈해갔지만 프랑스 점령이 끝나던 1816년 작품들은 돌려받기도 했다. 이 미술관이 하루아침에 이루어진 게 아니라는 게 직접 눈으로도 느껴진다. 지속적으로 컬렉션을 성장시킨 미술관이라는 걸 르네 마그리트의 작품을 보면서도 느끼게 된다.

광기의 화가라고 불리는 후고 반 데르 구스의 그림 〈성모의 죽음〉을 본 것이 인상깊었다.

### 슬프고도 감미로운 시간
그뢰닝 미술관은 그림을 다 보고 나와서도 더 머물고 싶어서 괜히 엽서도 사고 연필도 사면서 기웃거린다.

'우리의 사랑스러운' 성모성당

그뢰닝 미술관 가까이에 있는 성모성당은 우리의 사랑스러운 성모
성당이라는 뜻인데 그 이름처럼 사랑스러운 성당이었다. 13세기 고딕
건물로 122미터나 되는 종탑이 쭉 뻗어 있는데 성당 안 빛이 들어오
는 스테인드글라스가 아름다웠다. 그리고 그 유명한 미켈란젤로의 하
얀 대리석 조각 〈성모자상〉을 만난 것도 감동스러웠다. 1504년작이라
는데 방금 만들어놓은 것처럼 생생했다. 평범한 엄마와 고추를 드러
낸 아기의 모습이 더욱 친근감이 갔다. 엄마 품에서 눈을 감은 듯 편

안한 느낌의 아기 예수님의 표정에 눈을 떼지 못한다.

유화를 처음 도입했다는 화가 얀 반 에이크의 〈십자가에 달린 그리스도〉를 주시하라는 신부님의 말씀, 그리고 25세에 요절한 부르고뉴 공주 마리아의 무덤의 조상은 1498년작이라는데 아직도 번쩍이는 청동이 살아 있는 듯 그 위엄이 느껴진다. 아버지와 나란히 누운 모습도 대단하려니와 지극한 사랑을 받고 승마 사고로 일찍 죽은 공주는 500년이 넘었는데도 살아 있듯이 누워 있다. 옆에서 "죽어서도 평등하지 않구먼" 하는 누군가의 소리가 들린다.

브뤼헤의 도시를 산책한다. 디자인이 뛰어나고 특색이 있는 가게들에 눈이 팔린다. 운하와 다리로 연결되고 관광객들이 마차를 타고 다니는 건 중세의 풍경과도 같다. 자전거와 전차 그 모든 것이 내 눈에는 장난감 나라와 같다. 베네치아와 비슷하면서도 훨씬 생명력 있고 모던하다.

하루 종일 돌아다녀도 지루할 것 같지 않은 거리를 어머니 그리고 친구와 함께 걷는다. 클림트의 〈키스〉를 직조한 쿠션 커버를 어머니가 사준다. 딸들 가족이 서로 사랑하며 살라는 마음씀이다. 친구가 물건 값 깎는 걸 도와준다. 레이스 가게 앞에는 여자가 레이스를 뜨고 있다. 베르메르의 그림에 나오는 레이스 뜨는 여자처럼.

귀여운 인형 가게도 눈길이 간다. 유아세례 때 입을 옷을 파는 가게 앞에도 멈춘다. 가톨릭 신자가 86퍼센트나 되는 나라니까 세례복을 따로 파는 가게가 있을 만도 하다.

홍합 요리가 유명하다는 성당 앞의 레스토랑에서 점심을 먹는데, 큰 냄비에 홍합이 가득 담겨 있다.

우리나라에서 파는 홍합 요리보다도 맛은 못한 것 같다. 그래도 큰

브뤼헤의 도시 산책

냄비를 앞에 놓고 홍합을 까먹으며 국물을 들이켜니 특별한 체험이었다. 누군가가 "포장마차에 가면 서비스로 그냥 주는 홍합인데" 한다.

점심을 먹고 사랑의 호수라는 곳으로 가는데 연인들이 그곳을 산책하면 사랑에 빠지지 않을 수 없다고 한다. 여러 나라에서 온 여행객들, 백조와 아기 백조들의 걸음걸이, 유람하는 배를 쳐다보며 마냥 앉아 있고 싶다. 큰 컨테이너 트럭의 옆을 펴서 즉석 상점을 만든 장터광장에서는 싱싱한 과일과 채소 그리고 치즈와 화훼 등을 팔고 있었다.

시간이 마냥 있다면 마음껏 휘돌아다니고 싶은 도시, 중세와 현대의 세련됨이 공존하는 도시, 브뤼헤에서 어머니와 오랜 친구와 카페에 앉아 맥주와 카푸치노를 마시고 조용히 거리를 본다. 말수가 적은 친구가 가까이 있는 슬프고도 감미로운 시간이 훌쩍 지나간다.

### 사진은 기억을 도와준다

겐트의 이비스 호텔에서 두 번째 밤을 보내고 다시 여장을 버스에 싣는다. 전날 밤 거리의 카페에서 늦도록 끼리끼리 모여 맥주를 마시는 시간을 가졌다. 늦도록 해가 있으니. 어머니도 같이 나오셨는데 일행 중 미술대학을 나온 분들이 우리를 끼워주었다. 자칭 아티스트 모임이라고 하면서.

버스는 네덜란드로 향하면서 안트베르펜으로 간다. 안트베르펜 미술관은 왕립순수미술관이라고 할 수 있다. 이제부터 본격적으로 미술관 순례가 시작된다. 여태까지는 교회 중심의 여정이었지만. 글을 쓰면서 기억을 더듬으며 그림을 다시 꺼내본다. 2,300장 가까이 찍은 사진을 보며 스스로 "미쳤어"라고 중얼거리지만 사진은 내 기억을 정확하게 도와준다.

대부분의 미술관에서는 사진을 찍지 못하게 했지만 안트베르펜 미술관에서는 고맙게도 사진 찍는 것을 허용해준다.

미술관 건물은 기록에 의하면 신고전주의 양식과 신고딕 양식을 결합한 것이라고 한다. 1927년부터 미술관의 소유가 국가로 넘어갔는데 '현대예술의 후원자들' 같은 후원단체들이 발전에 기여해 최근까지 기증이 이어지고 있다고 한다. 그래서인지 마그리트, 모딜리아니, 샤갈이나 델보, 벤 니콜슨의 작품이 있었다. 장 푸케의 마리아 젖먹이는 그림이 유명하다고 한다. 루벤스의 〈탕자의 귀향〉, 벨기에 출신 상징주의 작가 앙소르의 그림이 많았는데 〈음모〉라는 유머러스한 그림이 눈에 뜨였다. 모딜리아니의 〈나부〉가 있었는데 도쿄로 원정을 갔다고 한다. 아름다운 조각상들을 마음껏 사진 찍어 놓는다.

이제 벨기에를 떠나 네덜란드로 향한다. 한 나라를 떠날 때는 특별한 이유 없이 슬퍼진다. 이국에서 비가 오기 때문일까.

하루 종일 돌아다녀도 지루할 것 같지 않은 거리를
어머니 그리고 친구와 함께 걷는다.

# 더할 나위 없는
# 행복의 땅이여

## 반 고흐와 이준

안트베르펜에서 벨기에 국경을 슬쩍 넘겨 네덜란드 쥔데르트로 간다. 반 고흐의 고향이고 조각가 오시프 자킨이 만들었다는 조각을 보기 위해 작은 마을을 찾아간다. 비가 꽤 와서 옷이 젖을 정도가 된다. 형 테오와 같이 서 있는 두 형제의 모습은 두 몸이지만 마치 한 몸인 것 같다. 그만큼 친밀하고 영향력이 지대한 형제 관계가 또 있을까?

그 조각 옆에는 반 고흐의 아버지가 목사로 지냈다는 교회가 있다. "오, 쥔데르트 쥔데르트 더할 나위 없는 행복의 땅이여"라고 테오에게 보낸 편지에다 썼다는 땅이다. 빗줄기가 더 심해졌다.

헤이그로 향한다. 이준 열사의 박물관으로 가기 위해서. 네덜란드 여행의 시작, 우리 조상(이준, 이위종, 이상설)을 찾아가는 것은 의미가 있다. 작은 건물이고 좁은 통로와 같은 층계를 올라가야 하는 박물관인데 기념비적인 건물이다. 일본의 감시를 피해 시베리아를 거쳐 이곳까지 왔다는 이준(1859년 함남 북청에서 태어나 1907년 헤이그에서 돌아가심)은 평화회의 참석이 거부되자 자결했다는 기록도 있으나 정확한 사료는 아직 발견되지 않았다. 마지막 유언 같은 말씀 "내 조국을 구해주십시오. 일본이 대한제국을 유린하고 있습니다." 우리가 이

헤이그에 있는 이준 열사 기념관을 방문하다

렇게 훗날 이 나라를 자유롭게 여행할 수 있는 것도 선조들의 자존심 때문이 아니겠는가. 나는 그 작은 3층 기념관에서 진정으로 감사의 기도를 드린다. 이승만 대통령과 김구 선생님의 친필이 눈을 끈다. 먼 길을 돌아 돌아 헤이그에 걸린 태극기를 보기 위해 온 것 같다.

헤이그는 작지만 국제사법재판소가 있는 국제적인 법의 도시고 암스테르담과 함께 수도 기능을 한다. 돌이 깔린 일방통행로가 미로처럼 이어지는데 길을 잃을 것 같지만 어찌어찌 찾게 되는. 갖가지 디자인의 전차가 자동차와 자전거와 함께 다니는 도시다.

마우리츠하이스 미술관으로 향한다. 이름은 처음 들어보았지만 소장품 목록이 마음을 설레게 했다.

들어갈 때는 건물의 지하로 들어가는 듯해 대단해 보이지 않았지만 놀라울 정도의 명작을 소장하고 있었다. 특히 2층에 소장된 네덜란드 명장들의 작품은 놀라웠다. 그 유명한 베르메르의 〈진주 귀걸이 소녀〉를 보니까 사람들이 그렇게 열망하는 이유를 알 것 같았다. 크지도 않은 소녀상이 진주 귀걸이를 했기 때문일까 그 진주보다도 더 그윽하게 빛나는 눈빛 때문일까. 진주에 어리는 비밀스러운 빛이 사

마우리츠하이스 미술관과 그 유명한 그림들

람을 끌어당기는 매력이 굉장했다. 어떤 사람은 모나리자의 미소보
다 낫다고도 했다. 책에서 많이 보았는데도 그 자력에 멍해졌다. 베르
메르의 고향인 〈델프트 풍경〉을 본 것도 감동스러웠다. 렘브란트의 자
화상과 〈툴프 박사의 해부학 강의〉는 경이에 가까웠는데 핏줄 하나하
나를 펼쳐 보여주며 그 강의를 듣는 사람들의 다양한 표정을 무어라 설
명할 것인가. 얀 스테인의 〈굴을 먹는 소녀〉, 테르보르흐의 이 잡는 사
람 그림 앞에서 웃음 짓지 않을 수 있겠는가. 옛날 할머니가 머리나 옷
에서 똑똑 소리가 나도록 이를 잡을 때의 쾌감이 어찌 생각나지 않겠는
가. 파브리티우스의 〈황금방울새〉는 17세기 작품인데 인기가 좋았다.

　17세기의 정물화가 아드리안 코르테의 특별전에서는 세밀한 정물
묘사와 구성에 감탄했다. 아스파라거스와 산딸기, 딸기꽃, 나비, 작은
소라 등은 살아서 움직이는 것 같았다. 세밀화의 품격에 놀라움 놀라
움을 거듭했다. 특별전 제목인 'Ode to Coorte'의 뜻을 신부님께 여
쭤본다. 코르테에게 보내는 찬사라고 가르쳐준다. 정말 멋진 제목이
었고 적합한 말이었다.

　아트숍에는 〈진주 귀걸이 소녀〉를 상품화한 것이 정말 다양했다.

네덜란드는 역시 장사를 잘한다. 연필, 스카프, 귀걸이, 머그컵 등등.
마우리츠하이스 미술관을 나오니 옆에 아름다운 호수가 돋보였다.

## 꿈꾸던 미술관

헤이그의 한국음식점에서 두부와 김치 전골로 저녁을 먹는다. 오
랜만에 제대로 된 한식을 먹으니까 한국이 가까이 온 것 같다. 이제는
서서히 여행의 막을 내리려 한다. 아직 이틀이 남아 있지만. 라이데르
도르프라는 도시는 지면이 해수면보다 낮다며 신부님은 특유의 발음
으로 물구덩이 도시라고 한다. 곳곳에 수로가 보이고 물 위에는 어리
연이 피어 있다. 가구 단지 같은 오피스 동네에 위치한 이비스 호텔에
서 여행의 마지막 두 밤을 자게 된다. 이제야 낯을 익힌 일행들과 호
텔 근처를 산책한다. 정원이 아름다운 그림 같은 집들이 수로를 끼고
열 지어 있다. 전원생활을 즐기는 도시 사람들의 멋을 볼 수 있다. 수
로 곁에는 붓꽃이, 물에는 어리연이 피어 있다.

어머니와 같은 방에서 이렇게 여러 날 자게 된 것은 아주 어릴 적
말고는 처음인 것 같다. 연년생 동생이 태어나고 젖을 떼고 나선 할머
니 방에서 잤었지.

어머니는 주무시기 전에 그날 본 작품의 일본어판 미술관 도록을
보며 복습을 하고 나는 밤이 되면 선배들과 돌아다닌다.

다음 날은 오텔로라는 곳으로 간다. 국립공원으로 조각공원이 있다
고 한다. 크뢸러 뮐러 뮤지엄, 헬렌 크뢸러 뮐러 여사가 아버지의 성
크뢸러와 어머니 성 뮐러를 따서 이름 지은 미술관으로 1938년에 생
겼다고 한다. 이제야 신부님의 설명이 귀에 들어온다. 다 끝날 때쯤
되니까 뒤늦은 깨달음처럼 알아듣는다.

푸른 숲속 섬처럼 자리하는 조각 작품들

　국립공원으로 들어가는데 멀리 파란 삽이 땅에 박혀 있는 게 예
사롭지 않다. 나중에 안 거지만 클래스 올덴버그의 작품이다. 청계
천 입구에 있는 소라 모양 조형물의 작가라고 한다. 숲속으로 들어
가는 것 같은 입구에서부터 신선한 충격을 느낀다. 여태껏 그 이름
을 들어보지도 못한 미술관인데 이렇게 좋다니. 푸른 숲속에 띄엄띄
엄 조각품들이 서 있는데 그 배치나 느낌이 시원하게 다가온다. 나를
빨아들이는 내가 꿈꾸어왔던 공간 같다. 미국의 조각가 디 수베로의
〈K-piece〉라는 붉은 철근 빔의 기하학에 신선한 충격을 받는다.
　"The true artist helps the world by revealing mystic truths."
　미술관 입구에 네온사인의 나선형 조형물의 문구는 나를 신비로운
상상력의 세계로 이끈다. 미디어아트의 선구자 브루스 나우먼(Bruce

Nauman)의 1967년도 작품이다. 고맙게도 사진이 허용된다. 인심 좋고 넉넉한 헬렌 여사다.

평생 말을 소재로 한 작품을 만든 이탈리아의 조각가 마리노 마리니와 자코메티, 페르낭 레제의 그림이 밝은 실내를 채우고 있다. 고등학교 미술책에서 보았던 우표딱지만 했던 그림들, 색조는 안 좋았지만 그저 화가의 이름을 아는 것만으로도 상상의 날개를 폈던 예술가들의 작품들을 이렇게 많이 볼 수 있다니. 루브르나 대영박물관처럼 사람들을 기죽이지도 않으면서 자석이 끌어당기듯이 매력적인 건물이다. 큰 유리창 사이로 바깥 풍경을 간간히 보면서 쾌적하게 그림을 감상할 수 있게 설계되어 있다. 아무리 좋은 그림이 많아도 밀폐된 궁전에서 그림을 보다 보면 숨이 막히게 되는데 여기는 그렇지 않다.

반 고흐의 작품이 시대별로 272점이나 있다니. 어찌 내가 흥분하지 않을 수 있겠는가. 어머니도 딸의 감격을 눈치채고 그림 앞에서 얼른 포즈를 잡아준다. 마치 예술 세례를 받는 것 같다. 〈감자 먹는 사람들〉보다 먼저 그린 〈감자 심는 농부들〉은 책에서도 보지 못했던 귀한 그림이다. 〈감자 먹는 사람들〉 앞에서 오랫동안 자세하게 차분하면서도 열정적으로 설명하는 독일 여자 가이드, 가이드라고 가볍게 부르기에는 전문가적인 표정을 지녔다. 반 고흐의 〈착한 사마리아인〉, 밀레의 그림을 모사한 〈씨 뿌리는 사람〉, 고갱의 그림을 모사한 〈아를 여인〉 〈슬픔에 잠긴 노인〉. 이렇게 많은 반 고흐의 작품을 이렇게 쾌적하게 볼 수 있을까. 나는 꿈을 꾸고 있는 것 같았다.

유리 상자 속에 들어 있는 브랑쿠시의 천지창조, 그리고 몬드리안의 기하학. 어머니는 "저거는 꼭 우리나라 조각보 같구나" 하신다.

퀸데르트에서 본 반 고흐와 테오 형제의 조각을 만든 자킨의 조각

딸의 감격을 눈치챈 어머니가 기꺼이 포즈를 취해준 사진들

레베카, 처음 들어보지만 얀 토로프, 장 메친제, 테오 판 두스부르흐, 판 데어 렉, 크리스 비크먼의 훌륭한 작품들.

이번 여행이 하나의 연극 극본이라면 크뤼러 뮐러 미술관은 클라이맥스였다. 언젠가 이곳 한 군데라도 다시 찾아오고 싶다. 아주 늙어서 천천히 걸으며 음미해보아야지. 아니야, 다시 못 올지라도 추억만으로도 행복해질 거야.

어머니와 미술관 속의 음식점에서 점심을 먹는다. 토마토수프와 연어 샌드위치를 선택했는데 기대한 것 이상으로 훌륭하다. 큰 볼에 담긴 따끈한 토마토수프의 빛깔을 한참 들여다본다. 단지 국물이지만 크림빛이 들어가 부드러움이 아름답다.

아트숍에 있는 관련 서적과 특히 어린이용 미술교육 서적이 다양했다. 나오면서 신부님께 나는 큰절을 올린다. 이렇게 좋은 곳에 데려와주셔서 정말 감사합니다.

신부님은 특유의 수줍은 미소를 띠신다. 처음 여행을 같이한 나의 감격에 그동안 치밀한 준비의 힘드셨던 보람을 느끼시는 듯 흐뭇한 표정이다.

일본계 미국인 조각가 이사무 노구치의 〈더 크라이(The cry)〉, 콩스탕 페르메케의 〈니오베(Niobe)〉, 앙투안 부르델의 오디세우스의 정숙한 아내 페넬로페(1912), 마르타 판의 폴리에스테르 소재의 둥둥 떠 있는 조형물(1961).

드디어 내 카메라에서 빨간불이 반짝인다. 배터리가 다 소진되었다는 경고다. 이 미술관에서만 400장의 사진을 눌러댔으니. 나를 현실로 돌아오게 한다. 몰입에서 빠져나오게 한다.

크뢸러 밀러 미술관은 숲속을 헤매듯 돌아보았다. 내 발은 땅에 닿지 않고 둥둥 떠다니는 듯 꿈꾸던 예술의 세계 속으로 들어갔다 온 것 같다. 카메라가 작동하지 않으니까 긴장감이 풀어지며 터덜터덜 걷게 된다.

위트레흐트에 있는 돔교회(Domkerk)로 간다. 고딕양식의 성당인데 그 청동 출입문의 부조가 유명하다고 한다. 그리고 종탑도 네덜란드에서 가장 높다고 한다. 청동 부조는 오래된 것은 아니고 1996년에 테오 판 데 파토르스트라는 사람이 만들었는데 7가지 언어로 되어 있다. 네덜란드어, 영어, 일본어, 그리스어, 라틴어, 시리아어, 네덜란드 북부 방언 프리슬란트어다. 마태오복음 "너희가 내 형제들인 이 가장 작은 이들 가운데 해준 것이 바로 나에게 해준 것이라"는 말씀이다. 성 마르탱이 거지에게 자기 외투를 잘라주는 것을 형상화했다.

성당까지 올라가는 길에는 세련된 상점들과 카페들이 가득하여 여행객들의 자유로운 여유에 푹 빠지고 싶었지만 이제는 가파르게 시간이 흘러간다.

라이데르도르프의 마지막 밤이다. 습기를 머금은 바람이 수로 사이로 불어온다. 늦은 저녁 석양이 붉다.

## 그는 제 고난의 끝에 빛을 보고

이비스 호텔에서의 마지막 아침이다. 그리고 5월도 다 끝나간다. 짐을 다 버스에 올리고 암스테르담으로 향한다. 고흐 미술관을 보기 위해서다. 이른 아침 개관 시간 전부터 많은 관람객들이 서 있는 모습이 관광객이라기보다는 순례객 같아 경건하기까지 하다. 특징이 없는 현대식 건물인데 입구에 반 고흐의 대표적인 그림을 크게 붙여 놓았다. 기다리며 그 앞에서 사진을 찍는다. 안에서는 사진을 찍을 수 없다. 이름대로 가장 많은 반 고흐의 작품이 소장된 미술관이다. 1880년부터 1890년 동안 그린 그림이 900점, 1,100장의 드로잉, 800편의 편지 그 양만으로도 감탄을 자아낸다.

그 전날 실컷 보았지만 또 다른 감흥이 일어난다. 무척 많은 사람들이 겹겹으로 서서 그림을 주시한다. 무엇이 사람들을 저토록 매료하는가? 사진을 못 찍으니까 메모를 해놓는다.

형형한 눈빛의 자화상, 감자 캐는 여자, 물레 감는 사람, 바느질하는 여자, 토기와 병이 있는 정물화, 담배 피우는 해골, 건초 만드는 사람, 씨 뿌리는 사람 같은 그림에서 보이는 노동과 시골 생활의 중요성.

일본 사람들이 열광하는 우키요에浮世繪를 모방한 그림들, 빗속의 다리, 학과 개구리와 대나무.

밤나무, 크로커스 뿌리를 넣은 바구니, 새우와 홍합, 작약과 델피늄, 파리잔 소설책들, 파를 심은 화분, 모과와 레몬이 있는 정물, 꽃이 핀 배나무, 아를의 붓꽃, 노란 집, 룰랭 부인의 초상과 같이 일상이 가장 중요한 그림들.

밀레(농부 여인)와 렘브란트(나자로의 소생) 들라크루아 그림의 리메이크에서 보이는 색채의 재해석.

1889년 이후의 그림이 있는 방엔 '병과 절망(Illness and Despair)'
이라는 제목이 붙어 있다. 어두운 구름이 몰려오는 밀밭, 나비와 포
피, 얀 토로프의 초상, 그리고 〈펼쳐진 성경과 꺼진 촛불, 소설책이 있
는 정물〉 앞에서는 자리를 떠나지 못한다. 이사야 53장이 펼쳐지고
꺼진 촛불과 자연주의 소설가 에밀 졸라의 『삶의 기쁨』이라는 소설책
이 있는 정물은 많은 걸 이야기해준다.

그 많은 편지를 썼던 반 고흐의 문학성과 목사인 아버지의 신앙심
그리고 꺼진 촛불의 절망감 앞에 다시 이 순간 모두에게 감동이 일어
나는 힘은 무엇일까?

우리가 들은 것을 누가 믿었던가? 주님의 권능이 누구에게 드러났던가?
그는 주님 앞에서 가까스로 돋아난 새순처럼, 메마른 땅의 뿌리처럼 자라났
다. 그에게는 우리가 우러러볼 만한 풍채도 위엄도 없었으며 우리가 바랄 만
한 모습도 없었다. 사람들에게 멸시당하고 배척당한 그는 고통의 사람, 병고에
익숙한 이였다. 남들이 그를 보고 얼굴을 가릴 만큼 그는 멸시만 받았으며 우
리도 그를 대수롭지 않게 여겼다. 그는 제 고난의 끝에 빛을 보고 자기의 예지
로 흡족해하리라. 의로운 나의 종은 많은 이들을 의롭게 하고 그들의 죄악을
짊어지리라.

이사야 53장의 말씀이 살아서 다가온다. 이 구절을 마음에 새기기
위해 허위허위 여기까지 온 것이 아닐까?

반 고흐 작품뿐 아니라 그와 동시대 에밀 보나르, 고갱, 르동, 드가,
로트레크, 모네, 마네, 피사로의 작품들이 전시되어 있어 훌륭한 화가
는 혼자만이 아니라 시대의 산물이라는 증거를 보여준다.

반 고흐의 그림들, 그리고 더 현재적인 그의 그림들

## 다이아몬드가 아니라도

반 고흐 미술관에서 나와 본 암스테르담의 거리는 자유로움 그 자체였다. 도시가 주는 무한정의 자유가 아름다움을 만들고 젊은이들을 끌어들이고 있었다. 심지어 마약과 매춘까지도 허용된 도시는 여태껏 다녀본 어느 곳보다 자유의 냄새를 풍긴다. 어디 가나 디자인이 뛰어나서 눈이 즐겁다. 국립미술관 광장에 알파벳으로 디자인된 〈I AM STERDAM〉 조형물 앞에서 포즈를 잡고 사진을 찍는 젊은이들의 모습이 싱그럽다. 자전거를 타고 다니는 젊은이들의 뒷모습만 보아도 싱싱한 기운이 느껴진다.

고흐 미술관 가까이에는 다이아몬드 박물관이 있어 다이아몬드의 제련 과정을 볼 수 있고 역사도 알 수 있다. 다이아몬드를 살 수도 있다. 다이아몬드를 사지 못한 사람들을 위한 배려로 출구 가까이에 크리스털 제품을 파는 선물집이 있다. 튤립 모양의 은 브로치를 하나 샀더니 어머니도 갖고 싶어하신다. 귀여운 액세서리다. 다이아몬드가 아니라도 충분하다.

안네 프랑크가 숨어서 일기를 썼던 도시, 왕국이 있는 도시.

유람선을 타고 좁은 운하를 거치고 넓은 바다로 나간다. 세상으로 향한 바다는 어느 나라나 개방적이고 자유로운 이미지를 준다. 좁은 운하를 통과하면서 다리 위에 서 있는 연인들의 대화가 들리는 듯하다. 암스테르담 공항에 다다라 버스에서 짐을 내리는 것으로 여행은 끝이 난다.

어머니는 탑승구 앞에서 쉬게 하고 나는 면세점에서 H와 아들의 넥타이를 고르면서 마음을 가다듬는다. 나를 기다리는 사람이 있다는 것이 그리움으로 다가온다.

여정에서 일상의 패턴으로 돌아가는 것이 감사하다. 무엇보다 무사히 여행을 마친 것이 감사하다.

내 발은 땅에 닿지 않고 둥둥 떠다니는 듯
꿈꾸던 예술의 세계 속으로 들어갔다 온 것 같다.

능동적인 기쁨

## 자연에
## 깃든 영혼

### 뉴질랜드, 새처럼 혼자 떠나다

여행을 떠나는 날 아침 나는 홀로 대모산에 오른다. 가을이 무르익은 산에 오르면서 혼자 뉴질랜드로 떠나는 마음을 추스른다. 어머니와 동생 그리고 나, 셋이 같이 떠나기로 한 여행이 나 혼자 떠나게 된 것이다. 최종적으로.

왜 나 혼자 가게 되었을까. 이 여행의 시작은 엄마 때문이었다. 뉴질랜드에 사는 지인 S의 딸이 약혼식을 하게 되었는데 그분의 초대에 어머니가 선뜻 응한 것이다. 그동안 이런저런 인연이 쌓이기는 했지만 비행기까지 타고 약혼식에 갈 만한 사이는 아니었다. 나는 뉴질랜드는 초행이어서 기대되지 않는 것도 아니었지만 요즘 잦은 여행으로 '저 여자 여행에 미친 거 아냐' 소리가 들리는 듯해서 망설여지는 마음을 이왕 가는 거 하면서 추스려야 했다. 취소하는 걸 싫어하는 나의 성미 때문이다.

이 가을의 끝이 왠지 무거워지는데 세상도 어렵고 룰루릴라 여행 가는 분위기가 아니다.

어머니는 긴 이탈리아 여행의 여독이 풀리지 않아 못 가겠노라 위약금을 물고 비행기표를 취소하고 동생은 덩달아 안 가겠노라고 한다. 사이언티스트 동생은 노는 것보다 일하는 걸 좋아하는 성격에다가 엄마와 함께하는 게 목적이었으니 나를 배반한다고 탓할 수도 없다. 나도 엄마와의 여행을 꿈꾸었을 뿐이지 여행 자체가 설레질 않는 것이다.

나는 혼자 간다. 그리 친하지도 않은 사람 딸의 약혼식을 보러. 무슨 인연으로, 무슨 의미일까? 생각해본다. S는 어머니가 못 오게 된 걸 섭섭해하면서도 나 혼자라도 오면 소홀히 대접하지 않겠다고 다짐하고 나라도 오는 걸 감사하다고 한다.

막상 혼자 공항에 나가니 할 일이 없다. 혼자 하이네켄을 사서 마시는 것밖에는. 아무것도 사지 않고 기다린다. 그날 오전 노라노 선생의 강연까지 보고도 넉넉히 시간이 남았으니까.

저녁 비행기. 열한 시간이 걸린다니 믿을 수 없다. 나는 다섯 시간쯤 걸리는 줄 알았고 시차도 없는 줄 알았는데. 시차가 네 시간 빠르다. 여행 안내서조차 보지 않고 거의 백지 상태로 떠난다.

솔직히 말하면 이런 시간을 얼마나 기다려왔던가. 혼자서 멍하니 기다리는 시간. 나는 인천공항에서 두 시간 가까이 어정거리는 시간을 즐긴다. 약간의 고독감도 좋지 않은가. 비행기 안에서 주리를 트는 시간도 그리 나쁘지 않다. 이번 여행에서 나에게 무슨 일이 일어날까 상상해본다.

지구의 남반부에는 처음 가본다. 태평양을 건너는 것이 만만치 않다. 기류변화로 여러 번 둔탁하게 기체가 움직이고 화면이 꺼진다.

태평양의 아침 해가 뜨고 오클랜드 공항에 내린다. 바다 그리고 구름 푸르름이 나를 반긴다. 내 이름을 크게 쓰고 그 위에 '박완서 딸'이라는 피켓을 든 여자가 서 있다. 작은 꽃다발까지 들고서. S가 보낸 마중객이다. 에그그, 고독의 시간은 짧았다.

마오리 전사의 동상이 있는 공원 콘월파크

내가 처음 도착한 곳은 한적한 주택가의 S의 딸네 집이다. 약혼을 앞둔 딸의 집에 여장을 풀고 점심을 한식으로 먹는다. 게장에 오이소박이에 북어찜에 어머니 좋아하는 음식으로 한국으로부터 특별히 공수해 온 것이다. S의 남편 S박사님도 와 계시다. 대가족이 점심을 먹는다. 여기가 어디인지 분간이 가지 않는다.

점심 후 바로 나를 싣고 공원으로 간다. 이제 나의 자유는 없는 듯. 보여주는 걸 볼 수밖에.

이 땅의 원주민이었던 마오리 전사의 동상이 있는 공원이다. 콘월파크. 원트리힐이라고도 하는데 담요 한 장에 땅을 백인들에게 넘긴 마오리족의 억울함이 있다.

600년 전 화산이 폭발하여 그 불줄기를 중국에서까지 보았다는 기록(믿거나 말거나 한 기록이지만)이 있는 화산섬이 길게 누워 있다. 랑기토토 섬(Rangitoto Island)이라고 한다. 비록 문자는 없지만 마오리의 언어가 지명에 남아 있다.

콘월파크에서 무리와이 해변으로 간다. 와이라는 말이 마오리 말로 물이라는데 그 해변은 오클랜드 서쪽이고 태즈만 해와 면해 있다. 태

자유로운 해변 풍경

즈만 해는 호주와 마주 보고 있고. 태즈만 해는 비행기를 타고 오면서
도 지도로 보면서 태즈만 해 태즈만 해를 입으로 뇌었지만 먼 곳까지
온 느낌을 준다. 구름 낀 무리와이 해변의 넓은 갯벌은 여태껏 내가
본 해안과는 다른 풍경이다.

S의 동생 부부와 S의 남편과 동행하는 여행길이다. 오늘 처음 본
사람들이지만 금세 친근감이 느껴지는 건 왜 그럴까? 그들 가족 속에
묻혀 들어가버릴 수 있기 때문일까? 그들이 우리 어머니를 안다는 이
유로 나한테까지 비슷한 친숙감을 보이기 때문인지도 모른다.

나는 자유롭게 해변을 구경한다. 영화 〈피아노〉를 찍었던 해변과도
가깝다고 한다. 태즈만 해를 보면서 구멍이 뚫린 바위를 거닐다가 홍
합 새끼들이 다닥다닥 붙은 것도 구경한다.

바다의 가네트는 살아 있다

　해안의 단애는 지반이 약해 무너져내린 곳이 많다. 파도가 세고 바위가 미끄럽고 지반이 불안하다. 바다가 보이는 언덕 꼭대기에 지은 집도 지반이 약해 그냥 무너져내리기도 한다고 한다.

　바닷바람 속에 핀 민들레와 선인장 종류 식물들의 풍광이 특이하다. 특별한 것은 가네트(Gannet)라는 철새의 서식지라는 것, 우리말로는 가마우치라는 새인데 새 구경은 실컷 했다. 그렇게 많은 새를 가까이에서 보기는 처음인 것 같다. 줄 지어 다닥다닥 붙어 있는 가네트들은 바람이 휘몰아치는 가파른 단애 절벽에 모여 있다.

　새의 비상을 관찰하고 사진을 찍는다. 태즈만 해를 건너 호주까지 가는 2,000킬로미터 긴 여행에서 25퍼센트만이 살아남는다는 가네트는 그냥 보기에는 평화롭기만 한데 실제의 생활은 그리 녹록한 게 아닌가 보다. 하얀 깃털이 포근하기만 하고 그 비상하는 모습을 보는 것이 아무리 보아도 싫증이 나지 않는다.

　타일로 만든 설명이 새똥이 떨어지긴 했지만 비바람에도 안전하고 견고하다. 'Living on the edge of the wind' 시적인 그 한 문장만으로도 무리와이 해변에 온 보람이 있다.

순간 새가 되어 날아가는 착각에 빠진다.

## 해변의 일상

해변과 주택가와 산책로에서 찍은 꽃들은 사랑스럽다. 지천으로 흐
드러진 한련은 우리 마당에 피었던 것과 똑같다. 해가 서쪽에서 떠서
동쪽으로 지는 건 아니지만 별자리가 다르고 달이 더 커보이고 북향
집이 북반구의 남향집과 같아 더 양지바르고 겨울이 올 때 여름이 오
는 나라를 다녀오고 나니 여독이 잘 풀리지 않는다. 그토록 환경이 좋
은 나라고 자연이 자연 그대로가 보존되어 있는 곳이고 인구도 많지
않고 교통체증도 거의 없다.

오클랜드 S의 딸네 집에서 묵는다. 4배드룸의 단층 ㄱ자 집은 편안
하고 조용하다. 뉴질랜드의 첫인상은 어디 가나 야단스럽지 않다는
거. 뽐내거나 위엄을 주는 건축물들이 없다는 거. 그곳에서 교육을 받
아서인지 S의 딸은 참으로 착하고 겸손하다. 남의 딸이지만 그 마음
씀과 행동이 참 예쁘고 사랑스럽다. 그러니 S는 오죽하겠는가?

내가 뉴질랜드로 떠나기 전 동생은 남의 집 약혼식엔 뭐하러 가?
하며 의아해했다. 어머니가 선뜻 초대에 응한 것이 발단이 되었지만 S
는 외국에서 공부한 딸이 좋은 데 취직하고 좋은 사람을 만나 결혼을
약속하게 되었는데 그 대견하고도 자랑스러운 마음과 한 켠으로는 아
깝고도 섭섭한 마음이 우리 어머니를 초대하게 한 것이다.

"약혼식은 모두 내 계획이에요. 딸 사위에게 멋진 한복을 입혀 바
닷가가 보이는 멋진 장소에서 약혼식을 하는 거(조금 야단스럽게)."

약혼식 당일이었다. 카타푸나에 있는 미장원에 예약을 해놓았다고
한다. 멋을 내볼 머리카락도 얼마 되지 않는데 무슨 미장원까지. 그런

랑기토토 화산섬이 보이는 해변의 일상

데 손님인 나에게 거절은 통하지 않는다. 그냥 따를 수밖에.

랑기토토 화산섬이 보이는 해변의 일상이 꿈과 같다. 오클랜드라는 도시는 수많은 비치로 이루어진 듯. 약혼식에 갈 모녀가 거울 앞에 앉아 머리를 하는 동안 나는 해변을 산책한다.

그리고 간단한 약혼식과 키위식의 점심이다.

뉴질랜드에서는 키위라는 말을 잘 하는데 먹는 과일 키위와 새 이름 키위 그리고 뉴질랜드에 사는 백인들을 일컫는다. 동음이의어인 키위라는 말을 자주 한다.

키위식이라고 하면 서양식을 가리키는 말이다. 키위식의 결혼식 장면도 우연히 만난다. 해변의 일상을 만난다.

약혼식이 끝나고 키위식의 점심도 먹고 해변에서 사진을 찍는다. 노랑저고리의 신부와 옥색 도포의 신랑 모습이 태평양 바다를 배경으로 아름답다. S의 아들은 광고 사진을 전문으로 찍는 사진작가라 나는 젊은이를 따라다니며 한 수 배우려고 애를 쓴다. 비법을 가르쳐 달라고 하니 젊은 고수는 많이 찍는 수밖에 없다고 한다. 카메라의 성능이 80퍼센트 이상 좌우하고.

나를 위해 오후는 오클랜드 관광이다. 북쪽 해안에 전적지 방공호와 대포를 구경하러 간다. 태평양전쟁 때 일본의 침략에 대비하여 쌓은 요새다. 실제로 공격을 받지는 않았지만 뉴질랜드로서는 자랑스러운 유적지다. 동남아와 태평양을 제패하려 했던 일본의 위협이 뉴질랜드까지 미쳤다는 건 한때라지만 대단하다.

그리고 6·25전쟁 때 우리나라를 위해 참전한 뉴질랜드 기념비를 세워 놓은 곳에 간다. 한글로 돌에 새긴 '영원히 기억하리'.

그 근처 공원에는 로즈가든이 있어 장미 구경은 실컷 한다. 영국은 아무튼 장미를 좋아한다. 밴쿠버에도 비슷한 로즈가든이 있었는데, 화장실 가는 길 옆의 흐드러진 야생화 가든이 더 아름다웠다.

### 투투카카의 해돋이

오늘은 아침부터 S의 온 가족과 함께 투투카카로 여행을 간다. S는 대형 아이스박스에 김치류만 해도 세 가지 이상 갖가지 밑반찬과 압력밥솥까지 챙긴다. 나는 부엌에는 얼씬도 못하게 하고 대부대의 이동이 시작된다.

S는 아예 산책을 나가라고 딸과 S박사님을 딸려 보낸다. 약혼한 딸과 아버지와 나 그렇게 아침 산책을 한다.

연꽃과 오리들이 평화롭고도 걱정 없이 지내는 호수 공원은 사랑스럽다. 애견을 데리고 산책하는 은퇴한 노인들은 표정은 없지만 복지가 잘된 나라의 걱정 없음을 보여준다. 이 나라의 좋은 점은 뽐내는 구석이 없다는 것, 역사가 짧기 때문일까. 전쟁을 해보지 않았기 때문일까. 투쟁적이라든가 그악스러운 구석이 없다.

집들도 거의 단층인데 그건 지진 지역이기 때문에 나무로 기초를 해서 지은 집이라 모두 가볍게 보인다. 호숫가에 마누카꽃이 활짝 피어 있다. 마누카는 마누카꿀로 유명한데 온 나라에 지천으로 피어 있었다. 싸리꽃 비슷하기도 하다.

S의 친정 가족을 중심으로 어제 한국에서 휴가를 나온 사진작가인 아들의 친구까지 도요타 차에 빈틈없이 탄다. 정말 커다란 아이스박스와 함께 아예 부엌을 떼어가는군 하며 S박사는 못 말린다는 표정으로 말한다.

차 안에 김치 냄새가 진동하긴 하지만 나의 책임 없는 여행은 그런대로 자유롭다. 오클랜드 시내를 벗어나 북쪽으로 달린다. 황거레이라는 도시를 지난다. 그리고 이름도 재미있는 투투카카 해변으로 향한다.

황거레이라는 도시도 사랑스럽다. 시계박물관이 있다. 세상의 시계를 모두 모아 놓은. 입구에는 커다란 해시계가 있고 개인의 소장품으로 이루어진 박물관은 그리 넓지는 않지만 오붓하고 재미있다.

우리가 머문 곳은 투투카카 해안에 있는 한 모텔인데 아주 시설이 잘 되어 있고 자유롭게 바비큐와 취사를 할 수 있다.

양 떼가 풀을 뜯고 넓은 풀밭이 이어지고 벤치 하나가 놓여 있다. 요트와 고기잡이배들이 옴팍한 만에 들어서 있고.

52세에 세상을 떠난 주디(Judy)라는 여자를 생각하는 벤치 주디의 미소와 웃음을 기억하며 가족들이 써놓은 팻말에 마음이 꽂힌다.

나에게는 가장 좋은 방을 준다. 태평양에서 떠오르는 해돋이를 맨먼저 볼 수 있는 방이다.

투투카카 이름도 재미있는 해안의 모텔에서 S의 가족들과 발코니에서 휴대용 가스레인지 위에다 돼지고기를 구워 먹는다. 엄청난 양

투투카카 여행 즈음의 이야기들

의 고기. 우리나라 풍의 채소와 각종 김치들과 부추무침, 식구가 많으면 경쟁적으로 더 많은 양의 음식을 먹게 된다. 그리고 팩소주는 목으로 술술 넘어간다.

우리 어머니와 동갑인 S의 노모와 손을 잡고 산책을 하고 사진도 찍어드린다.

나는 해돋이를 볼 수 있는 큰 침대가 있는 방에서 잔다. 사양을 해도 소용없다. 그냥 복을 누리자 하면서 잠자리에 든다. 작은 난방기구를 밝혀 놓는다. 그리 춥지는 않지만 왠지 쓸쓸해서.

공주 같은 대접을 받지만 그 수동성 때문인지 허전하다. 새벽 2시쯤 잠이 깨어 밖으로 나와 남십자성을 찾는다. 북두칠성이 없는 하늘 먼 곳으로 와 있다는 생각이 든다. 달은 보름이 지났는데도 커 보이고 밖은 교교한 조용함이 깔려 있다. 어느 틈에 다시 잠이 들고 발코니 쪽으로 해 뜨는 거 보시라는 소리에 잠이 깬다.

해가 뜨고 있다. 구름이 끼었지만 태평양으로 먼저 해가 떠오르는 걸 본다. 해는 정말 같은 해구나. 어디에나 다를 것 없는 해돋이, 수평선으로 올라와서 빛을 가득 채운다.

다시 아침 식사와 함께 부엌 철수가 시작되고 남쪽 오클랜드로 향하면서 황거레이 폭포, 푸른 물고기가 있는 해변, 셰익스피어라는 이름의 해안 공원도 간다. 황거레이 폭포 주변의 원시림 산책도 좋았다. 폭포는 장백폭포보다는 작고 귀여웠지만.

블루 마오마오라는 푸른 물고기를 보기 위해 가본 해변은 해양스포츠의 중심이었다. 바다에서 여러 가지 스포츠로 즐기는 모습이 보기 좋았다. 비록 마오마오는 한두 마리밖에 보지 못해 서운했는데 전에는 때로 몰려왔던 것이 장관이었다고 한다. 나에게 그 광경을 보여 주지 못해 어찌나 섭섭해 하는지 분명 그 비취 푸른빛의 물고기를 보았다고 했다.

셰익스피어 해안은 제2차 세계대전 때 중요한 해군 요새였고 1883년부터 그 땅의 소유자였던 사람의 이름을 딴 공원이다. 이름이 주는 이미지 때문일까. 역사가 있는 장소라는 생각이 들었고 1,000년 전부터 마오리족이 살았던 곳이라고 한다.

해안의 갈대 숲과 포후투카와(뉴질랜드의 대표적인 나무로 크리스마스 때쯤 붉은 꽃이 피는데 이제 피기 시작했다)를 많이 보았고 푸른 깃털의 공작새가 공원을 유유히 걸어다녔다. 공작새의 걸음걸이가 어찌나 무거운지 마치 옷에 지나치게 신경 쓴 여인의 굼뜸 같았다.

### 웰링턴에서 바람의 아이와 함께

하룻밤 자고 온 투투카카 여행 덕분에 S의 가족들괴는 더욱 친숙해졌고 그 가족의 행복감과 살아가는 어려움까지 같이 느끼게 되었다.

월요일 아침 나는 국내선 비행기를 타고 혼자 웰링턴으로 간다. 마침 S의 어머니와 남편이 귀국하게 되어 같이 비행장에 나간다. 나 혼자 뉴질랜드에 오게 된 이유 가운데 하나가 바로 웰링턴에 가서 스티븐 엡스타인 가족을 만나는 거였다. 어머니 책을 번역한 빅토리아 대학의 교수이고 한국에 있을 때는 가끔 만났지만 지금은 웰링턴에 가족이 모두 있다. 어머니가 만나고 싶어해 나와 엡스타인 교수와는 수차례에 걸쳐 이메일을 주고받았다. 해림이라는 어린 딸이 있는데 그 애의 선물은 사가고 싶어 아이의 나이와 사이즈를 묻는 등 여러 번 연락을 했다.

그런데 어머니가 오지 못하게 되자 나라도 가지 않으면 안 될 것 같은 마음이었는데 고맙게도 S의 딸이 인터넷으로 값싼 비행기표를 예매해주었다. 퍼시픽블루라는 호주 항공회사 비행기다. 로고 디자인은 좀 촌스러웠지만 3분의 2 가격이었다. 비행기로 한 시간 거리인데 차로는 꽤나 오래 걸린다고 한다.

오클랜드에서 남쪽으로 간다. 도시가 거의 없는 바다와 자연만이 있는 나라의 하늘을 난다. 내릴 때쯤 퍼런 바다 위에서 기체가 심한 요동을 한다. 모두들 소리를 지른다. 마치 위험한 놀이기구를 탈 때 지르는 소리처럼. 이거 싼 항공기 탔다가 어떻게 되는 거 아냐? 저 퍼런 물속에 빠져버리면 이그그. 한동안 크게 요동을 치더니 다행히 안착한다. 윈디시티라는 별명처럼 바람이 심한 도시다. 엡스타인 가족이 마중 나와 반가움에 그 바람이 좋아진다. 엡스타인을 보니 드디어 외국에 온 기분이 든다.

그런데 해림은 나를 보고 저희 가족에게 침입자가 나타난 듯 울기 시작하더니 에스컬레이터를 타겠다고 괜히 오르락내리락 이제는 모두 아이 중심이 되고 아이 눈높이가 된다.

엡스타인의 차는 10년은 좋이 넘었을 듯한 낡은 닛산 소형차로 찍찍 소리가 난다. 그런데 그 낡은 차가 오히려 마음을 편안하게 무장해 제시킨다.

웰링턴이 샌프란시스코를 닮았다고 생각하고 있었는데 정말 가파른 언덕의 아름다운 산동네는 샌프란시스코가 떠오른다.

우선 점심을 먹으러 보타닉가든 근처 키위식의 음식점으로 간다. 나는 해물 핫포트와 흑맥주를 마시며 그 가족과의 인연을 생각한다. 최근 한국 번역가 유영란과 공역으로 『그 많던 싱아는 누가 다 먹었을까』의 번역을 끝내고 미국 컬럼비아대학에서 출판을 앞두고 있다. 그것 때문에도 얼마나 많은 이메일이 오고갔는지 모른다. 표지나 작가 사진 기타 등등 일이 많았다. 번역한 초고를 읽어달라고 했지만 꼼꼼히 볼 새는 없었고 두 번역가들은 누차에 걸쳐 수정을 했다. 출판사를 못 구해 안타까워하기도 했다.

웰링턴의 도시와 해안이 모두 내려다보이는 전망좋은 곳에서 그 가족과 같이 점심을 먹고 있다니. 뉴질랜드의 수도니까 각국 대사관 건물만도 숱하게 많다. 남섬으로 가는 배를 탈 수 있는 항구가 있고 남섬과 북섬 사이에 해협이라 골바람이 분다. 마치 빌딩 사이 골목에서 바람이 몰아 불듯이. 도시의 매력에 빠진다. 적당히 오래되고 적당히 활기 있고 품격도 있으면서도 잘난 척하지는 않는 도시. 비하이브(Beehive)라는 별명의 벌집 모양 국회의사당 건물도 그리 크지는 않다.

해림은 내가 사온 옷이 핑크 색이라 너무 좋아한다. 음식을 먹다가 새 옷에 때가 묻었다고 울고 모두가 해림을 중심으로 돌아간다. 그래도 좋다. 아이가 예쁘기도 하고 세상에 심각한 게 없다는 느낌, 아이스크림에 핑크가 적게 들어갔다고 울기 시작하는데 그칠 줄 모른다. 로즈가든에서 즐거운 시간을 보내고 박물관으로 간다.

테 파파라는 이름의 국립박물관은 내가 가보길 원했다. 마오리족의 역사에서부터 자연사 생활사 현대미술까지, 너른 공간에 의미 있는 박물관이다. 박물관에 와보아야 그 나라를 알 수 있고 자부심을 느낄 수 있으며 깊이 정이 든다.

나의 관심은 뉴질랜드 현대미술이었는데 이름은 잘 몰랐지만 뉴질랜드의 자연과 그 문화의 이미지가 배어 있는 작품들이라 감동적이었다. 박물관 바닥에 그려진 남십자성은 찍어 놓는다.

옥상 야외에 있는 오뚜기 설치미술(한국작가의 작품이었다)에 아이는 잠이 깨고 좋아 팔딱팔딱 뛴다. 바람이 부는 옥상에서 기쁨에 넘쳐 뛰어다니는 아이와 오뚜기에 덩달아 마음이 어린 시절로 돌아간다. 바람을 좋아한다는 아이, 웰링턴에서 태어났기 때문일까.

한국인 엄마와 미국인 아버지 그리고 뉴질랜드, 30개 나라의 언어를 할 줄 아는 엡스타인 교수와 젖을 먹여 아이를 키운 야무진 한국 여자 엄마.

엡스타인은 처음으로 번역한 어머니 작품에서 오뚜기라는 말이 나왔다며 그 말의 번역이 어려웠다고 회상한다. 「재수굿」이라는 단편이다. 제목은 'Good Luck Ritual'이라고 번역했다. 2만 원짜리 과외 아르바이트를 하는 대학생 이야기였는데 그게 바로 그때 나의 경험이 아니었던가. 물론 허구가 더 많이 들어간 소설이지만. 이렇게 오랜 시간 후에 웰링턴 박물관에서 어머니의 소설 「재수굿」 이야기를 하게 되다니. 40년 가까이 된 작품인데…… 그날 웰링턴의 시간도 꿈같이 흘러 어느 틈에 오클랜드로 돌아가는 비행기 시간이 되어버렸다.

## 자연에 깃든 영혼

오후 비행기로 다시 오클랜드로 돌아온다. "이제 아주 혼자 다니는 게 선수가 되었군" 하면서. 그래도 다시 S의 집으로 오니까 내 집에 온 것처럼 일단 안심이 된다.

이제 뉴질랜드 여행의 파이 한 조각이 남았다. 다음 날 아침 로토루아로 향한다. S는 나에게 로토루아에 가보지 않고 뉴질랜드 여행을 갔다 왔다고 할 수 없다며 또 점심 도시락을 준비하고 나선다. 갖가지 채소를 넣은 볶음밥이다. 오늘의 팀은 온 가족은 아니고 S의 막내동생과 그녀의 일곱 살짜리 어린 딸과 S 그리고 나. 빨간 도요타는 매끈하게 잘 달리고 예쁘고 젊은 S의 동생은 운전 솜씨가 좋다. 다만 운전하면서 어린 딸의 비위를 맞추기가 쉽지 않다.

나한테 "선생님 저 애 좀 데려다가 일주일쯤 한글 공부 시켜주세요"라고 농담을 했다가 한 시간 이상 차 안에서 아이의 울음소리를 들어야 했다. 어찌나 서럽게 우는지. 한글을 못 깨쳤다는 것을 엄마가 폭로한 것이 아이에게는 모욕이었고 또 다른 집에 자기를 맡긴다는 말에도 발끈한 것이다. 그래도 외국에 살면서 한글을 꼭 익혀야 된다고 생각하는 엄마 마음이 얼마나 기특한가.

오클랜드 시내를 빠져나와 남쪽으로 북섬을 가로질러 간다. 로토루아는 온천지대고 화산지대인 휴양도시다. 아름답고 특징 있게 가꾸어 놓은 관광 휴양도시의 거리가 보기 좋다. 관절염에 특효라는 온천 병원도 있었다.

와카레와레와라는 이름의 마오리족 민속촌에는 마치 지구가 시퍼렇게 살아 있다는 걸 보여주는 듯 뜨거운 김이 깊이를 알 수 없는 푸른 구멍으로 솟는다. 10년 전 옐로스톤에서 본 감동이 되살아난다. 뿌글뿌글

끓는 진흙을 보니 일본 벳푸의 화산지대도 생각난다.

제1차 세계대전에 참전했다는 용사들을 기리는 기념비도 있다. 1885년 처음으로 다리가 지어지기 전에는 손님이 오면 등에 업고 물을 건넜다고 한다.

마오리족의 민속공연을 본다. 지축을 흔드는 것 같은 합창 소리는 여태껏 들어본 적이 없는 소리다. 우렁차면서도 그 밑에 슬픈 애조가 깔린 게 느껴진다. 마오리족 남자는 웃통을 다 벗고 혀를 내밀고 눈을 크게 뜨며 위협하는 듯한 표정을 짓지만 그리 공격적이지는 않다고 한다.

마을을 구석구석 돌아본다. 자연과 함께 살아온 흔적들, 빨래와 교회와 무덤과 풀로 만드는 원주민들 폴리네시안의 영향이 느껴진다.

와이푸루라는 곳이 있는데 와이는 물, 푸루는 담그다는 뜻으로 아기들의 기저귀나 이불을 세척하던 곳이라 한다. 멧돼지를 잡아오면 뜨거운 온천물에 담그어 털을 벗겨내었다고 한다.

지금도 옥수수를 온천물에 삶아서 파는 곳은 있었다. 마오리족 가이드의 독특한 모습은 전사와도 같았다. 마을 입구의 조각도 떠오르는 전사라고 한다.

로토루아에는 많은 호수가 있는데 가장 큰 호수가 로토루아 호수다. 그 호수와 호수의 물이 시작되는 발원지를 찾아간다. 사랑의 전설이 있다는 섬이 보이는 호수, 흑조가 있는 호숫가의 산책로도 좋았다.

레드우드라는 이름의 숲에서 적송 같은 나무가 쭉쭉 뻗은 숲길과 잎이 넓고 펄펄한 고사리와 송어 떼들이 유유히 움직이는 계곡의 가공되지 않은 자연의 향기를 들이마셨다.

로토루아 여행 안내서에 나온 구절, 자연의 영혼(Spirit of the earth)

이 느껴진다. 그 숲에서는 몸에 좋은 성분이 분명 나올 것 같다. 꽃잎이 시원하게 큰 분홍 철쭉들이 피어 있고 물이 시작되는 곳의 깊은 푸름이 놀라움으로 다가왔다. 그 깊은 물 안에 동전을 던지면 동전이 위로 떠오르듯이 하다가 가라앉는다.

다시 오클랜드로 돌아오는 길에서 본 무지개에 마음이 떨렸다. 뉴질랜드엔 무지개가 무진장 자주 뜬다고 하지만 좋은 일이 있을 것 같은 예감과 함께 자연의 아름다움을 느끼게 해준 감사함이 마음에 차오른다.

뉴질랜드여 안녕, 로토루아 호수에 황혼이 진다.

도시가 거의 없는 바다와
자연만이 있는 나라의 하늘을 난다.

## 나를 다시 찾는 여행

떠나기 전날이다. 마치 우리 여행의 발목을 잡는 듯 버지니아에서
있을 수 없는 일이 터졌다. 믿을 수 없는 일이고 믿고 싶지 않은 일이
다. 부모가 모두 한국인임이 분명한 젊은이가 저지른 끔찍한 일이다.
미국에 여행 가는 우리. 얼마 전까지만 해도 나는 여행이 너무 즐거울
까봐 걱정하지 않았던가. 깔깔대며 춤추다가 쓰러질까봐 걱정했는데
그런 걱정은 안 해도 된다. 이미 마음이 많이 수그러들었으니. 여행을
몽땅 취소하고 싶은 생각이 날 지경이다. 마음을 낮추고 재앙이 주는
의미를 생각해야 한다.

짐을 싼다. 떠나는 것은 약간 슬프다. 세상을 떠나든 집을 떠나든
한국을 떠나든 슬픔이 솟아난다. 드레스를 사러 이태원에 갈 때만 해
도 얼마나 즐거웠던가. 벚꽃이 만발한 남산 길엔 평화가 가득했었다.
이태원에 가서 러시아 여자 점원이 입혀주는 드레스를 다섯 벌쯤 입
어보고 하나를 골랐다. 드레스가 그렇게 편한 줄 몰랐다. 브래지어도
하지 않고 입는 끈달이 드레스가 몸을 자유롭게 해주고 몸매를 좋아
보이게 해주었다. 어머니 앞에서 드레스를 입고 핑그르르 돌아서니
"아카데미상을 타러 가도 되겠구나" 하셨는데.

어머니는 며칠 전 중동으로 떠났다. 오늘 아침 출판사에서 부탁 전화가 와서 볼일을 보러 어머니 집에 간다. 어머니가 안 계신데도 정원에는 모란이 봉오리를 맺고 둥굴레가 빨간 순을 내밀고 은방울꽃이 은단 같은 봉오리를 맺고 돌돌 말려진 이파리 사이로 나온다. 매발톱도 보라색을 띠고 나온다. 자연은 어쩜 그렇게 착할까. 시간도 어기지 않고 늘 노력한다. 손톱을 붉히며 굳은 땅을 뚫는다.

그런데 왜 이렇게 4월은 잔인한가. T.S.엘리엇 때문이다. "4월은 가장 잔인한 달/ 죽은 땅에서 라일락을 키워내고/ 추억과 욕정을 뒤섞고/ 잠든 뿌리를 봄비로 깨운다." 이 시 이후 4월은 늘 잔인했었다.

여권 비자 달러 드레스 속옷 양말 수영복 카메라 충전기 100볼트 전환 잭, 선글래스, 액세서리, 열 가지가 훨씬 넘는 약들 그리고 화장품 샘플들 분홍 리본. 그리고 작은 성수물병, 스카프 몇 개, 신발, 구두는 맨 밑에 놓았다. 그런 것들을 챙겨 넣으며 슬픔과 즐거움이 오간다. 여행을 갈 수 있는 것에 감사하는 마음과 많은 약들을 챙기면서 짜증스러운 마음이 오간다. 의외로 트렁크가 헐렁하다.

문자 메시지가 들어온다. 여행 간사들이 보낸 분홍 리본을 가방에 묶고 여권을 챙겨 오라는 메시지. 얼마나 고마운가. 여러 명을 움직이게 하느라고 얼마나 애들을 썼는가. 나는 그저 따라가며 구경하는 것인데 겨우 내 짐 싸며 힘들다고 해서는 안 된다. 애쓰는 친구들을 위해서도 즐거운 여행을 해야 한다. 미국에서 준비를 다 해놓고 기다리고 있는 친구들과 이제 풍선을 터뜨릴 일만 남았다.

이번 여행은 나 혼자만 오도록 하자. 나를 다시 찾아 나를 주제로 내 과거와 현재 이야기를 이 여행의 목적으로 하자.

여행게시판에 실린 LA 친구의 시원스러운 여행 초대글이다.

떠나는 날 아침 김밥을 싼다. 우엉을 넣은 소박한 김밥은 아이와 동생을 위한 것이다. 굳이 공항터미널까지라도 데려다준다는 동생 그리고 열흘 동안 엄마 밥 못 먹을 아이를 위해. 그 김밥은 일상생활을 떠나는 두려움을 삭이기 위해 익숙한 행동을 해보는 것이다. 그리고 냉장고를 비우기 위한 작은 노력이기도 하다.

공항터미널에 도착 짐을 끌고 표를 사는데 동생이 말한다. "언니 친구들 많이 와 있어. 트렁크에 모두 분홍 리본을 매놓았어."

인천공항 가는 길에 갯벌을 바라다본다. 끈끈하고 깊이를 모르는 이 나라 땅을 바라본다.

공항에서 친구들과 생맥주 한 잔으로 목을 축인다. 우리 여행에 무슨 일이 일어날지는 아무도 모른다. 비행기 안에서의 갑갑함과 지루함은 오히려 견딜 만하다. 많은 시간이 남아 있으니. 여행의 즐거운 기대, 만남의 설렘 그리고 놀라운 일들이 숨어 있으니.

LA 공항에 마중 나온 친구들을 보니 눈물이 나온다. 마중 나오기 위해 얼마나 많은 준비를 하고 챙기고 점검하고 했던가. 마중을 나온다는 게 여행객에겐 얼마나 안도감을 주는 것인가.

하늘을 보니 눈물이 난다. 35년 만의 상봉. 우리는 같은 고등학교를 졸업했고 그동안 살아남아 같은 장소 같은 시간에 만나는 것이다. 기적같이 놀라운 일이 아닌가. 세상 어디에 흔히 일어날 수 있는 일이 아니다.

태평양이 바라다보이는 우정의 종각에서의 시간이다. 미국 각지와 세상 곳곳에서 모여든 친구들과의 첫 만남이다. 태평양에서 불어오는 바람을 맞으며 피어 있는 꽃들도 우리를 반겨준다.

## 드레스의 밤, 당당하고 뜨거운

윌셔 그랜드 호텔에서의 정식 만찬 모임에 들어서는 드레스로 성장한 친구들은 당당하고 자랑스럽고 아름답고 사랑스럽고 성적인 매력이 풍긴다.

"행복하면 섹시해져요." 비행기 안에서 본 아름다운 테니스 선수의 다큐멘터리 영화에 나온 말이다. 정말 오랜만에 본 친구들, 소식을 모르던 친구들, 사느라고 여유 없어 소원했던 친구들. 친구의 이름을 불러보는 시간. 드레스를 입은 친구들은 아카데미 시상식에 나가도 남부럽지 않을 패션이다. 마음껏 뽐내어도 아무도 나무라지 않을 행복한 시간이다.

윌셔 그랜드에서의 만찬과 공연은 놀라웠다. 유머와 위트 그리고 열정이 우러나는 공연이었다. 무대 위에서 움직이는 그들이 같은 나이고 쉰이 넘었다고 믿어지지 않는다. 누구 딴 사람을 데려다 놓았나? 음식도 훌륭했지만 솔직히 어디로 음식이 들어가는지 알 수가 없다. 친구들과 눈을 맞추고 끊어졌던 추억의 필름을 이어나가느라 자꾸 흥분이 된다. 여기가 어디인지 알 수 없다. 35년 전 이런 일이 있으리라고 누가 짐작하기라도 했겠는가. 사춘기에 가슴이 나오는 게 부끄럽고 창피해서 어깨를 오므렸던 아이들, 공부를 잘하는 것이 인생의 최대 목표였던 범생들이 가슴을 당당히 드러내고 욕망을 드러내는 춤을 춘다. 모두 아름답다. 깊숙이 잠재해 있던 화산이 폭발하는 순간이다.

잠을 설친다. 시차 때문인가 너무 흥분했기 때문인가. 아무 걱정도 떠오르지 않는데 잠이 오지 않는다.

여행에서의 첫 하룻밤이 가장 길다. 새벽에 잠깐 붙인 잠이 개운하

폴게티 박물관에서

여 거뜬히 일어날 수 있었다. 무슨 옷을 입고 짐을 또 꾸리는 것이 가장 큰일이다. 나는 룸메이트에게 원피스의 여왕이라는 별명을 붙여주었다.

폴게티 박물관은 나에게 세 번째다. 10년 전 어머니와 UCLA에 체류했을 때 이학수 선생님과 같이했던 그 감동을 잊을 수 없다. 지금은 새로 지어진 건물이지만 그때는 옛 건물이었다. 선셋대로에 자리잡은 중세풍의 낭만적인 뮤지움이었다. 두 번째는 석 달 전 박물관 팀이 산타모니카로 출장 왔을 때였다. 친구의 배려로 VIP 카드를 달고 들어가 수장고에서 꺼내온 루벤스의 〈조선남자〉를 볼 수 있었다.

좋은 곳은 여러 번 와도 역시 좋다. 정말 좋은 사람은 여러 번 만날수록 좋듯이.

LA에 비가 온다. 비가 드문 동네에 반가운 비가 온다. 비는 어제의 흥분을 가라앉혀주고 차분하게 해준다. 이 여행을 즐기려면 지나친 흥분보다는 가라앉힌 슬거움이 훨씬 낫다. 나는 이 여행을 깊이 즐기고 싶기에 굵어지는 비가 싫지 않다.

플래시만 터뜨리지 않으면 작품 사진을 찍어도 된다고 한다. 그러나 동시대 작품은 못 찍게 하는 세심함과 곳곳에 배치되어 있는 자원봉사자의 따뜻한 안내, 넉넉한 나라의 후하고 아름다운 공간들이 인간의 존엄성을 느끼게 한다. 건축물의 선 자체가 현대예술이다. 정해진 시간이지만 경정경정 다니며 그림을 즐긴다. 드가의 목욕한 후와 회복기의 여인상 그림, 뭉크의 별이 빛나는 밤, 고갱의 타이티안 오렌지 그리고 모네의 아침빛. 그것만으로도 나는 뿌듯하다. 전시장 곳곳에서 만나는 친구들의 미소가 나를 안심시킨다. 마치 덕수궁에 국전을 보러 간 것처럼. 비 오는 가든도 아름답다. 자연스럽게 꾸민 아름다움.

셔틀 기차를 기다리며 친구들과 무슨 농담을 했는지 기억나지 않지만 그저 깔깔거렸던 웃음소리가 들리는 듯하다.

### 크루즈가 별건가?

LA에 비가 오는데 북창동 순두부를 먹으러 간다. 미국에서의 한국 생활의 단면이다. 후식으로 아이스크림 기계에서 어떤 친구가 기가 막히게 아이스크림을 빼내어준다.

산패드로 항으로 향한다. 길고 아름다운 다리를 지난다. 항구란 무엇인가. 나라와 나라 사이에 엄청난 물량이 오고 가는 장소, 전쟁이 나면 군대와 무기가 오고 가는 공간이다. 그러나 평화시에는 크루즈라는 여행을 떠나는 장소기도 하다. 항구만 보아도 그 나라의 경제 상태를 알 수 있으리라. 배를 타고 외국으로 갈 수 있기에 출국 수속을 해야 하고. 배 안에서는 새로운 질서와 규율이 있기에 배 안이 하나의 나라가 된다. 배의 이름은 'Monarch of the seas'. 이름만으로도 당당하다. 바하마 소속의 배다. 지문을 찍고 신용카드를 등록하고 배에서만 통용하는 아이디카드를 받는다. 이미 2인 1실의 룸메이트는 정해

오직 즐기기 위한 장소이자 움직임. 크루즈의 시간

진 것이라 둘이 같이 행동한다.

배 안에는 사람이 즐길 수 있는 모든 것이 갖추어져 있다. 〈타이타닉〉이라는 영화 때문일까. 그 영화의 내부와 다르지 않아 긴 복도를 보니 자꾸만 바닷물이 몰켜 들어오는 영화 장면이 생각난다. 작은 도서관이 있는 것이 눈에 띈다. 곳곳에 그림들이 걸려 있어 시원스럽고 멋지다. 배정받은 방도 충분히 넓고 산책할 수 있는 데크도 아주 넓다. 10달러 숍에는 아주 그럴듯한 물건들이 많다. 구슬백 스카프 넥타이 액세서리 등. 드레스에 어울리는 구슬백이 없다고 난리를 친 게 우습기도 하다.

이내 크루즈를 이해하게 된다. 크루즈는 오직 즐기기 위한 장소이자 움직임이다. 긴장을 풀고 그저 즐기면 된다. 즐기는 사람들을 바라보는 것도 즐거움이다. 혼자 긴 의자에 앉아 바다를 바라보는 시간도 소중하다. 바다 가까이 뛰어오르는 돌고래나 싱어를 보는 것도 좋다. 황혼이 되면 만찬 시간이 되어 성장을 하고 나와 정중한 서비스를 받으며 저녁을 즐긴다. 담소를 나누며.

곳곳에서 사진사가 사진을 찍어주고 곧 그 사진이 벽에 붙는다. 내 사진을 찾아보며 간단히 계산을 한다. 배에서 통용되는 카드는 방을 여는 키가 되기도 하고 신용카드가 되기도 하니까.

칵테일 바에서 캄파리를 마실 수도 있다. 라틴 댄스를 배울 수도 있고 헬스와 수영을 할 수도 있다. 오랫말 같은 놀이도 할 수 있고 멍하니 데크에 앉아 있을 수도 있다. 맥주를 마실 수 있는 건 물론이다. 세상에서 할 수 있는 모든 놀이를 해보지만 계속하면 지루해진다. 다행스러운 일이다.

## 멕시코의 무지개

모나크에서의 첫날 밤은 큰 배의 움직임과 엔진 소리가 마치 요람과 같아 잠을 잘 잔다. 우리는 어디로 가고 있는 것일까. 어젯밤의 만찬을 떠올린다. 웨이터들을 인사시키고 춤을 추며 한 바퀴 도는 퍼포먼스는 그들도 한 배에 탄 같은 인간들이며 인생을 즐기는 것에서는 손님과 다르지 않다는 걸 보여준다. 일하면서 즐기는 사람과 그저 즐기러 온 손님(어쩌면 은퇴하여 일하고 싶어도 일할 게 없는 사람들)들이 뭐가 다르겠는가. 배 안에서는 모두 평등하다. 모두 하나의 운명체다.

룸메이트는 무슨 생각을 할까. 그저 몇 마디 나누다 잠에 떨어진다.

아침에 일어나 데크를 걷는다. 아침빛에 멕시코 땅이 가까이 닿아 있다. 이번 여행에서 처음으로 멕시코 땅을 밟는다는 게 얼마나 매력으로 다가왔던가. 그것도 배를 타고 간다는 게. 그러나 그것보다는 친구들과의 인생 역정과 만나고 그 속에서 나의 편린을 찾아내어 그 보석과 함께 어두움도 어루만진다.

나에게 풍경은 늘 중요하다. 땅의 표정과 같은 풍경. 사람에게는 표정으로 역사를 나타내고 땅은 풍경으로 역사를 나타낸다. 숨길려야

멕시코 부파도라에서 본 것

숨길 수 없는, 그래서 무섭다.

멕시코 땅을 밟고 다시 버스를 탄다. 엔세데나 외곽으로 나가며 풍
경을 바라본다. 올리브 나무 사이로 땅이 보인다. 검은 땅. 땅은 비옥
한 듯하지만 거리는 척박하다. 이삿짐을 나르는 짐차의 일상은 신산
스럽다. 부파도라(Bufadora)까지 가는 길은 바다와 갯벌이 보인다. 갯
벌을 보니 반갑다. 강화도나 서해의 갯벌이 생각난다. 끈끈한 생명력
의 바다다.

어린 멕시코 여자 가이드의 말이 들어오지 않는다. 영어가 잘 들리
지 않는다. 그냥 가서 보자. 부파도라는 관광지의 초입처럼 파는 물건
들과 음식들, 판초, 은제품, 옥수수, 사탕, 젤리, 새 잡는 나무총, 유리
그릇, 조악한 드레스들, 동네의 전압기를 한 군데 다 모아 놓은 뒷골
목, 바닷가에서 춤을 추는 인디언 추장.

그 거리의 끝은 바다의 끝, 거기엔 무지개가 있었다. 협곡으로 바닷
물이 들어왔다 나가면서 물기둥이 솟는다. 세계에서 세 번째로 높다
는 물기둥. 그 물기둥이 솟을 때 보이는 무지개. 그 신기루 같은 무지
개를 보러 여기까지 왔구나.

멕시코의 선인장 꽃을 가까이서 보았다. 여리고 투명한 잎을 들여다본다.

엔세데나 문화관에서는 소금이 묻은 데킬라 한 잔을 주고 공연을 보게 한다. 민속무용 공연. 마룻바닥이 닿는 구두 소리 그리고 폭넓은 치마의 원무를 보며 아득한 시간 속으로 들어간다.

## 열정의 밤 그리고 스타 탄생

멕시코 땅을 밟고 다시 배로 돌아왔다. 마치 내 집 내 방에 돌아오듯이. 왜 모든 것이 신기루 같을까, 잠깐 멕시코에 갔다 왔지만 거대한 배 안은 여전히 미국의 축소판이다. 우리의 식생활이 이미 너무 미국화 되어 음식이 신기하지도 않고 모든 게 단지 리치할 뿐이다.

오늘 저녁만큼 열광적인 밤이 있을까. 이태원에서 산 드레스를 드디어 입는다. 원도 한도 없이 드레스를 입고 배 안을 활보한다. 아주 편하고 자유롭다. 어깨 드러낸 것도 좋다. 나 혼자의 만족도 좋은 것이다. 오늘 밤의 쇼는 이 세상 어떤 쇼보다 훌륭하고 재미있고 열정적이고 유머가 가득했다. 우리의 역사와 인생의 내력이 녹아났기에 자랑스러웠다. 나는 구경만 해서 미안했지만 축제에 빨려들어 내 몸에 폭죽이 터지는 기분이었다. 한국무용의 낭창함과 밸리댄스의 허리 몸짓, 밴쿠버 친구들의 공연은 눈물이 줄줄 흐를 정도의 감동을 자아내었다. 왜 그랬을까. 왜 그들의 몸짓과 절규하는 노래가 우리를 감동시켰을까.

이 세상에 거저는 없다. 많은 사연이 녹아 있고 고통이 깔려 있기에. 아무도 모른다. 첫째가 꼴찌 되고 꼴찌가 첫째가 된다. 학교 다닐 때는 눈에 뜨이지 않던 조용한 친구가 스타가 된다. 그러기에 우리는 자만해서도 안 되고 기죽어서도 안 된다.

밤을 새워가며 친구 몇몇과 이야기를 나눈다. 14층 배의 말미에 있는 라운지에서, 그동안 겪은 역정과 고통들을 껴안아주고 싶다. 새벽이 오는데 배의 움직임 속에 잠이 든다.

### 워너스프링스에서의 하루, 천둥벌거숭이가 되어

배에서 내리는 수속은 미국 입국 수속과 같아 시간이 걸렸다. 워너스프링스로 향한다. 사막을 지나지만 LA 근교는 개발이 활발해 집과 쇼핑센터가 많이 들어서 있다.

워너스프링스에서 보낸 하루는 뜻하지 않게 만족스러웠다. 이보다 더 좋을 수 없다는 말이 저절로 나왔다. 랜치는 자연스러웠고 콘도는 세 사람이 자게 되어 있었다. 새소리를 들으며 풀밭을 거닐고 포피꽃을 보고 온천으로 향한다. 수영복을 입고. 드레스보다도 더 환상적이다. 따뜻한 온천물 속에 친구들과 몸을 담그니 시름도 없고 걱정도 없고 조바심도 없어진다. 천둥벌거숭이가 되어 우리는 둥둥 떠다닌다. 저절로 입에서는 동요가 나온다. 얼굴이 모두 어릴 적으로 돌아간다. 마치 같은 어머니 태중에 있었던 딸들 같다. 모교라는 말이 있지 않은가.

우리 달력 사진 찍자. 1960년대 수영복을 입은 배우처럼 찍어보자.

풀밭에서의 저녁은 채소와 갈비, 김치와 오이소박이다. 무얼 더 바라랴. 그리고 포도주, 저녁 벽난로에서의 친구들과의 담소. 좀 오래 있고 싶다.

세심한 배려로 방 친구가 바뀌었다. 좋은 공기 속에서 편안한 잠을 잔다.

새벽 빗소리에 잠이 깨어 약간 청승스럽게 누워 있었는데 알고 보

워너스프링스에서의 환상적 하루

니 비가 아니라 스프링클러가 뿌리는 물소리였다. 새벽의 워너스프링
스는 더욱 환상적이었다. 일찍 일어나 온천의 발원지로 산책을 나간
다. 아침 안개와 새소리, 나는 문명의 카메라를 이용해 새소리를 녹음
한다. 언제라도 재생해서 들을 수 있도록. 혼자 하는 장난치고는 재미
있다.

　클럽하우스에서 모닝커피를 즐길 수 있다. 이런 곳에는 하루만이라
도 더 있고 싶다. 느긋이 왔다 갔다 하며 뜨거운 온천물에 몸을 담그
면 얼마나 좋아. 그러나 많은 것을 보여주려는 마음 조금이라도 빈틈
을 싫어하는 마음을 나는 이해한다. 얼마나 어렵게 기획한 여행인가.
한 사람 한 사람도 그렇고 전체로도 그렇고. 얼리버드 친구들을 만나
같이 모닝커피를 하니 이 세상 누구도 부럽지 않다. 아침은 LA 한인
타운에서 보내온 도시락이다.

　라스베이거스로 향한다. 여행이 중반을 넘어간다. 아껴두었던 파이
를 반 이상 먹은 기분이다. 외톨이가 되지도 않고 왕따당하지도 않고
누군가 눈에 거슬리는 사람도 없고 참 행복하다. 사막을 지나 라스베
이거스로 가는 길, 나는 사막과 같은 지루하고 삭막한 길을 좋아한다.

그 길에도 충분히 음미할 재미가 있다. 인생도 때로는 사막 같을 때가 있으니까. 신기루처럼 떠오르는 도시가 멀리 보인다. 물 위에 도시가 흐르는 것 같은 착시감이 온다.

라스베이거스는 두 번째다. 1994년 처음 미국에 왔을 때 들렀던 곳. 마치 미국 여행의 통과의례와 같은 장소. 그런데 이번에 라스베이거스의 다른 면을 본다. 그동안 도시의 콘셉트가 달라졌다고나 할까.

## 라스베이거스, 색즉시공의 도시

베네치안 호텔의 하늘은 마치 영화 〈트루먼쇼〉에 나오는 하늘과 같다. 가짜 도시 가짜 하늘 속에서 사람은 붕 뜬다. 게임 속에 나오는 가상의 도시 속을 걸어가는 것 같다.

패리스 호텔의 아주 넓고 좋은 호텔 방이라도 가상의 도시 속에서는 현실감이 없다. 길을 잃어버릴까봐 가짜 하늘 속으로 감쪽같이 사라질까봐 두려움이 몰려온다.

철거덕거리는 코인의 소리는 없어졌지만 노름기계들의 소리가 요사스럽다. 뷔페 식당의 저녁은 지중해식 음식서껀 풍성하고도 다양하다. 초콜릿 티라미수만도 여러 가지다. 포도잎에 밥을 싸서 찐 지중해식 요리는 처음 보는 거라서 맛을 본다. 아무리 음식이 많다고 해서 모두 다 먹어볼 수도 없는 것, 보는 것만을 즐길 수밖에.

예전보다 라스베이거스는 가족들 위주의 관광이 많은 것 같다. 놀이동산에 온 것 같다. 구시가지 라스베이거스로 가서 공중 쇼를 구경한다. LG의 기술로 만들었다는 공중 쇼, 신기루와 같은 화면이 지나간다. 팍스아메리카나의 콘셉트다.

친구 셋이서 재즈피아노를 치는 카페에서 맥주 한 잔씩 마시고 20

광대한 브라이스 캐니언의 위용

달러를 넣고 게임기를 돌린다. 50달러가 되었을 때 현명한 친구가 이
제 그만 돈 바꿔서 들어가자고 한다. 다음 날 다시 20달러를 잃고 말
았지만 그날은 돈 벌었다.

　라스베이거스에서 낮을 보내는 것은 너무 신산스러운 일이라고 아
침 일찍 유타로 떠난다. 라스베이거스 외곽의 한국식당에서 미역국
한 그릇으로 아침을 먹는다.

　유타는 친했던 친구가 유학을 했던 곳이다. 그애에게 편지를 보낼
때 썼던 주소의 느낌. 단순하면서도 착한 지명.

　유타 주는 내가 처음 밟아보는 땅이라서 좋다. 네바다 주에서 유타
주로 들어선다. 붉은 팻말이 그 땅의 색깔을 암시해주는 듯하다.

　고도가 높아지면서 설원이 나타난다. 그리고 브라이스캐니언이다.

다시 모하비 사막을 건너 밤의 도시로 돌아온다. 이제 우리 여행도 급하게 하강선을 그린다. 처음 며칠은 하루가 길면서 마냥 이어질 것 같더니 중반이 지나자 곤두박질을 친다. 허무감과 피로감이 몰려온다. 일상으로 돌아가고 싶은 것도 아니면서 또 다른 그리움이 솟아난다. 낯설면서도 낯설지 않은 미국의 도시들. 이미 우리가 모방하고 복제하여 원판이 새로울 게 없는 미국적인 것들.

그러나 유타의 브라이스캐니언의 90년 된 루비스 인에서의 점심은 참 좋았다. 신선하고 소박한 컨트리풍의 음식들이 한시적이지만 나 같은 채식주의자에게는 적합했다. 그런 곳에는 하루이틀 묵으면서 지내도 좋으리.

그런저런 생각들을 하며 라스베이거스로 온다. 오늘은 그렇게 꼭 보아야 한다는 오쇼를 보는 날. 짧은 시간에 모두들 드레스로 성장을 하고 벨라지오 호텔로 간다. 165달러라는 거금의 입장료. 1년 전부터 미리 예약해놓아 거의 VIP 좌석을 차지하고 앉은 우리 친구들.

쇼는 기술과 예술의 극치를 혼합해 놓은 결정판. 놀랍다고 감탄하며 배우의 표정을 살핀다. 무대 위에 물을 끌어들인 기발한 발상과 상상력에 기가 죽는다. 그런데 몰입이 안 되어 주제가 무엇인지는 파악을 못한다. 룸메이트는 나에게 묻는다. 그런데 무슨 이야기니? 나도 잘 몰라 그냥 놀라운 이야기인가봐.

### LA에서의 마지막 밤

라스베이거스에서 두 밤을 보내고 로스앤젤레스로 돌아온다. 마치 집에 다 온 듯이. 할리우드가 할리우드 극장 가는 것보다 가깝고 쉽게 느껴지는 걸 왜일까. 할리우드의 스타와 영화들이 이미 우리 생활 속의 일부가 되어버려 신선감이 없어져버린 것이다.

마지막 날까지 친구의 모습을 카메라에 담아본다. 사랑스럽고 존경스럽고 때로는 연민이 우러나고 안고 싶은 친구들. 그들의 내면과 내력을 만나면서 빛나는 보석을 발견하는 순간들, 그들의 모습에서 나를 찾는다. 허둥대었던 나, 조바심을 쳤던, 잘해보려고 애를 썼던 시간들.

아무리 즐거운 여행도 끝이 있는 법, 끝이 있기에 더욱 아름다운 것, 아무 생각 없이 힐튼 호텔에서의 마지막 밤을 지낸다.

모든 것을 다 잘할 필요는 없습니다. 모든 것을 알아야 할 필요도 없습니다. 항상 빠르고 효율적일 필요도 없습니다. 항상 이길 필요도 없고, 심지어는 경주를 할 필요도 없습니다. 우리는 본연의 모습으로 하느님이 만드신 대로 살아야 합니다. 또한 우리가 받은 축복이 무엇인지를 깨달아야 하며, 사랑 안에서 기쁨으로 마음을 열어야 합니다.

―스태니슬라우스 캐네디, 『하느님의 우물』에서

이번 여행은 나 혼자만 오도록 하자.
나를 다시 찾아 나를 주제로 내 과거와 현재 이야기를
이번 여행의 목적으로 하자.

# 열대의
# 여름


## 열대의 꽃 필리핀으로 향하다

한 달여 어머니 집에서 지낸 후 여행 떠나기 이틀 전 집으로 왔다. 어머니가 어느 날 층계에서 낙상한 후 깁스를 하게 되었고 나는 발길이 안 떨어져 그냥 어머니 집에서 기거하게 되었다. 많은 시간을 어머니와 보내게 되었다. 세끼 밥을 해 먹는 거, 같이 텔레비전을 보는 거, 잔디를 손질하는 거, 어머니 대신 꽃들을 보아주는 거, 우편물을 뜯는 거. 서재 정리에다가 내년에 전집 출판을 위해 초기 작품부터 교정을 보는 일까지 내 생활 모두가 어머니 중심으로 돌아가고 있었다. 『나목』에 이어 『목마른 계절』의 교정 작업까지. 그 일을 어떻게 표현해야 할까. 존경심과 함께 책 읽는 순수한 즐거움도 있었지만 나만이 느끼는 고통이 있었다. 40년 전 쓴 작품으로 60년 전의 상처를 또다시 맛보는 고통이다. 물론 괴로움만 있는 것은 아니다. 지치지 않는 젊음과 생명력이 나의 어둑한 잠을 깨우곤 했다. 나는 어머니와 어머니 문학에 집중했다.

어머니는 조금씩 나아져 혼자서 쓰레기 정리를 할 수 있게 되었고 나는 남편과의 여행을 위해 내 집으로 돌아왔다. 여름에 필리핀 세부로 여행을 가자는 제안은 벌써 봄부터였는데 나는 솔직히 마음이 턱

내키지는 않았다. 문화적인 관광이 아닌 골프만 치는 여행에 대해서는 내심 거부감을 갖고 있었다. 그러나 모녀가 많은 시간을 보냈기 때문일까. 남편 중심으로 돌아가는 생활이 슬슬 그리워지기 시작했다.

몸과 운동을 중요시 생각하고 남녀간의 갈등이 존재하는 생활, 티격태격하기도 하고 인내심을 요하기도 하지만 나름의 긴장감이 있는 시간을 위해 내 마음의 버전을 바꾸어야 한다. 앞으로 남은 시간을 잘 살리려면 서로에게 맞추는 것이 중요하고 또 건강을 같이 유지하는 궁리를 해야 한다. 겉보기에는 골프 여행이 럭셔리해 보일지 모르지만 그렇지는 않다. 비행기삯 빼고 30만 원에 먹여주고 재워주고 닷새 동안 운동을 할 수 있다면 그렇게 나쁘지는 않다. 거기다가 친구의 지인이 골프장을 임대하여 한국식으로 운영하고 있다니 그리 불편할 것도 없으리라는 생각, 친구들이 가자 할 때 따라붙는 것이 좋다. 나는 살살 기대가 되었다. 설레기까지 하였다.

저녁 늦은 비행기이고 필리핀 세부로 직행하는 항공이다. 도대체 세부가 어디길래 대한항공과 아시아나항공의 직항노선이 있을까. 한참 만에 인천공항을 선회하던 비행기가 뜨고 서서히 한반도를 벗어난다. 서해의 어느 도시인가 불빛이 아름답다. 규칙적이면서도 자유로운 도시의 불빛이 화려한 자개를 박아놓은 장식 같다. 비행 노선은 대만을 거쳐 태평양의 서쪽 밑으로 적도 쪽으로 향한다. 그런데 필리핀이 다가오자 비행기의 요동이 심하고 고막이 찢어질 듯 귀에서부터 공포감이 온다. 그렇게 자주들 비행기를 타고 다니지만 이 어찌 쉬운 일인가. 위험이 따르는 일이다.

아무튼 맥주 몇 캔 마시고 주는 기내식 먹으니 지루할 것도 없는 비행이다. 무지 열악하다 했는데 세부 공항은 생각보다는 괜찮다. 한

밤인데도 열대지방의 습기와 함께 열기가 훅 끼쳐온다. 마중 나온 필리핀 기사와 만나 짐을 싣는다. 세부 공항에서 섬의 북부 보고라는 곳으로 간다. 100킬로가 된다니 좁은 도로를 두 시간 가까이 달린다. 시골길이다. 허름한 집들이 간간히 보이는 하염없는 시골길이다. 나는 졸고 있었지만 남편은 깨어 표지판을 보며 이야기를 해준다. 산을 하나 넘었다고 한다. 기사가 아주 운전을 잘한다고 한다. 1킬로미터마다 표지석이 있다고 한다. 사탕수수 농장이라고 한다. 나는 졸면서 이 아득한 곳에 내가 왜 왔지 한다. 미쳤지 미쳤어.

드디어 빌리지에 도착. 한국 사람 지배인이 나와 인사를 하고 먼저 도착한 일행은 모두 잠들어 작은 집에 여장을 푼다. 방은 소박하지만 에어컨이 잘 돌아가고 목욕탕도 크니까 다행이다. 아무 생각하지 말고 자야지. 밤에 오는 소나기 소리. 열대지방에서 흔히 있는 일이라고 한다. 너무 멀리 온 것 같은 느낌이다.

아침은 5시부터 티업이라고 한다. 모두 한국 사람들이다. 아침부터 열기와 햇빛이 가득하다. 아침 식사는 채식 위주의 소박한 아침, 달걀 바나나 토마토 고추 배추 배춧국 밥 죽을 먹고 곧바로 필드로 나간다. 미친 거지 이러다가 일사병 걸리는 거 아냐? 다행히 나무그늘 밑은 시원한 바람이 분다.

모두들 한가하게 놀러 온 게 아니라 전사들처럼 마스크를 하고 모자와 선글래스로 무장을 했다. 표정들도 전지훈련 온 운동선수들 같다. 반가운 꽃들이 나를 웃음 짓게 하고 행복하게 한다. 그 꽃들을 만나러 여기까지 온 것 같다.

열대의 꽃들이여, 그 선명한 빛깔에 그 빛의 그늘에 마음이 떨린다. 아무리 태양이 뜨겁게 내리쬔다지만 쉽게 꽃이 피었을 리 없다. 바람

뜨거운 햇볕 아래 펼쳐진 숙소 근방 세부의 풍광

개비처럼 나선형으로 돌아가는 노란꽃 그늘이 아름답기도 하다. 유도
화와 부겐베리아.

골프장 주변은 사탕수수 농장이 끝도 없이 펼쳐지고 필리핀 캐디
들이 하나씩 따라붙어 마담 마담 하며 우산을 들고 따라다닌다. 섬김
을 받는 데 익숙하지 않아 그저 그들이 애련할 뿐이다.

### 세부에 살림 차렸네

오전의 훈련(?)이 끝나면 방에 와서 샤워를 하고 땀에 젖은 옷을 빨
래한다. 비누가 잘 풀리지 않는 물이지만 빨래를 하지 않았다간 땀에
젖은 옷이 쌓이고 입을 옷이 부족할 테니 할 수 없다. 아주 살림 차렸
네. 차려놓은 점심을 먹고 들어와 침대에 누워 습관처럼 책을 꺼낸다.
일행 중 운동을 하지 않고 그냥 따라다니는 친구에게 빌린 책이다. 그
친구는 『녹색평론』을 가지고 다니는 환경론자다. 골프장이 지구를 오
염시킨다는 지론을 가진. 그래도 남편을 따라 휴가를 온 젊은 친구는
나에게 소설가 서영은의 산티아고 순례기 『노란 화살표 방향으로 걸
었다』를 빌려주었다. 탁월한 문장으로 매끈하게 읽혀졌고 종교적인

갯벌의 아이들, 열대의 꽃, 풀 뜯는 염소

편향이 좀 있긴 하지만 열대의 휴가지에서 읽기에는 알맞은 책이다. 책을 읽다가 졸다가 한다.

갯벌에서 천둥벌거숭이가 되어 조개 같은 것을 줍는 아이들의 모습을 잡아본다. 열대의 바다가 펼쳐져 있고 바닷물에 잠겨 자라는 나무들이 바닷가 주변에 시원한 그늘을 마련해 준다.

바닷가를 걸으니 자꾸 친근하다. 나무들 때문일까 구름의 변화무쌍함만 바라보아도 싫증나지 않는다. 그래 잘 왔어. 아비겔이라는 예쁜 이름을 가진 필리핀 여자아이는 딸이 하나 있다고 한다. 가톨릭 신자라고 한다.

필드는 점점 눈에 들어온다. 맨날 꼴찌를 면치 못하는 운동 실력이지만 사탕수수밭 사이로 넓게 펼쳐지고 어느 틈에 바다와 꽃의 향기가 섞이면 강한 햇볕의 지겨움과 열기도 잊어버리게 된다. 30페소(900원 정도) 하는 산미구엘 맥주는 그늘 집에서 마시면 더할 수 없이 좋다.

수영장 주변의 야외 식탁에서 특별한 저녁이 있다. 염소고기, 다금바리, 통돼지 바비큐 등 매일 다른 것을 먹을 수 있었다. 그중 껍질을 바삭바삭하게 구운 통돼지 바비큐가 아주 좋았고 작은 생선 튀김이나 고추나 해산물 꼬치도 좋았다.

운동이 마음대로 되는 것도 아니고 갑자기 며칠 한다고 해서 부쩍 나아지는 것도 아니다. 매일 오전 오후 내리 나흘을 나간다. 바다 체험 호핑투어도 신청하지 않고 오직 필드로 나간다. 약간의 중독현상이 있는 듯 사탕수수밭이 나를 끄는 듯 필드로 나간다. 뜨거운 열대의 태양 밑에서 한 가지 운동을 하며 복잡한 생각을 비우고 땀을 흘렸기 때문일까 기대하지 않았던 묘한 성취감이 온다.

하얀 유도화의 향기에 반하고 열대의 선명한 꽃 잎사귀들이 내 눈길을 잡아끈다. 개미의 성에는 염소가 한가롭게 풀을 뜯는다. 조석 간만의 차가 커서 바다가 너른 갯벌이 되는 시간이 있다.

선량하기만 해 보이는 필리핀 사람들은 불순함이나 불온함이 없어 보인다. 한국 사람들만이 앉으면 리조트의 경영자도 아니면서 하루 인건비가 얼마고 카트비가 얼마고 캐디피가 얼마고 통계에 열을 올리고 필리핀 경제와 한국과의 끊임없는 비교가 화제가 된다. 우리야말로 이코노믹 애니멀인가.

1960년대만 해도 우리나라보다 선진국이었다던 필리핀의 가난한 모습을 보며 우월감을 느끼기보다는 안타까움이 생긴다. 우리는 헐벗음과 가난과 굶주림을 경험한 사람들이기에 그들의 가난함을 멸시하고 하대할 수가 없다. 과거의 우리 모습을 보는 것 같아 애련함이 생길 뿐이다.

기후 때문일 거야. 사계가 뚜렷한 우리나라가 고마울 따름이다. 항상 변화에 적응해야 하고 경쟁에 시달려온 우리들은 그들에 비해 모든 면에 단련되어 있다. 나는 틈틈이 한 꼭지 가져온 어머니 소설 『목마른 계절』교정을 본다. 1950년의 기록이 지긋지긋할 정도로 생생하다.

떠나는 날, 보통 날보다 훨씬 일찍 일어나 5시부터 라운드를 시작하여 오전에 끝내고 떠날 짐을 싼다. 밤마다 쏟아지는 소나기 소리를 들으면 아이들 생각이 나기도 했지만 잔걱정을 하기엔 이미 커버린 아이들이다. 괜한 걱정보다는 가벼운 기도를 하며 자유로움을 느끼는 게 오히려 낫다.


**세부의 일요일**

오후에는 세부로 돌아가 공항에 가기 전 세부 시티 투어를 하기로 한다. 보고 평원으로부터 남쪽으로 뻗은 세부로 가는 100킬로의 길은 일요일 낮이라 정체다. 처음에는 무슨 행렬인지 몰랐지만 곳곳에서 장례 행렬을 마주친다. 그냥 검은 차 뒤에 사람들이 조용히 걸어간다. 주로 추모하는 젊은이들이 따라가는데 영정사진은 없고 꽃으로 장식된 차가 앞서기도 한다. 장례 행렬이 지날 때는 반대편 차선도 기다린다.

열악한 거리를 하염없이 지나간다. 오토바이를 개조하여 포장마차를 붙인 택시는 시골의 교통수단이다. 집에 있지 않고 거리에 모두 나와 있는 것 같은 사람들과 툭 치면 쓰러질 것 같은 집들이 즐비한 세부 시티까지의 길은 꽤 시간이 걸린다. 그래도 옆에는 바다가 출렁이니 풍경이 소중하다.

세부의 명동성당이라고나 할까. 마침 미사가 진행 중이다. 성당 안에도 젊은이들이 많고 밖에서까지 경건하게 서서 미사를 드리는 모습이 숙연했다. 홍콩의 성당에서 착한 필리핀 여자들이 미사 드리던 모습이 생각난다.

마젤란이 1500년대 세부 섬에 도착하여 십자가를 꽂았고 가톨릭을

세부 시티 투어를 하다

전파했다는 지점에 있는 기념물에 간다. 중앙 성당에서 마젤란 크로스로 가는 길은 사람들이 붐비는 시장을 지난다. 열대과일과 솜사탕과 꽃을 파는 시장 사람들을 본다.

그리고 무슨 이유인지 모르지만 경찰이 모든 사람의 짐을 검색하는 검색대가 있다. 포르투갈 사람이었지만 스페인의 영향력을 많이 받았던 1521년 마젤란의 정복으로 수백 년 동안 스페인의 지배 아래 들어갔던 필리핀. 마카오의 성당과 비슷해 보이는 성당. 그리 견고해 보이지는 않지만 그래도 도시가 성당을 중심으로 돌아간다는 느낌이 들었다.

빈부의 차이가 많은 나라, 호화로운 저택과 쓰러져가는 빈촌이 나란히 있는 나라, 섬이 많아 중앙 집권이 잘 안 된다는 나라, 우리나라에선 가깝고 돈이 많이 들지 않는다는 이유로 어학연수를 많이 와 시내에서 한국 학생들을 자주 만날 수 있었다. 그들은 하나같이 반들반들하고 세련되어 어디시긴 눈에 띈다.

그래도 현대식 쇼핑몰의 중심에 서점이 자리 잡고 있어 이 나라의 미래가 밝다고 생각하고 싶었다.

밤늦은 비행기에서 하루를 넘기고 인천공항에서 새벽을 맞는다.

'우리 조상들이 얼마나 덕을 쌓았길래 우리가 지금 이 같은 축복을 받고 있는 것인가' 그런 생각이 떠나지 않는다. 지난 60년 동안 우리에게는 정말 기적이 일어난 것 같다. 껌 쪼가리 하나 떨어지지 않은 공항의 말끔함과 직원들의 당당하고 세련된 친절함을 보며 감탄한다. 열기와 햇볕 때문에 화상을 입은 입술이 심하게 부르튼 것 말고는 멀쩡히 돌아오게 된 것이 그저 감사할 뿐이다.

열대의 꽃들이여,
그 선명한 빛깔에 그 빛의 그늘에 마음이 떨린다.
아무리 태양이 뜨겁게 내리쬔다지만 쉽게 꽃이 피었을 리 없다.

그리운 곳이 생겼다

그리운 곳이 생겼다

# 길 없는
# 길

## 아득히 먼 세상의 중심

몽골에 다녀왔다. 작년 백두산에 같이 갔던 남편의 등산 모임에서 기획된 것이라 일찍부터 신청을 해놓았다. 그런데 여행 날짜가 다가오니 설렘보다는 걱정이 슬슬 되기 시작했다. 몽골의 산(발음도 어려운 체체궁산)을 여덟 시간 등반해야 하는 것, 2,200미터가 넘는 산이라는 것, 출발 지점이 1,000미터가 넘는 곳이라지만 걱정 때문에 여행사에서 보내준 안내 파일을 읽어보기가 싫을 정도였다.

부실한 몸은 여기저기서 신호를 보내는데 무조건 남편 따라나서는 먼 길이 가능할까. 그런 불안감에 며칠 전에는 허리가 삐끗하더니 떠나기 전날 난데없이 치통이 온다. 짐을 싸다가 치과 치료를 받고 나니 의사는 좀 쉬셔야 되는데요 한다. 허리가 삐끗한 날도 남편은 내가 컴퓨터에 앉아 오랜 시간 보내는 나쁜 습관 탓이라고 당신이야말로 몽골 같은 데 가서 저 기계를 잠시라도 좀 잊어야 된다는 눈길을 보낸다. 나도 안다. 가까운 산에 산책을 하고 자주 걸으려고 노력은 하시만 내 생활이 균형 잡혀 있지 않다는 걸 안다. 밤에도 벌떡 일어나 컴퓨터를 켜거나 책을 잠자리 곁에 산처럼 쌓아놓고 눈을 혹사하거나 밖에 나가면 에어컨이 빵빵한 자동차에 앉아야 마음이 안정되는 성미. 휴대폰을 무슨 보조 장기처럼 끼고 사는 생활.

그런데 닷새 동안 몽골에 갔다 온다고 해서 뭘 그렇게 느끼고, 내 생활에 무슨 그렇게 큰 변화가 오겠는가? 나는 나에 대해 회의적이면 서도 혹시 나에게 어떤 깨달음이나 변화가 올 것을 기대한다. 그래서 병원에서 처방한 약을 먹으며 이왕 가기로 한 여행의 의미를 생각하고 마음을 다스린다. 분명 무슨 깨달음이 올 것이라는 믿음.

어릴 적 내 방 벽에는 세계지도가 걸려 있었는데 그때 우리 형제들은 그 지도를 보며 놀았다. 기껏 색깔 찾기나 나라 찾기였지만 심심함을 덜어주는 놀이기도 했고 공부기도 했다. 그때 중국은 노란색, 중국과 소련 사이에 있는 몽골은 탁한 황토색, 소련은 회색이었던 것 같다. 어릴 적에도 바다가 없는 몽골을 볼 때마다 얼마나 답답할까 생각할 뿐 아무런 지식도 정보도 없었다. 그 탁한 황토색으로 뭉개진 나라에 대한 정보가 쏟아져 들어오기는 극히 최근이다. 그때로부터 50년 가까이 지났지만 한 가지 색으로 뭉개진 땅 고비사막이 있는 땅에 가보리라고는 상상을 못했다. 무지몽매하고 후진성을 면하지 못하는 민족이라는 이름을 붙인 몽고蒙古는 중국 사람들의 명명이고 몽골이라는 민족의 의미는 '세상의 중심'이라고 한다.

어릴 적 그 답답했던 사면이 육지로 가로막히고 공산주의가 지배하는 땅이라는 이미지는 최근 들어와서 노마드의 땅이라는 신선한 이미지로 다가왔다. 우리에게는 유목민의 피가 흐른다는 이미지. 우리 문화는 유목문화와 농경문화가 중첩되어 있다는 학설 그래서 우리가 번영을 누릴 수 있었다는 생각들이 나에게는 참 매력적이었다.

언니는 유목민의 피가 흐르잖아, 동생들이 가끔 나를 두고 하는 말이다. 형제 중에서 내가 운전을 좋아하고 모르는 길도 두려움 없이 찾아가는 위치 감각이 있어서 붙인 말이다. 몽골에 여행을 간다니까 동생들은 언니가 아주 고향에 찾아가는 것처럼 보이는 모양이다.

그러나 그런 생각들은 얼마나 큰 환상이었던가. 직접 부딪쳐보지 않고는 모른다. 먼저 가본 사람들이 말하는 것이나 쓴 것은 모두 그 사람의 관점일 뿐, 나는 체험하면서 놀라고 놀라면서 또 느낀다.

인천공항에서 MIAT 몽골항공을 타고 떠난다. 인천공항은 지금도 세계적인 규모를 자랑하는데 또 최근에 새 청사가 들어서 그쪽 게이트로 떠난다. 신청사까지는 모노레일을 타고 가게 되어 있는데 그것도 최첨단에다가 따로 면세점이 있다. 이 좋은 나라를 두고 어디로 떠나는 건지? 한탄의 혼잣말이 나온다.

그리 크지 않은 몽골 비행기는 서울과 울란바토르를 연결한다. 비행사에서 나온 기내잡지를 본다. 비슷한 내용이 한쪽은 영어로 한쪽은 러시아 말로 되어 있는데 그때만 하더라도 러시아의 영향력이 그렇게 큰 줄 몰랐다. 모든 공식 문자가 러시아 문자로 되어 있다. 1921년부터 받아온 러시아의 영향력 그리고 사회주의(세계에서 두 번째 사회주의 국가였던 것도 처음 알았다)의 지배를 받아온 결과리라.

나는 영어로 된 몽골 시인의 시를 읽는다. 1906년에 태어나 1937년에 죽은 몽골 현대시의 창시자라고 한다. 봄 여름 가을 겨울 4계절의 자연을 찬양한 글이다.

세 시간 남짓 걸려 울란바토르에 다다르는데 비행기에서 내려다보이는 풍광이 푸른 초원이 아니라 누런 사막이다. 아주 간간이 보이는 푸른빛도 물기가 없이 건조하게 말라붙은 빛깔이다. 비행기에서 짐을 내려 트럭에 싣는 인부의 모습. 우리나라 고속버스 휴게소만 한 공항에 건조하고 따가운 햇볕이 내려쬔다. 열 시간 넘게 비행기를 타고 간

시내가 내려다보이는 언덕 위 전승기념탑과 이태준 열사 기념관

유럽이나 미국보다 더 아득히 멀리 온 느낌이 든다.

비행기에서 내리자마자 현지 가이드를 만나고 버스로 간 곳은 전승기념탑인데 시내가 내려다보이는 언덕 위에 있다. 러시아풍으로 만들어진 자이승 2차대전 전승기념탑이다. 여행 시작부터 그곳을 방문하는 것은 좀 뭣하긴 하지만 따가운 햇볕을 쬐며 시멘트 층계를 오른다. 무속 신앙의 잔재인지 돌무더기에 천을 휘감은 것은 바람에 흔들린다. 무슨 혼을 부르는 것일까. 계단 중간에는 무슨 뜻인지 눈을 가린 독수리가 묶여 있다. 매서운 발톱을 보여주기 위함인가.

그 전승기념탑 가까이 이태준 열사의 기념공원이 있다. 이태준이 누구일까. 연세 의대 1회 졸업생이었던 의사 이태준은 1883년 경남 함안 출생이고 안창호 선생의 청년학우회에 들어가 독립운동을 하였고 몽골 마지막 황제의 주치의였는데 38세의 나이에 일본군에 의해 피살당한다. 몽골에 근대식 병원을 지었으며 훈장을 받았다. 그런 비문을 읽으며 마치 이곳에 오기 위해 몽골에 온 것 같은 착각에 빠진다. 몽골식 게르에 꾸며진 기념관에 전시된 연세대학 시절 찍은 사진과 성적표 사본이 마음을 저리게 한다. 결혼은 했지만 후손은 없었다는 이태준의 사진을 보니 윤동주 시인이 떠오른다.

이태준 기념비 앞에서 일행 모두는 묵념을 올린다. 광막한 땅 몽골에서 조국의 독립을 위해 일하다가 젊은 나이에 죽은 열사에 대한 예의다.

민속공연을 보러 공연극장으로 향한다. 몽골에 온 여행객들은 으레 들르는 곳인데 극장 앞에는 연희자들의 사진이 걸려 있다. 그리 크지 않은 계단식 스탠드의 극장에는 여러 나라 사람들이 모인다. 극장의 실내는 중국풍이다. 간단한 영어로 진행하는데 우리나라 시조와 같은 가락으로 읊는 느리고 구슬픈 노래, 판소리와 같은 느낌의 노래, 러시아풍의 경쾌하면서도 절도 있는 춤, 봉산탈춤 비슷한 탈춤, 바이올린이나 첼로를 닮은 고악기, 가야금 비슷한 악기, 악기도 다양하고 노래와 춤의 형식도 여러 가지인데 프로그램이 지루하지 않을 정도로 짜여 있다. 무용과 전통의상도 무용수들의 표정도 사랑의 기쁨과 삶의 환희를 드러낸다. 그리고 유목민들이 멀리 있는 가축들을 부르는 소리도 정말 놀라웠다. 마치 라디오 주파수를 잘못 돌렸을 때 들리는 음처럼 사람의 음성으로는 도저히 낼 수 없는 고음과 발음을 구사했는데 우리 식으로 한다면 기능보유자 같았다. 또 두 살 때부터 무용수로 키워진다는 소녀들의 허리 꺾기 기예는 안쓰럽기도 했지만 서커스나 기계체조 선수 훈련과 다를 바 없었다.

공연을 보고 몽골에서의 첫 저녁식사를 한다. 중국음식인데 특이한 것은 양갈비를 구워놓은 것. 마늘이나 소스를 발라 먹으면 아주 연하고 맛이 좋았는데 육식을 좋아하는 나에게는 별미였지만 양고기라고 싫어하는 사람들도 있었다. 토마토를 그냥 썰어 넣은 달걀수프는 시원했다. 채소가 풍성하지 않아서인지 어쩐지 답답한 느낌의 음식이었다.

울란바토르 시내 호텔에서 몽골에서의 첫 여장을 푼다. 마침 몽골 유도선수가 금메달을 따 시내는 술렁인다. 폭죽이 터지고 지나가는 차들이 경적을 울린다. 너무나 우리나라 사람 얼굴 같은 몽골 선수를 보니 친밀감이 생긴다.

## 길 없는 길을 걷는다는 것

다음 날 아침 호텔에서 아침을 먹고 체체궁산으로 향한다. 과연 산행을 잘할 수 있을까. 밖을 나서자마자 아침부터 뜨거운 햇빛이 사막과도 같은 땅에 내리쬔다. 도대체 어디에 산이 있는 걸까. 사십 분 넘게 광야를 달리고 주유소에서 기름을 넣고 사람들의 일상을 만난다. 양가죽을 벗겨 양손에 들고 가는 사람, 몽골 전통 옷을 일상복처럼 입은 사람을 만난다. 그들에게 친밀감을 갖기에는 시간적으로 아주 오래전의 사람들 같다. 우리가 총알처럼 앞서 갔기 때문일까.

너무 멀어 높아 보이지도 않는 산이 누워 있듯이 있는데 출발 지점에서 점심 도시락과 오이와 바나나, 사과 같은 것을 나누어준다. 가이드가 몽골인 부인과 밤을 새워 20여 인분을 준비했다고 한다. 한국어를 배우러 온 몽골 여자를 만나 결혼해 아이 낳고 울란바토르에 살게 된 문예창작을 전공했다는 젊은 남자 가이드는 온 성의를 다한다.

나의 작은 배낭도 터질 듯 무겁다. 물은 적어도 세 통은 있어야 된다고 한다. 출발 지점부터 1,000미터가 넘기 때문에 낮은 구릉 같아 보이는 산을 오른다.

그러나 나는 숨이 차오른다. 침엽수림 사이에 핀 야생화들을 보고 반가워 사진을 찍으려니 뒤처질 것 같아 그냥 지나친다. 용담, 하얀 들국화, 백두산과 바이칼에서 보았던 꽃들이 선명하게 깔려 있다. 그 꽃들과 건조한 태양빛이 아니라면 우리나라 어디를 가나 볼 수 있는 산의 모습이다. 숲이 사막 속의 오아시스처럼 있다. 사람들은 뒷산에 올라가듯이 쉽게 올라가는데 나는 초입에서부터 배낭도 벗어주고 맨몸으로 스틱만 짚고 올라간다. 이래 가지고 어떻게 여덟 시간을 걸을 수 있을까. 등산에서 뒤처지는 사람이 다 그렇듯 기껏 쉬는 장소에서 주저앉으면 먼저 와서 쉬던 사람들은 벌떡 일어나 행진을 계속한다. 그래서 더욱 뒤처짐이 가속화된다.

라마교의 탑 같은 구조물을 돌며 무사안녕을 기원한다. 꽃들의 이름을 부르고 노래하기에는 내 몸이 따라주지 않는다. 백두대간이다 지리산이다 휠휠 다니던 등산회 사람들을 따라나선 내가 무모했던 거다. 남편도 자꾸 시야에서 사라진다. 현지인 전문 등산 가이드는 손자가 다섯 명이나 있다는 할아버지인데도 몸이 날렵하고 가벼워 휘휘 날듯이 앞서간다.

정상이 보이는 언덕부터는 초원이 펼쳐지고 늪이 있다. 늪에 질척이는 고인 물이라도 반갑다. 남편은 고도가 높은 산 위에 평원이 펼쳐지고 늪이 형성된 것이 생태계의 중요한 특징이라고 호기심 있게 들여다본다. 계곡도 시냇물도 없는 산에는 건조한 햇빛만 내리쬐는데…….

무얼 하러 여기까지 왔는지. 정상에는 바위들이 풍상에 시루떡처럼 쌓여 있는 모양이 예사롭지 않다. 모두들 8월 15일이라고 기념사진을 찍고 대한 독립 만세를 외친다. 광복절을 몽골의 체체궁산에서 보내게 되다니. 바위 사이마다 피어 있는 하얀 들국화는 어찌나 순수한지. 땅에서는 향기가 난다. 허브 같기도 하고 쑥내음 같기도 한 향기가 흙에서 올라온다. 향기의 치유력을 느낀다. 숨이 차오르고 힘이 들지만 묘한 정기를 느낀다.

못 움직일 것 같다가도 생오이 한입 베어 물면 생기가 돈다. 혼자서 중얼거린다. 나한테서 유목민의 피가 흐른다고? 웃기지 마라 나에게는 철저히 나약한 도시인의 피가 흐를 뿐이다.

정상에서 도시락을 풀어 모두들 소풍 온 듯이 점심을 먹는다. 돼지고기 두루치기에다가 오징어채무침 마늘쫑무침 같은 우리네 음식이다. 나는 온몸이 기진하니까 음식이 잘 들어가지 않는다. 차라리 소주한 잔이 낫다. 일행은 앞으로 남은 길이 멀다며 훌떡 일어난다. 이제부터는 너들강 돌밭이 전개된다. 끊임없이 펼쳐지는 돌밭들. 게다가 딛는 돌 중에는 움직이는 돌이 복병처럼 숨어 있다. 신경이 곤두서고 나중에는 돌이 무서워지기 시작한다. 자연이 공포스러워지기 시작한다. 부실한 발목과 무릎, 앞서가는 사람들. 가끔 남편과 친구가 걱정스레 기다려주지만. 드디어 울음이 터진다. 인생길도 이 돌밭처럼 지루하고 재미없고 힘들게만 이어진다면. 문득 그럴지도 몰라. 스스로에게 묻는다. 네 인생에 무얼 그리 힘들게 살아왔니?

가이드는 내리막길이 힘들다고 했다. 그리고 길이 없어 등산 가이드를 꼭 따라가야 한다고 했다. 타국의 산속, 길 없는 길을 간다. 끝이 보이지 않는 돌밭에 길이 있을 수 없다. 눈물이라도 찔끔찔끔 흘리니까 마음이 차분해지면서 어떻게 되겠지 뭐 하는 배짱이 생긴다. 앞서가는 여자들이 참 대단하게 느껴진다. 돌밭 사이에 난 꽃들과 마가목의 붉은 열매, 산매화의 하얀 순결함이 놀라운 기적 같다. 내려간다기보다 옆으로 옆으로 가는 느낌으로 간다. 세 시간쯤 왔을까. 이제부터는 고사목들이 가로질러 쓰러져 있는데 마치 장애물 경기를 하듯 그 나무 위를 넘어가는데 쉽지 않다.

끝없는 땅, 길 없는 돌밭길

   침엽수 사이로 가로질러 쓰러진 나무들은 언제 죽어 쓰러진 건지 건조해 바싹 말라 있다. 그래서 툭툭 끊어지기도 해서 위험하다. 정말로 지겨워 주의력이 무너질 것 같을 때도 두 시간은 더 가야 한다고 한다. 다행히도 이제는 등산로가 보인다. 길 없는 길을 따라왔던 것에 비하면 훨씬 낫다. 드디어 침엽수림을 지나고 자작나무 숲이 나타난다. 그 흰빛은 정신이 번쩍 나게 하는 빛남이 있다. 러시아에서 보았던 그 자작나무 숲의 놀라움을 2년 만에 다시 보게 된다. 자작나무에서 자란다는 몽골 차가버섯은 신효한 약이라고 한다.

   내려가면 천문대에 다다른다고 한다. 나는 목적지에 다다랐다는 것이 감동스럽고 감사했다. 오늘은 광복절이고 성모승천대축일이 아닌가. 죽은 나무 가지에 찔려 다리가 긁히고 멍든 것 말고는 무사히 왔다. 천문대와 그 직원들의 집이 사랑스럽다. 러시아풍 빛깔을 하고 있다. 내려와서 용담꽃을 찍을 수 있었다.

단체사진을 찍고 할아버지 몽골 가이드와도 아주 가볍게 작별인사를 한다. 나이가 많지만 전문적인 일을 하는 사람 특유의 당당함이 신선하다. 나무 지팡이 하나로 길 없는 길을 잘 인도했으니 고맙기도 하다. 우리가 왔던 산을 바라보니 아득하게 멀리 보인다. 아무리 헤매고 힘들었어도 완주를 했으니 스스로 대단하다. 묘하게도 다 내려오니 피곤하지 않다. 이상도 하지 숨이 끊어질 듯하던 때는 언제고.

## 각시석남꽃 공원

테를지 국립공원으로 향한다. 가는 길에서 국경을 넘어 중국으로 향하는 열차를 만난다. 단선이라고 한다. 길가에 박아놓은 타이어바퀴는 겨울 자동차가 고장 났을 때 타이어를 태우면 그다음 날 아침까지 추위를 견딜 수 있다고 비상시 연료용으로 박아놓았다고 한다. 상상이 되지 않지만 우리처럼 AS 차량을 쉽게 부를 수 없는 것은 분명하다. 사막에서 살아남는 법이다. 위기에 처한 누군가를 위해서 준비해놓는 것이 같이 살아남는 법이리라. 그 의미를 알고부터는 박아놓은 타이어 바퀴를 볼 때마다 사랑스럽고도 처절하다.

각시석남꽃이라는 뜻의 테를지, 작은 야생화 이름의 국립공원은 입구는 작고 초라하지만 그 안으로 들어가면 달려도 달려도 끝이 나오지 않는 거대한 자연이다. 저녁 햇빛에 빛나는 강과 초원, 기암절벽이 어우러지고 그리고 게르들이 있는 마을이 함께하는 자연 그 자체다. 여행객들이 즐길 수 있는 여러 시설의 국제적인 장소기도 하다. 우리가 묵을 게르는 지루할 정도로 한참을 들어간 곳에 자리 잡았는데 공

테를지 국립공원 가는 길

동 샤워실과 식당이 있는 집이 있고 숙소로 쓸 게르가 비스듬한 언덕에 10여 개가 있었다.

저녁으로는 허르헉이라는 전통 양고기 요리인데 요리라기보다는 양고기 수육과 같았다. 불에 달군 돌과 함께 구운다고 하는데 맛이 좋았고 소주와 잘 어울렸다. 마침 백중날이라 달이 밝아 축제와 같았다. 달이 너무 밝아 별빛은 약했지만 어느 나라에나 뜨는 달이 있어 먼 곳에 온 것 같지 않다.

처음 자보는 게르 안에는 4개의 침대가 있었고 무쇠 난로와 장작이 있었다. 가운데가 뚫려 하늘이 보였다. 발전기를 돌린다고 전등도 있고 충전할 수 있는 콘센트도 있어서 다행히도 카메라를 충전할 수 있었다.

먼저 다녀온 사람들이 게르의 밤은 무척 춥다고 두꺼운 옷이 필요하다고 했지만 그리 춥지는 않았다. 그래도 두꺼운 옷을 침대 곁에 놓고 자는데 지기 전에 장작에 불을 붙어준다. 새벽에는 불기가 다 사그라져 추위를 느꼈지만 아주 산뜻하게 일어난다. 체체궁산에 고생하며 올랐던 기억이 벌써 아득하다. 총명하고 현명하다는 의미의 체체궁산, 무릎에 죽은 나무 가지에 긁힌 상처 말고는 멀쩡하다. 편안한 잠

게르에서의 밤

때문인지 먼 곳에 온 것 같지가 않다.

게르 밖에는 야생화가 가득 핀 언덕이 아침 해를 받아 반짝인다. 귀여운 공 모양 보라색 꽃의 이름은 무엇일까. 흰죽과 함께 아침을 먹는다. 아침에도 양고기가 나오는데 여자들은 도리질을 치지만 대륙의 기운을 이기려면 아침부터 고기를 먹어야 할지도 모른다.

## 몽골 땅에서 나는 깊은 향기

뭉근머리트는 몽골 말로 은색 말이라는 뜻이라는데 칭기즈칸의 고향인 헨티 아이막 입구에 위치하고 있다고 한다. 몽골 최고의 명마들이 길러지는 곳이고 칭기즈칸이 꿈을 키운 곳으로 몽골에서는 성지나 마찬가지다. 그곳으로 가기 위해 길을 떠난다. 테를지 공원의 거북 모양 큰 바위를 구경하고 나서 테를지를 빠져나온다. 그리고 동쪽으로 간다. 망간과 석탄 광산이 많다는 탄광지를 지난다. 지하자원이 많아 그 광산 가까운 곳에 도시가 발달했는데 어떤 의미에서 울란바토르보다도 발전한 도시다.

그 도시에서 점심을 먹는데 식당에서 도시락을 나누어준다. 도시락을 다 먹어가는데 음식이 나온다. 고기 튀김 만두다. 모양은 호떡처럼 생겼는데 그 속에 꿀이 든 게 아니라 고기를 다져 넣은 만두속이 들어 있다. 몽골에서 먹은 음식 중에서 가장 기억에 남고 맛있었다.

가는 길에 유목민들이 실제로 생활하는 게르를 방문한다. 곁에 강이 흐른다. 땅에서는 쑥 향기가 난다. 몽골의 땅에서는 어디든 깊은 향기가 난다. 여행 전 원주민들에게 줄 옷을 가져오라고 해서 우리는 준비해 놓았었다. 오리털 파카와 유행이 지났지만 따뜻한 옷을 준비했다. 게르 안으로 들어가니 마유를 나누어준다. 마유를 발효시켜 만든 술이라고 한다. 요구르트 같기도 하고 막걸리 같기도 하다. 무쇠 난로에는 치즈를 만들기 위해 마유가 펄펄 끓고 있다. 게르 밖에는 치즈를 말리고 있다.

유목민의 삶, 말젖을 짜는 젊은이들의 모습을 본다. 관찰하기에는 너무나 생활 그 자체라서 구경하는 게 미안하다. 어미 말에서 젖을 짜려면 망아지를 곁에 두고 어미 말 몸에 대고 문질러주면 어미 말의 젖이 나온다. 갑자기 아기를 낳아 젖을 먹여 기를 때 젖이 돌던 생각이 난다. 오래된 일이지만 그 감각은 생생하다. 다른 생각을 하고 있으면 젖이 나오지 않았었지. 오직 아이를 내 젖으로 먹여야 된다는 생각만 해야 젖이 돌아 나오던 때가 생각난다. 유목민의 생활은 영악하다고 하기에는 가축들과 일치가 되는 생활이다. 뜨거운 햇빛을 서로

유목민의 삶

가리려고 말 대가리를 서로 붙이며 그늘을 만들어준다. 양도 마찬가지다. 양털이 햇빛을 가려주는데 머리 부분은 털이 적어 서로 맞대어서 그늘을 만들어준다. 어디 하나 그늘이 없는 광야에서의 여름을 견디는 법이리라.

그 강에서 물을 먹으며 몸을 식히는 말들과 그 강물에 빨래를 하여 초원 위에 널어놓는 여자를 본다.

### 칭기즈칸을 키운 강

"헬렌 강(케롤렌 강)과 오논 강은 칭기즈칸을 길러낸 유서 깊은 강이다. 수량이 풍부하고 크고 작은 지류가 주변으로 펼쳐져 있다. 멀리서 보면 뱀처럼 구부러진 강이 끝없이 초원을 적시고 있으며, 그 위로 백로 떼가 날고 있는 모습은 매우 장관이다."

여행 안내서에 있던 말이다. 그 강은 얼마나 소중한 강인가. 멀리 시베리아에서 빙하 녹은 물이 흘러내려 몽골을 적시며 칭기즈칸을 키운 강이고 울란바토르라는 큰 도시의 젖줄이기도 하고 가축과 유목민들의 생명수로 마르지 않는다. 그 강은 흘러 흘러 흑룡강으로 연해주로 흘러간다니 예사로워 보이지 않는다. 강으로는 탄천 정도밖에 안 되는 것처럼 보이지만 건조한 초원에서 구원처럼 유장하게 부드러운 곡선을 그리며 차갑게 흐르는 강물을 보고 있으면 대단하다.

공산당이 쳐들어와 사유재산을 조사하고 몰수하려 했을 때 몽골 원주민들은 멀리서 오는 관리들을 미리 관찰하고 가축들을 멀리 숨겨놓았다고 한다. 그래서 유목민에게는 공산주의를 실현할 수 없었다고. 그들은 보통 사람들과는 다른 비상한 시력을 갖고 있다. 멀리 초원 끝에서 꼬무작거리는 것의 정체를 본능으로 알아낸다.

광야에 구불구불 사행천이 흐르고 때로는 깊은 단애를 보자니 성스러움까지 느끼게 된다. 강가에 피어 있는 하늘하늘한 두메양귀비꽃은 별처럼 빛난다. 강가에 내려가서 강물에 발을 담그고 온 남편은 강에 작은 물고기들이 지천이라고 한다.

뭉근머리트 캠프로 향한다. 여행 안내서에 무한차선을 달리는 재미라고 멋지게 표현되었지만 실제로 달려보니 차선도 없는 황량함에 마음 붙일 곳 없는 막막함이 있을 뿐이다. 도로 포장도 안 된 평평하지 않은 구불구불한 광야를 달린다. 저 푸른 초원이 아니다. 그냥 광막한 대지일 뿐이다. 뜨거운 태양이 내려쬐고 건조한 공기에 덜컹거리는 버스 안에서 숨이 편안하지 않다.

드디어 뭉근머리트 캠프에 다다라 게르를 배정받고 짐을 푼다. 그 전날 테를지 공원의 게르촌과는 달리 드넓은 초원에 띄엄띄엄 있다. 여자 화상실 안에는 들개가 드러누워 꼼짝을 하지 않는다. 바깥보다 시원한 바닥에 몸을 대고 나가지 않는다. 사납지는 않은 것 같지만 어찌 야생동물의 행동을 예상할까?

여기서는 말을 탄다. 몽골에서는 말 타는 것 말고는 할 게 없다는 말을 들은 적이 있다. 몽골 전통 씨름을 보여준다. 체격 제한도 없고 울타리도 없는 맨땅에서 두 사람이 나와 싸운다. 싱겁지만 처절한 싸움. 결국에는 덩치 큰 놈이 이기지만 끝까지 달려든다.

드디어 말 타는 시간, 몽골 여행의 하이라이트라고 하지만 건조한 태양 밑에서 씨름 구경을 몇 판 하고 나니 좀 지쳐 있다. 옷을 챙겨 입고 끈 달린 모자를 쓰고 장갑을 끼고 나온다. 말을 모는 소년들의 말을 알아들을 수 없다. 영어도 모른다. 가이드는 '오땅오땅'이란 말만 기억하라고 한다. 천천히라는 말, 말을 빨리 달릴 때 쓰면 된단다. 그리고 멈추라는 말도. 말 안장 위에는 올려주니까 올라타게 되고 허리를 곧게 세우라는 것은 들었다. 얼굴이 그을은 열두 살 정도 소년의 얼굴엔 바람과 상처가 있다. 나는 무조건 소년을 보고 웃는다. 말에 대한 친밀감을 나타내야 한다는 말이 생각나 예쁘다고 말을 쓰다듬는다. 강아지 털도 잘 못 만지는 사람이.

드디어 대지를 성큼성큼 걸어나간다. 제법 달리기도 하고 소년은 추 추 추 소리를 내며 속도를 낸다. 옆에서 다른 말을 모는 소년과 일행의 말과 네 마리 말이 나란히 달리다가 서로 부딪치다가 떨어지다가 달린다. 나를 이끄는 소년과 옆의 말 소년과 알 수 없는 농담을 하며 다시 떨어지고, 물을 먹다가 침을 뱉다가 약간 성숙한 소년은 담뱃불을 붙여 입에 물기도 한다. 그들의 일상이다. 나에게는 평생 한 번 일어날까 마는 특별한 순간이지만. 초원 위는 길이 나 있기도 하지만 길 없는 길로 들어서기도 하고 말의 키만 한 높은 언덕을 오르내리기도 한다. 누렇게 마른 풀에서는 허브 향 같은 게 올라오기도 하고 솜달이꽃은 지천이다. 초원에서는 불쏘시개 역할을 한다는 꽃. 마치 솜을 뭉쳐놓은 것 같은 에델바이스.

대지를 걸어나가는 말

한 시간 정도 달린다. 소년의 눈 속으로 쉬파리가 들어갔다고 눈을 못 뜨고 찡긋거리며 나를 바라본다. 군데군데 말똥과 쉬파리들이 엉켜 있다. 엉덩이에 충격이 오고 속도가 두려울 때는 오땅오땅 소리치는 것 말고는 광야를 멀리 보며 생각한다. 내가 언제 또 여길 올까. 내가 어떻게 여기까지 오게 되었을까. 먼 시간 속에서 나를 불러서였을까.

한 시간쯤의 승마 체험 시간은 꿈같이 흘러간다. 뜨거운 해가 모자가 젖혀진 이마 위로 따갑게 내리쬔다. 긴장감과 위험스러운 시간도 멀리 보이는 지평선을 바라보며 달리던 시간도 곧 지니가버린다.

말에서 내리고 나니 엉덩이에 끈끈한 물기가 느껴진다. 땀이 흘렀나 했더니 말 안장에 쏠린 상처에서 붉은 피가 배어 흐른다. 엉덩이에 배인 피를 보니 수치스러운 느낌이 문득 든다.

어찌 수천 년 같은 생활을 해온 민족의 강인함과 단련을 하루 만에 흉내 내겠는가? 엉덩이 쓸린 상처 정도는 아무것도 아니다. 말에서 떨어지지 않은 것만도 얼마나 다행인가.

공동 목욕장에서는 물을 퍼다가 씻게 되어 있다. 가마솥에 물을 데워 쓴다는데 워낙 더우니까 그냥 찬물로 대강 씻는다.

날이 천천히 저문다. 9시가 되어도 훤하니까. 건조주의보가 내렸다고 캠프파이어도 못하고 저녁은 또 양고기, 남자들은 술과 곁들여 거나하게 먹는데 여자들은 집에서 가져온 김과 고추장 밑반찬으로 저녁을 먹는다.

게르 안에 장작불을 지펴준다. 여행 안내서를 인쇄한 용지는 모두 불쏘시개로 들어가고. 신문지 같은 것은 눈을 씻고 보아도 없다.

어느 틈에 잠이 들고 새벽 한기에 잠이 깨어 밖에 나오니 교교하다. 멀리서 들리는 야생동물들의 울음소리가 대지가 끙끙거리는 소리로 들린다.

보랏빛으로 천천히 밝아오는 새벽을 본다. 언제 여길 또 오겠는가. 새가 지저귀는 소리에 게르 밖으로 다시 나가보니 까마귀다. 끝없는 지평선을 배경으로 게르 근처에서 날아다니니까 까마귀가 귀여울 정도다.

이제 이 유목민의 집 게르에서의 잠도 마지막이다. 아직 일정은 남았지만 다음 날은 울란바토르의 호텔에서 자기로 되어 있으니까. 짐을 옮겨주는 여자아이한테 화장품을 하나 선물로 주고 뭉근머리트 캠프를 떠나는데 누구 하나 아는 사람도 없지만 섭섭하다. 다시 오지는 않을 것 같은 장소인데도.

거기서 멀리 떨어지진 않았지만 가이드가 꼭 가보아야 할 산이라고 데려가는 칭기즈칸 닉모트레올 산으로 간다. 아주 작은 동산 같지만 어린 칭기즈칸이 꿈을 키우고 마음을 다지던 산이라고 한다. 정상까지는 십오 분쯤 걸리는데 나무 한 그루, 마치 관악산 칼바위처럼 있을 뿐인데 그 산 위에서 사방에 강이 휘돌아 흐르고 멀리까지 조망할 수 있는 곳이다. 풍수가 좋다고나 할까. 기운이 모인다고나 할까. 노란색 두메양귀비꽃이 피어 있다. 그리고 에델바이스는 지천이다.

로마가 400년 동안 정복한 땅보다 더 넓은 땅을 25년 동안 정복한 칭기즈칸, 나에게는 적장에게 끌려간 약혼녀가 그 적장의 아이를 배었는데 그 아들을 거두어 키운 가슴이 넓은 사나이로 기억하고 있다. 그리고 칭기즈칸 어머니의 사랑은 눈물겨웠다.

900년 가까운 세월이 흘렀지만 영웅을 그리워하는 마음은 여전하다. 영웅이 힘만으로 이루어진 것은 아니었으리라. 글을 몰랐지만 지혜와 리더십이 뛰어난 영웅이었기에 한동안이라도 세상의 중심을 만들어준 것이 아니겠는가.

울란바토르까지 다시 되돌아간다. 비포장 길 없는 광야를 달려 망간 산지인 도시를 지나고 포장도로에 접어들었지만 덜컹거리는 열악한 버스와 먼지와 태양은 우리를 지치게 한다.

'옛 생활 모습을 그대로 간직하고 있는 순박한 유목민, 씨를 뿌리지도 땅을 경작하지도 않는다는 유목민, 가축과 천막 외에는 아무것도 소유하지 않는다는 유목민' 여행 안내서에 있었던 말이지만 여행하는 동안 농사를 짓는 밭이나 과수원은 한 번도 본 적이 없다.

## 몽골의 마지막 날

울란바토르 시로 돌아와 몽골 국립박물관으로 간다. 나에게는 무척 다행이었다. 원래는 리프팅을 하기로 되어 있었는데 강바닥이 너

몽골 국립박물관에서 맞닥뜨린 몽골 말의 형상

무 말라 계획이 취소된 것이다. 박물관의 수준은 생각보다 놀라웠다. 민족사박물관이라고나 할까. 여러 민족이 섞이고 영향을 주고받은 역사와 그 유물들이 증거로써 잘 전시되어 있었고 어디에도 치우치지 않고 인류사의 객관성을 유지하고 있는 것 같아 좋았다. 전국 각지에 흩어진 암각화의 일부를 볼 수 있었다. 특히 보관 상태가 좋은 복식이 잘 전시되어 있고 사회주의의 시작과 끝의 역사도 잘 기록되어 있었다. 가이드는 설명을 참 잘했고 일행들은 착한 학생들처럼 잘 들었다.

나는 나오면서 영문판 박물관의 도록을 30달러를 주고 샀다. 박물관에 대한 예의기도 했고 몽골 역사에 대한 존경심이기도 했다.

자연사박물관도 훌륭했다. 자연과학이 발달한 러시아의 영향일까. 특히 공룡 뼈는 대단했다. 건조한 사막의 기후로 잘 보존된 공룡 뼈를 볼 수 있어 각국 학생들이 호기심 있게 보고 있었다. 초식 공룡이 육식 공룡을 물어뜯는 장면 그대로 화산재에 묻힌 것은 압권이었다.

아무리 재미있더라도 아무리 힘들더라도 여행에는 처음과 끝이 있다.

몽골을 떠나는 날 칭기즈칸 공항으로 나가는 길에 들른 캐시미어 매장은 GOBI라는 상표가 붙어 있다. 고비사막과 부드러운 캐시미어 스웨터의 이미지는 멋지게 연결된다.

염소의 부드러운 가슴털을 캐시미어라고 한다. 서울의 백화점 못지않게 꾸며진 매장에 들어서니 여자들의 눈이 빛난다. 나도 마찬가지다. 광야의 광막함과 건조함에 심란해진 마음이 자본주의의 꽃 같은 백화점에 와서야 위로가 된다. 가족을 위해 작은 선물을 사는 것이야말로 얼마나 행복한 일인가를 스스로 깨닫는다.

캄캄한 금지의 땅이었던 나라에 이렇게 자유롭게 와서 산에 오르고 광야를 누볐으니 얼마나 고마운 일인가.

몽골을 떠나면서 울란바토르 공항에 걸린 인자한 영웅 칭기즈칸의 초상을 바라본다.

곁에 강이 흐른다.
땅에서는 쑥 향기가 난다.
몽골의 땅에서는 어디든 깊은 향기가 난다.

# 다정한
# 풍경


## 여행의 의미

여행을 왜 가려고 했을까? 그림과 예술과 종교에 대해 괴팍한 열정을 가진 신부님과의 여행을 위해서일까? 아니면 내 생활에 대한 지루함과 권태로부터 탈출하기 위해서? 가보지 않은 곳에 대한 단순한 호기심? 성모님이 발현하셨다는 성지에서 무언가 기적을 체험하지 않을까 하는 설렘. 항상 생각 속에 떠나지 않는 삶에 대한 의문을 풀 수 있는 시간이 될지도 모른다는 기대감. 새로운 거리와 사람들을 만난다는 기대감?

그 모든 것이 답이 될 수도 있지만 그렇지 않을 수도 있으리라.

기회가 왔을 때 자석처럼 끌려가는 것이다. 그러면 여행의 시간과 공간은 나의 운명의 일부가 되어 내 파일 속으로 들어가 존재하게 된다. 내 운명을 다 뒤흔들어 놓지는 못할지라도 하나의 떨림이 된다.

여행만 갔다 오면 그날부터 사진을 정리하여 누군가 기다렸다는 듯이 올리고 말았던 성미였는데 이번에는 두 달이 훨씬 지났는데도 정리도 못하고 그냥 가끔 꺼내서 반추할 뿐이다. 점점 더 디테일은 잊혀지고 몇 장면만 남게 된다.

하나의 어렴풋한 지도와 해안선과 발에 닿던 오래된 돌의 감촉만이 남게 된다. 그래도 이해가 가기 전에 그 사진을 정리하는 것이 나에게 주어졌던 선물 같은 여행에 대한 예의가 되리라.


지난해 크로아티아 여행에 다녀와서 써놓은 글이다. 그 글을 완성하지 못한 상태로 나는 그동안 엄마를 여의고 더욱 엄마 속에서 살다가 지쳐갔다. 엄마의 집에서 엄마의 뜰에서 엄마를 탄식하며 부르며 반년이 넘게 지냈다. 청탁 받은 엄마에 관한 글을 쓰고 엄마에 관한 책을 두 권이나 내는 것에 관여하고 돌아가신 작가를 그리워하는 사람들을 손님으로 맞았다.

나는 솔직히 떠나고 싶지도 않았다. 집이 걱정되어서…… 엄마의 초상을 두고 떠나는 것이 안쓰러워서…….

발길이 안 떨어졌지만 마음을 다졌다. 떠나기 전 일주일 심한 몸살로 몸을 덜덜 떨고 나니까 내 입에서 떠나야 돼 잠시라도 떠나야 돼 하는 말이 저절로 나왔다.

마치 인터넷으로 옷을 하나 사 입듯이 여행상품을 골랐다. 포르투갈에 있는 남편의 친구가 한번 다녀가라는 말을 허투루 듣지 않았기에. 스페인 포르투갈 기행이다. 가장 저렴하고 많은 곳을 가는 상품. 내가 좋아하는 스타일이다.

이베리아 반도, 내가 가진 지식도 정보도 아무것도 없이 멍하게 떠난다. 여행 안내서도 한번 들쳐보지도 않고 엄마의 소설 교정지만 챙겨 간다. 내년 1주기에 나올 전집 교정을 때맞추어 보지 않으면 곤란하기도 하지만 교정지라도 들고 가야지 내 마음이 덜 안쓰러울 것 같아서다.

남편과 짐을 싼다. 이제 늙은 부부는 다툼도 없이 알아서 조용히 짐을 싼다.

엄마가 좋아한 도시 톨레도의 모습

새벽녘 마드리드에 도착 톨레도라는 오래된 도시에 간다. 여행 떠나는 나에게 동생이 엄마가 톨레도란 도시를 좋다고 하셨어 한다. 그 말 한마디에 처음 가본 도시가 친근하다. 마드리드에서 톨레도 가는 길에 에스프레소 한 잔 먹고 정신 차린다. 에스컬레이터를 타고 지대가 높은 도시로 올라간다. 강이 휘돌아 흐르는데 타호 강이라고 한다. 천년의 고도로 스페인의 수도였다고 하니. 오래된 도시의 골목을 걷는 것만으로도 멀리 여행을 온 보람이 있다. 엘 그레코의 그림이 있는 산토토메 성당도 있다.

여행에서는 무엇보다도 잔재미가 중요하다. 나 같은 사람에게는. 유럽의 역사나 이슬람과 기독교의 종교전쟁이나 패권의 역사보다는 골목 바닥에 깔린 반들반들한 돌의 감촉을 더듬는 것이 좋다. 그 돌바닥이 알고 있는 이야기에 귀를 기울여보는 것도 좋다.

쇼윈도를 들여다보면서 막연한 그리움에 젖는 것이 좋다. 어디서 본 듯한 반달 모양의 과자와 내 손녀딸에게나 입힐 옷이지만 아직도 내가 입고 싶은 포플린 원피스, 그리고 더위를 식혀주고 기분을 고양시켜주는 맥주, 그러나 『돈키호테』를 쓴 세르반테스의 동상 앞에서는 걸음을 멈출 수밖에 없다. 『돈키호테』를 끝까지 읽은 적은 없지만 문학적으로 매우 중요한 책이라는 탁월한 논문을 읽고 더 늦기 전에 보아야지 하는 책의 목록 가운데 하나다. 문학이라면 무조건 신앙처럼 존중하는 마음은 여전하다.

톨레도 도시를 다 둘러보고 내려올 때는 그냥 길로 하염없이 내려와 100년이 넘었다는 음식점에서 점심을 먹는다. 또 버스를 타고 마드리드로 그리고 프라도 미술관으로 향한다. 목초지라는 뜻이라는 프라도라는 낱말에 반하고 만다. 프라다라는 그 악마처럼 끌리는 상표 때문일까. 프라도 미술관에 그냥 끌리고 있다.

그 유명한 고야의 마야 부인 벌거벗은 그림 옆에 옷을 입고 누워 있는 건 또 뭐람. 더 야하게. 엘 그레코에 대한 감탄. 벨라스케스, 무리요, 렘브란트, 라파엘, 보슈, 푸생, 카라바지오, 브뤼겔, 뒤러, 엘 그레코가 말기에 그린 검은 색조의 그림들, 고야의 아기 잡아먹는 그림, 그 유명한 벨라스케스의 시녀들 속에 들어간 벨라스케스의 초상, 고야의 피카소의 그림의 원형이 된 몽클로야의 총살, 고야의 카를로스 4세 일가 가족 사진…….

왜 이 그림들은 이리 생생한 것인가? 낡지도 않고 바래지도 않고 현재적이다. 화가는 죽지 않고 그림 속에서 두 눈을 똑바로 뜨고 있으니.

남은 여행의 날들을 버스 속에서 꾸벅꾸벅 졸더라도 오늘 하루만도 충분히 좋다. 프라도 미술관에서 손녀딸을 위해 그림책을 샀다. 가장 어린애를 위한 색깔 공부 책이다.

마드리드에 산다는 깡마르고 눈빛만 반짝반짝한 가이드는 정말 말을 잘한다. 쉴 사이 없이 버스 안에서 스페인의 역사와 코엘료의 『연금술사』와 스페인의 왕들에 관한 이야기를 쏟아놓는다. 나는 감탄을

프라도 미술관 앞의 사람들

하면서 들으면서도 잠을 잔다. 저렇게 이야기하다가 푹 쓰러지는 거
아냐? 생각했는데 역시나 한번 가이드를 마치면 집에 가서 아무 말도
하지 못하고 잠만 잔다고 했다. 사진 예술을 전공했다고 하는데 굉장
한 열정이다. 프라두 미술관 〈시녀들〉 앞에서 꽤 오랫동안 설명을 하
는 것 같았다.

마드리드 공항 근처의 미국식 브랜드 호텔에서 첫잠을 잔다. 다음
날 아침에는 국내 비행기로 바르셀로나로 떠난다. 여행을 무슨 입시

학원 다니듯이 한다. 새벽 3시 반에 모닝콜이라고 한다.

힘에는 부치지만 또 내가 좋아하는 스타일이다. '빡세게' 다니는 것. 여기까지 와서 쉬면 뭐해 하는 생각이 있는 것이다.

그런데 공항에 나오니 우리만이 아니다. 출근하는 사람들과 여행객들이 가득 차 있다. 그래 이렇게 세상은 꼭두새벽부터 돌아가고 있는 거야. 그런데 우리나라의 비 소식에 걱정이 된다. 우면산이 무너졌다는데 상상이 안 된다. 여행 중에도 정신을 팔지 말라는 메시지인 것 같다.

## 바르셀로나와 가우디

에어 유로파 비행기는 바르셀로나로 향한다. 바르셀로나와 마드리드는 분위기가 다르고 언어도 다른 딴 나라라고 한다. 바르셀로나는 첫 인상이 부산 같기도 하다. 해양도시라 역시 더 햇빛이 가득하다. 공항은 올림픽을 치러서인지 아주 현대적이다.

가우디의 구엘 공원에 먼저 찾아간다. 그 유명한 가우디 공원이 좋기는 한데 너무 기대를 했기 때문일까 놀라울 정도는 아니다. 공원의 관리가 그리 좋은 편이 아니다. 들어가는 길이 흙바닥이라 먼지가 올라오고 세상에서 가장 긴 가우디의 벤치는 흙먼지가 가득해 앉을 수가 없다. 유도화와 정원의 원추리가 다정하다.

그 유명한 가우디의 성가족성당으로 간다. 가장 감동적인 것은 가우디의 아버지 이야기. 시골의 대장장이(구리 세공)였던 아버지가 아들을 바르셀로나로 공부시키러 보내는 이야기였다. 이제 앞으로는 대장장이 같은 장인이 물러갈 세상이 온다는 것을 예견하여 대처로 아들을 보냈고 가우디는 건축을 공부했고 무한히 자신의 능력을 펼칠 수 있었다. 항상 시작은 미약하다. 우리 외할머니가 생각난다. 딸을 대처로 보낸 우리 할머니가 생각난다. 혁명과 같은 것을 해낸 할머니, 미래를 보는 혜안을 가졌던 우리 할머니가 떠오른다.

가우디의 훌륭한 아버지를 생각한다. 그리고 평생 결혼도 하지 않고 사그라다 파밀리아에 바친 가우디의 생애를 생각한다. 갈수록 신앙심이 깊어졌다는 그는 새벽 기도를 하러 가다가 전차에 치여 죽었고 그 건축에는 가우디의 정신이 배어 있다. 아직도 미완성인 채로 현재진행형인 성당, 그래서 더 유명해진 성당이다. 그런데 너무나 많이 들었기 때문일까 상상력을 초월할 정도로 크다고 생각한 것 같다. 이미 가우디의 많은 것들을 복제해 오리지널이 오히려 더 낡게 느껴지나 보다.

우리는 가이드가 미리 예약해 놓아서 쉽게 들어갔지만 많은 여행객들이 성당 주변에 표를 사려고 줄을 서고 있다. 먼저 들어간 가우디의 박물관이 훌륭했다. 건축과 모든 디자인의 학교라고나 할까.

아름다운 천장, 대장장이 아버지의 영향인 듯 주물로 만든 아름다운 촛대 그리고 오랜 세월 건축의 진행 과정을 보여주는 박물관이 정말 좋았다. 성당 안은 아주 밝고 햇살 속에 팜트리가 서 있는 인상이다. 그 환한 공간 속에 성경이 더욱 빛나고 예수님의 생애가 현존하고 있다는 것, 그 현재진행형이 놀랍다. 그러나 성당을 둘러싼 주변 환경에는 실망했다. 가우디의 유명세 하나에 지나치게 기대는 건 아닐까? 새롭지만 낡아가는, 아직 다 지어지기도 전에 쇠락해가는 인상을 받은 것은 나만의 생각인가?

바르셀로나에는 가우디의 작품 말고도 볼 것이 많았다. 수도인 마드리드와는 독립된 문화와 분위기와 역사를 지니고 있었다. 바다에 면한 항구에 요트들과 좋은 날씨를 즐기는 사람들 멀리 바다를 바라

보는 콜럼버스의 높은 기념물은 다시 한 번 미대륙 발견의 원년 1492
년을 되새기게 했다.

가우디의 후예들이어서일까 도시의 건축물들이 예사롭지 않았다.
옥수수 모양의 건축물, 파스텔 톤의 노란 꽃을 피운 나무들, 자유로운
도시의 색채가 햇빛과 어우러져 더할 나위 없었다.

콜럼버스의 동상을 중심으로 펼쳐지는 도시의 산책로, 공공건물 앞
에 심겨진 나무 한 그루, 여행을 즐기는 모녀들의 담소, 다시 올 것 같
지는 않지만 다정한 풍경들이었다.

무엇보다 1992년 올림픽을 치른 몬주익 경기장과 금메달을 딴 황
영조의 기념물이 구경거리였다. 황영조가 숨가쁘게 오르던 그 언덕도
텔레비전에서 눈이 뚫어지게 보아서인지 오래전에 가본 적이 있는 듯
친숙했다.

### 아름다움만이 영원하다

바르셀로나 구경을 마치고 발렌시아로 향한다. 다섯 시간이 걸리는
거리다. 9시가 되어도 어두워지지 않으니 까닭 없이 서글프다. 우리나
라는 도대체 어떻게 된 것인가? 집은 괜찮다는 아이의 전화지만 이번
여행도 마음이 편치만은 않다.

그래도 걱정을 잊으려는 듯 발렌시아의 호텔 근처 큰 아웃렛에서
흰 블라우스 몇 개를 산다. 아주 얇은 면은 몸에 착 휘감기면서도 부
드럽고 시원하다. 물론 싼 가격이라 나중에 잠옷으로 입어도 손해나
는 쇼핑은 아니다. 그리고 편한 운동화를 하나 산다. 내일을 위해서.
알함브라 궁전은 적어도 세 시간 이상을 걸어야 한다고 한다.

순전히 하룻밤 자기만 한 발렌시아에서 그라나다까지도 역시 먼

거리다. 아주 꼭두새벽에 일어나 버스에 오른다. 이번 여행에서 가장 힘든 부분이라고 한다. 나는 그 하염없이 타고 가는 버스에서 휴식을 한다. 멍하게 바라보는 바깥의 풍경, 햇볕에 타들어가는 색깔의 올리 브나무와 고속도로 중앙분리대에 심은 끝없는 유도화, 그리고 가이드 의 흥미진진한 역사 이야기를 흘려듣다 자다가, 그야말로 무아지경에 빠진다. 고마운 휴게소가 나오면 맥주 한잔 마시고 카페콘레체를 마 시다 보니 그라나다에 다가왔다고 한다. 36도쯤 되는 고온에 따가운 햇볕이 내려쬔다.

그라나다는 이번 여행의 클라이맥스와 같다는 생각이었는데 알함 브라 가까이 올 때까지 나는 어처구니없게도 인도의 타지마할 궁전과 착각을 하고 있었다. 그렇게 무지했던 탓에 전혀 예상치 않았던 느낌 이다. 무엇보다 높은 지대에 자리 잡은 요새나 성과 같았다. 붉은 성 이라는 뜻의 알함브라는 그 이름 자체가 매력적이다. 그 지방의 진흙 에 철분이 많이 섞여 있어 붉은색을 띤다고 한다.

한 구역 구역을 들어갈 때마다 티켓을 검사해야 하는 번거로움도 짜증스럽다기보다는 그래야 할 것 같다.

신비스러운 미의 극치를 이룬 공간들이 아름다워 인간세상 같지 않다. 모두 식물을 소재로 한 문양들로 다양한 변주를 할 수 있는 것 이 놀랍다. 이슬람 문화의 영향으로 식물을 제외한 어떤 형태도 형상 화하지 않은 것, 그래서 꽃과 기하학적인 문양의 무한한 변형이 심미 적이다. 모두 이야기 속에 나오는 가상공간 같다.

그것이 모두 역사적인 사실이었지만 사람은 간 데 없고 탐미적인 공간만 남아 있다. 아름다움만이 영원하구나. 그 아름다움은 질투를 받아 멸망에 이르게 되는 이야기를 들으며. 끌려가듯이 거의 도취 상

알함브라 궁전 가는 길

태가 된다. 그래도 내 몸의 다리는 아파오고 더위는 조금도 양보가 없
다. 정신이 혼미해지는 것 같다.

나에게 가장 인상적인 것은 워싱턴 어빙의 저술에 의해 버려졌던
알함브라가 세상에 빛을 보게 된 것이다. 1829년『그라나다 정복 연
대기』, 1832년『알함브라 이야기』를 써서 세상에 그 역사와 아름다움
을 알린 워싱턴 어빙은 독신 낭만주의자라고 했던가.

비밀스럽게 가꾸어진 아름다운 정원들을 바라볼 수 있으니 무엇을
다 바라리오. 진흙을 보석으로 만든 인류문화의 유산을 바라보며 아
름다움에 푹 젖어본다.

알함브라가 너무 아름답고 신비로워서일까? 뜨거운 땅의 기운과
햇빛이 살인적이어서일까? 피곤이 몰려온다. 그러면서도 여행이 절

영원한 아름다움 알함브라 궁전

정에서 하강길에 들어섰다는 것에 아쉬움이 생긴다. 가보고 나면 그
뿐인데 하는 허무감이 몰려온다.

그라나다의 스페인풍 호텔에서 잠을 자는데 덥고 곤곤함이 쌓인다.
포도주가 음식에 묘하게 어울려 스페인에 가면 리오하 포도주만 실컷
마셔도 여행비가 아깝지 않다는 친구의 말을 실행한다. 평소에 즐기
지 않았지만 포도주가 그 풍토에 어울리니 좋을 수밖에 없다. 그리 비
싸지 않은 포도주를 사놓았다가 마시는 재미가 쏠쏠했다.

다음 날은 코르도바란 도시로 가는데 강을 둘러싼 오래된 도시의
운치가 기분을 전환시켰다.

이슬람 문화의 아름다움과 멸망의 슬픔과 가톨릭 종교의 지배가
혼재하는 도시다. 문화가 섞이면서 아름다움이 배가되는 것일까. 코

르도바의 성당에는 콜럼버스의 아들 묘가 있는데 아버지 콜럼버스의 항해일지를 세상에 내놓은 공로로 성당에 모셔 그 뜻을 기렸다.

코르도바에 세비아로 향한다. 세비아의 무데하르 양식의 대성당 그리고 나선형으로 하염없이 올라가는 바람개비라는 뜻의 히랄다 종탑도 올라갔는데 당나귀를 타고 올라갔다고 한다. 그리고 1929년 만국박람회를 했다는 스페인광장을 본다.

## 이 좋은 시간을 위해 살아온 것일까

이번 여행에서 가장 특별했던 것은 포르투칼 리스본에서 친구를 만나는 것이었다. 나는 미리 여행사에 요청하여 리스본 친구 집에서 하루 자기로 하고 그다음 날 아침 합류하기로 한 계획을 세워놓았다. 그렇게 간단하지는 않았다. 여행단이 파티마에서 하루 묵을 동안 우리는 리스본에서 하룻밤을 보내기 위해 새벽에 차를 보내달라고 요청하는 등 여행 떠나기 전부터 여러 번 이메일이 오고 갔다.

스페인 세비아에서 출발하여 오전 내내 버스로 달려 드디어 포르투갈 국경을 넘는다. 리스본 그곳 말로는 리스보아란 포르투갈의 수도에 다다른다. 포도주병 마개로 쓰이는 코르크를 생산하는 코르크나무가 포르투갈의 특산물이라고 한다. 나무의 껍데기라고 할까. 포도주가 숨을 쉬게 하고 더 숙성하게 하는 코르크 마개가 나오는 나무가 스페인 국경을 넘으면 눈에 띄게 많다. 전 세계 코르크 생산량의 많은 부분이 포르투갈에서 생산된다. 포르투갈은 코르크나무가 심겨진 숲을 보면서 진입하게 된다. 정감이 있는 풍광이다.

"리스본 앞을 적시며 흐르는 커다란 물줄기는 바다 같아 보이지만 사실은 강이다. 테주 강의 하구인데 강과 바다가 뒤섞여 있어 정확하게 강이라고 하기도 뭣하다. 하류로 배를 타고 얼마 가지 않아 대서양이 시작된다."

테강과 대서양을 보며 리스보아로 진입하는 풍광은 당당하고 아름답다. 마치 스페인의 곁두리 같은 나라로 인식되었는데 그렇지 않다.

우리는 점심을 먹는 중국음식점 앞에서 만난다. 오랜 세월 알아왔고 꾸준히 친교를 쌓아왔던 사람들만이 낼 수 있는 분위기다. 코르크 나무로 만들었다는 포르투갈 특산품 모자를 쓴 남편 친구는 깊은 멋이 있으면서도 다정하다. 늙수그레한 현지인 운전기사는 영어가 능통하고 젠틀맨이다. 간디가 방문한 적이 있다고 간디의 동상이 세워져 있는 동네를 지나는데 친숙감이 느껴진다.

친구 부부는 우리를 제로니모스 수도원으로 데려간다. 리스본을 상징하는 하얀 성당이다. 큰 지진에도 끄떡없었다는 리스본의 수호신과 같은 장소다. 참으로 감동적인 것은 루이스 데 카몽이스라는 포르투갈 국민 시인의 관과 인도 항로를 개척한 바스코 다 가마의 관이 나란히 놓여 있는데 두 손을 모으고 누워 있는 두 사람이 어찌나 거룩한지. 펜의 힘과 항해의 개척정신, 바로 이 나라의 자존심이구나. 이 나라를 위해서 기도하고 있는 정신적인 지주의 모습이었다.

많은 성당과 교회를 보았지만 권위적이기보다는 풋풋한 분위기가 느껴짐은 나만의 생각일까. 가까운 친구가 어눌하지만 진지하고 다정하게 설명을 해주어서일까.

리스본에서 두 시간 거리 떨어져 있는 파티마로 향한다. 성모님이 발현하셨다는 유명한 성지 가운데 하나다. 세 명의 목동 소년소녀들에게 나타나셔서 메시지를 전하는 사건은 1917년 일이다. 그 후 파티마에는 성당이 지어졌고 순례객들이 모이기 시작했다. 무릎을 꿇고

기어가면서 기도하는 사람들의 모습이 인상적이었는데 그 성당에서 미사를 볼 수 있었던 것이 참으로 행운이었다. 신자가 아닌데도 친구들이 영성체할 때까지 기다려주었다.

성지의 경내가 아름다웠고 순례객들의 모습도 아름다웠다. 보라색 꽃의 꽃그늘도 어찌나 아름다운지 그 서늘한 매력에 가슴이 뛴다.

이번 여행은 파티마에 오기 위한 것이었구나 생각했다. 저에게 이 땅을 밟게 해주심에 감사드립니다. 여기는 초를 하나하나 밝히는 게 아니라 큰 초를 사서 불 속에 한꺼번에 태웠다. 그것이 더욱 뜨거운 신앙심에 불을 붙여주었다.

내 마음 기뻐 뛰노나니. 촛불 속에서 엄마의 정령을 찾아보면서 슬픔의 눈물을 흘렸지만 파티마 성지가 주는 감사와 기쁨은 어찌 다 표현할 수가 없었다.

파티마에서 더할 수 없는 종교적인 기쁨을 누리고 다시 리스보아로 온다. 오랜 친구 부부는 고맙게도 단시간 내에 좋은 것을 보여주려고 애쓴다. 은퇴 후 리스본에서 살고 싶다 할 정도로 그곳을 좋아하고 편안해한다. 저녁은 정말 근사한 곳에서 리스본 시내와 바다가 내려다보이는 멋진 레스토랑에 예약해놓았다고 한다.

현지인 운전기사는 퇴근시키고 친구가 운전하는 차에 올라 오붓한 시간을 갖는다. 전차가 있고 언덕바지가 많은 오래된 도시의 운치와 어둠이 내리는 저녁 시간이 꿈같이 아름답다. 이런 좋은 시간을 갖기 위해 살아온 것인가? 나는 그저 감사하여 눈을 가느스름하게 뜰 뿐이다. 넉넉한 버터와 치즈가 담긴 테이블 세팅도 아름다웠지만 왜 그리 맛이 좋은지 몰랐다. 나는 버터를 그냥 먹어본다. 오래전 동경했던 서양의 맛이다. 지금 아무리 흔해빠졌다 할지라도 제대로 된 음식이 주

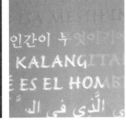

파티마 성지. 촛불 속에서 엄마의 정령을 위해 기도하다

는 만족감에 취해본다. 수프 한 그릇만 먹어도 배가 부를 정도의 대단한 만찬이었다.

포트와인은 와인보다 독한 와인의 종류인데 리스본 북부 포르투의 특산품이다. 브랜디를 첨가하여 오랜 견딜 수 있는 주정강화 와인인데 달고 독해서 여자들이 좋아한다고 한다. 친구는 다음에 오면 그곳 와이너리에 꼭 데려가고 싶다고 한다. 친구의 집에 와서 포트와인을 한 잔씩 마시고 잠자리에 든다.

### 다시 작별의 여정

이제 여행이 거의 끝나가려 한다. 새벽 일찍 리스보아의 친구 집 주소로 우리를 데리러 온 차는 여행단 합류를 위해 다시 파티마로 향한다. 호텔에서 조식을 하는 일행과 만나는 것이다.

두 시간 가까이 고속도로를 달려온 파티마는 아침 안개 가득하여 신비스럽다. 그러나 여행단에 합류하니까 벌써 한국에 온 듯한 분위기가 연출된다.

남은 여정도 빡빡하게 진행되나 보다. 우선 포르투갈 국경을 넘어 스페인으로 살라망카까지 네 시간이 걸리는 일정이다. 마드리드에서 시작하여 이베리아 반도를 시계 방향으로 삥 돌듯이 다시 마드리드로 가는 여정이다.

살라망카는 오래된 대학도시라고 한다. 오래된 도서관 조개 모양의 집 그리고 마요르 광장을 구경한다. 마침 일요일이라 상점이 열지 않아 기웃거릴 데가 없었다.

다시 마드리드까지 온다. 끝까지 긴장감과 호기심을 유지하면서 여행을 하기는 쉽지 않다. 기력이 딸리기도 하고 풀이 죽기도 하고 지루해지기도 하고 다시 돌아가서 일상이 전개되는 것이 두렵기도 하다.

엄마의 장편소설 교정지는 다 보아버렸다. 더 많이 가져올 걸 할 정도다. 조금씩 일을 하는 것이 나의 정신 건강상 좋다. 정신적으로 흔들리지 않아야 몸도 버틸 수 있다고 혼자 몸과 마음을 달랜다.

마드리드 공항 근처의 호텔에서 잠자고 아침에 세고비아로 출발. 로마시대 수도교가 있다는 도시로 가는 도중 휴게소 책판매대가 눈에 띈다. 무라카미 하루키의 번역본이 이 스페인 구석에까지 꽂혀 있다.

가는 도시마다 맨홀을 찍어 놓는다. 도시의 이름이 꼭 적혀 있고 디자인과 용도도 다양하여 재미있다.

세고비아의 로마시대 수도교는 대단하다. 2,000년이 지났는데 로마는 어떤 국가였기에 이런 시설을 해놓았는지 감탄이 나온다. 개인적인 호사도 아니고 도시의 기반시설이 아닌가? 인간이 만든 가장 아름다운 것이 '도시'라고 한다. 이베리아 반도 깊숙이까지 들어온 로마의 세력이 놀라웠다.

수도교 앞의 꽤 유서 깊은 카페에서 생맥주를 시켰더니 돼지고기 안주까지 준다. 신이 나서 여러 잔 마셨더니 멸치 요리까지 준다.

로마시대 수도교가 있는 세고비아 모습

　디즈니의 〈백설공주〉 영화의 모델이 된 성 알카사르까지 걸어가면서 손녀딸 스웨터도 사고 내 스카프도 산다. 푸른색 면 스카프가 20유로라는데 가방까지 끼어서 준다. 가방도 꽤 쓸 만하다. 스카프는 너무 뜨거운 햇볕을 가리는데 딱이었다. 알카사르 주변의 지형이 협곡이었다. 알카사르 근처 달리아 정원이 정겨웠다.

　세고비아에서 다시 마드리드로 온다. 질리도록 많은 것을 보았다. 그래도 마침표가 필요하다. 마드리드 시내 산미구엘 시장의 북적거림 속에서 나무로 된 팽이를 하나 산다. 우리 어릴 적과 똑같은 오래된 장난감이다.

　스페인 왕궁 앞에는 지하주차장이 있어서 버스도 지하에서 기다리게 되어 있다. 지하주차장에 작은 박물관이 있으니 사랑스럽다.

　스페인광장에 있는 세르반테스 사후 300주년을 기념하는 기념비가 감동적이다. 세계 사람들이 『돈키호테』를 읽고 있는 모습을 위에 새겨놓은 조형물과 외팔이 세르반테스의 동상과 소설 속 인물 돈키호테와 노새를 탄 산초 판사의 동상을 바라본다.

## 세르반테스를 기억하고 싶은 여행

나는 여행을 마치고 집에 돌아와 세르반테스의 『돈키호테』를 꺼내 본다. 1970년 동화출판사에서 나온 붉은 표지의 세계문학전집이다. 73개의 이야기로 이루어졌다.

마지막 이야기 「돈키호테가 병이 들어 유서를 남겨놓고 세상을 떠난 이야기」. 왠지 이걸 다시 쓰는 것으로 나의 이베리아 기행을 마치고 싶다. 한동안 내 베갯머리에는 『돈키호테』가 가까이 있을 것 같다.

인간 만사가 영원한 것이 아니니 특히 그중에서도 인간의 생명이라는 것은 시초부터 마지막 순간까지 사양의 길을 걷고 있는 것이다. 고로 돈키호테의 생명도 하늘에서부터 사양길을 막을 만한 아무런 특권을 부여받지 못했는지라 자신은 생각조차 안 했는데 그의 종말은 이미 그의 턱 앞에 다다랐더라.

그 패배 때문에 생긴 울화증인지 또는 천명이었는지 모르나 그는 엿새 동안 고열에 눌려 병상에서 일어나지 못하는 몸이 되었다. 그동안 친한 벗들인 신부, 학사, 이발사는 말할 것도 없겠거니와 착한 산초가 환자의 베갯머리에 늘 붙어 있었다는 것은 정말 기특한 일 중에서도 기특한 일이었다.

내 마음 기뻐 뛰노나니.
촛불 속에서 엄마의 정령을 찾아보면서 슬픔의 눈물을 흘렸지만
파티마 성지가 주는 감사와 기쁨은 어찌 다 표현할 수가 없었다.

# 도스토옙스키의
# 시간들


## 무더운 여름의 고행처럼

여름의 끝자락 먼 곳에 다녀왔다. 갔다 오고 나서야 겨우 나라 이름을 외우고 사진을 보고 나서야 도시 이름이 떠오른다. 발틱 3국이라고 했다. 발틱해를 면하고 있는 작은 세 나라. 리투아니아, 라트비아, 에스토니아. 아무런 정보도 없고 떠오르는 것도 없었다. 발틱해인지 발칸반도인지조차 구별하지 못하는 사람도 많다. 나도 마찬가지였다. 그 세 나라보다는 상트페테르부르크 바로 그 도시에 간다는 것 때문에 나는 이 여행에 망설이지 않고 신청했을 것이다. 예르미타시 미술관 그리고 도스토옙스키가 떠오르는 도시.

엄마가 돌아가신 후 나는 집을 떠나는 것이 더욱 어려워졌다. 몸은 자유로운 것 같은데 마음이 떨어지지 않는다. 남들은 아이들 결혼까지 다 시키고 내가 날개를 달았다고 생각하기도 한다. 물론 그 면에서 자유로운 건 사실이다. 아이들한테 뭘 먹이나 돈을 주나 하는 걱정으로부터 해방되었다는 것은 대단한 일이다. 그러나 어머니의 집 마당에서부터 여러 가지 나를 얽어매는 책임과 요구로부터 벗어날 수가 없다. 엄마가 살아 계실 때보다 더 발이 떨어지지 않는다.

여행을 간다는 건 정말 복된 일이다. 우선 비용이 있어야 하고 시간이 있어야 하고 발목을 잡는 사람이나 일이 없어야 한다. 그리고 무엇보다 비행기가 떠오를 때의 에너지와 같은 훌쩍 떠나는 기운이 있어야 한다.

무더위의 끝자락 혼자 짐을 싼다. 작은아이가 최신형의 여행가방을 빌려준다. 비싼 거니까 여러 번 쓸수록 이익이라며 빌려준 가방은 가볍고 바퀴가 돌돌돌 잘 굴러간다. 나는 마치 여행가방을 자랑하고 싶어 여행 가는 아이처럼 짐을 싼다. 그런데 왜 이렇게 쓸쓸할까? 남편과 같이 여행 갈 때 짐을 싸며 벌이는 작은 다툼조차 그리워진다.

나는 이 여행을 위한 준비로 40년도 더 된 오래된 문학전집 『죄와 벌』을 꺼내 다시 읽기 시작했다. 무더운 여름의 고행처럼. 그러나 이 여름에 곰팡내 나는 두꺼운 책을 다 읽는다는 건 이 나이에 무리라는 생각이 들었다. 그래도 앞부분과 에필로그 그리고 해설을 읽으며 상트페테르부르크에 가는 여정을 꿈꾸었다.

그리고 독일 평론가가 쓴 작가론 작은 문고본 『도스토옙스키』를 짐에 넣었다. 예전에 100원 정가였던 삼성문고다. 또 새로 나올 엄마의 산문집 교정지, 그리고 김애란의 소설집 『비행운』을 꾸린다(행운이 아니라는 말일까, 비행기를 탈 수 있는 운이라는 뜻일까?). 그런 짐 꾸림은 알 수 없는 쓸쓸함을 달래기 위한 소품과 같다.

장맛비가 오는 서울을 떠난다. 공항은 새벽인데도 분주하다. 부지런한 민족이다. 여행을 많이 다닐 수 있는 나라는 그리 흔치 않다. 이 붐비는 이침 공항의 풍경은 풍요로울 뿐 아니라 여행이 일상이 된 사람들의 모습이다. 간편한 복장, 빠른 걸음걸이, 세련된 몸짓, 옛날을 생각하면 믿어지지 않는 풍경이다.

45명이나 되는 일행에다가 두 분의 신부님이 동행하는 단체여행인데 나는 단짝이 없다. 룸메이트도 그날 처음 만나는 분이다. 퇴직한 교감선생님인데 나보다 더 젊고 씩씩해 보인다. 저 사람이랑 열흘 동안 한 방을 쓴다. 이번 여행 망치는 거 아냐? 하는 우려가 스쳐간다. 아니면 내가 남의 여행을 망칠 수도 있다.

인천공항 면세점 영양제 코너에서 글루코사민을 산다. 혹시 무릎 관절에 문제가 생길까봐. 물건에 대한 욕망도 사라져가는지 겨우 관절약을 사는 멋없는 노인네가 되어버린 것인가?

핀란드 항공은 북경을 지나 바이칼 호수를 지난다. 선명하게 호수의 선과 이르쿠츠크가 내려다보인다. 한번 가본 데라 그곳을 지날 때는 꼭 내려다보게 된다. 지루한 러시아 시베리아 그 넓은 땅에는 사람이 그린 도로의 선과 자연이 만든 강의 곡선이 있을 뿐이다.

서쪽으로 서쪽으로 가니 낮이 길게 이어진다. 환승하는 헬싱키 공항에서 핀란드 디자이너 마리메코 매장에 들어가 손녀딸 원피스를 하나 산다. 비싸지만 특별한 디자인이다. 나의 짝사랑이니 가장 좋은 것을 사고 싶다. 할머니 노릇으로 명랑성을 회복한다.

리투아니아의 수도 빌뉴스로 가는 핀란드 항공을 갈아탄다. 마치 고속버스 갈아타듯이. 공항의 모습은 별 특징이 없었지만 부자이지도 가난하지도 않은 집에 들어가는 느낌으로 수수했다. 입국 수속도 아주 간단했다. 공항에 '리차지 인 빌뉴스'라는 광고 문구가 무슨 뜻인지 여행이 다 끝나고 돌아와서야 알았다.

작지만 사랑스러운 나라, 강대국 사이에서 역사 속에서 침략과 핍박도 받았지만 무슨 힘인지 나라와 언어를 지켜온 나라, 소련에서 독립한 나라, 독일이 침공했을 때는 유대인 학살도 많이 당한 나라, 수백 년 된 성모님의 발현지가 있고, 검은 성모님이 있는 나라, 중세의

리투아니아 빌뉴스 구시가지에 있는 작은 천변과 길

구시가지를 보존하고 있는 도시, 예술가들의 나라가 존재하는 도시, 강가에 있는 호텔에 여장을 풀었다.

빌뉴스 구시가지의 모습을 보고, 열심히 일하는 리투아니아 보통 사람을 바라본다. 안감내 천을 연상시키는 작은 천변이 예술인의 나라다. 하층민이 살던 동네가 예술인 나라가 되면서 낭만적인 동네가 되었다고 한다. 더불어 땅값도 올랐다고 한다.

### 가장 힘든 바로 거기에

첫날 먼 곳까지 왔다. 일행들은 저녁을 먹고 한참 있어도 해가 지지 않아 천변으로 산책을 나가는데 나는 혼자 호텔 방에 누워 있다. 마치 이 시간을 위해 여행을 온 듯이. 호화스럽지도 초라하지도 않지만 있을 것은 다 있는 레디슨 호텔엔 마크 로스코를 모방한 그림이 로비에 걸려 있다.

나는 조용히 누워 아무 생각도 하지 않고 누구의 생각도 하지 않고 잠이 든다. 많이 잤다고 생각하는데 룸메이트 민선생이 들어오고 서로 양보를 하다가 나는 저녁에 샤워는 하지 않는다고 미리 말한다.

우리 일행 중엔 고등학교 선배도 있고 전부터 알던 분도 있어 든든한 마음도 있었다. 종일 비행기 타고 오는 과정에서 민선생도 내가 경기여고 출신이라는 걸 눈치챘는가 보다.

느닷없이 전혜린이 선배 아니냐고 묻는다. 그러면서 대학 때 전혜린이 지도교수였는데 시골에서 올라와 어리버리한 학생에게 용기를 불어넣어주고 관심을 기울여주어서 대학 생활을 잘할 수 있었다고 한다. 그래서 평생을 은사로 생각하고 산다고 한다. 나는 갑자기 침대에서 몸을 일으켜 전혜린 전혜린을 속으로 외치고 만다.

"그리고 아무 말도 하지 않았다."

그래요, 우리 젊을 때 전혜린 글을 읽으면 정신이 번쩍 나곤 했죠. 나는 다행이라고 생각한다. 그 한마디에 민선생에 대해서도 친밀감이 생겼을 뿐 아니라 서먹함도 가시게 되었다.

헤링이라는 작은 청어 절임이 나오는 거 말고는 특별한 음식은 없지만 치즈와 빵과 채소가 풍성한 호텔의 음식이다. 연어 맛은 아니고 약간 비릿하지만 독특한 발틱해의 생선인 헤링은 여행 내내 맛볼 수 있었다.

가이드는 리투아니아 여인과 결혼하여 빌뉴스에 살고 있는 에스페란토어 번역가인데 진지하고 열심이었다. 저 남자는 무슨 팔자로 리투아니아 여인에게 필이 꽂혔을까? 발틱 3국에 관해서는 전문가여서 책을 내기도 했고 TV 여행 프로그램에 자주 나오기도 하여 얼굴이 알려졌다고 한다. 아주 매력적인 아내와 깜찍한 딸, 리투아니아 가정을 이끌어가는 가장이다.

가이드는 리투아니아 여자와 결혼해서 사는 것이 쉽지 않다고 하길래 나는 누구와도 결혼해서 같이 사는 것은 쉽지 않다고 위로 아닌

옛 도시의 성당. 그리고 일상 풍경

위로를 한다.

구도시의 성당들 모두 역사가 있고 이야기가 있지만 들을 때뿐 입력이 되지 않는다. 펜치를 들고 있는 조각은? 이빨을 뽑는 펜치라고. 1769년에 신고전양식으로 지은 백색 건축물의 성당 모습이다. 소련 점령기에는 미술관이었다가 1997년에야 주교좌성당으로 복원되었다고 한다. 백색의 환한 느낌이지만 다 아픔의 역사를 지니고 있다.

독일 여행단이 들어와 어쩌나 길게 열심히 설명을 하고 듣는지 놀라울 지경이었다. 15세기 리투아니아 공국의 군주 카시미르 성인의 은제관을 사후 100년이 지나 열었더니 시신이 썩지 않고 온전했다는 전설적인 이야기의 그림이 있다. 작은 도시지만 수도관 뚜껑도 디자인이 정성스러웠다.

도시는 구도시가 보존되어 있고 강대국과의 피나는 독립의 역사가 있어서 뜻깊었다. 국민 시인이자 음유시인의 동상이 도시 한가운데 있는 것도 좋았다. 그 이름을 외울 수 없지만. 인간띠로 발틱 3국의 독립을 이끌었던 발원지의 광장도 그 도시로서는 의미 있는 점이다.

리투아니아는 로마가톨릭 신자가 많은 부분을 차지하지만 나머지

실루바에서의 성모 발현

발틱 3국은 다 다르다고 한다. 리투아니아는 가족을 가장 중시하는
전통인데 최근 점점 이혼율이 높은 나라가 되었다고 한다.

검은 성모상은 기적과 소원이 이루어진다고 세계 각지에서 모여든
다. 우리가 갈 때에도 스페인 말을 하는 신부님의 미사가 집전되고 있
었다. 올라가는 층계에 놓은 하얀 글라디올러스 화병이 눈에 들어왔다.

트라카이 성채로 가는 길은 예전에는 수도였다고 한다. 그 성채 주
변 아름다운 갈베 호수의 모양이 비행기에서 내려다보면 한반도와 비
슷하다고 가이드는 신비롭다고 한다. 리투아니아에 여행 온 사람들은
필수적으로 들르는 유원지기도 하다. 20세기 초 성 주변에서 다양한
중세유물이 발견되어 관심을 끌게 되었다. 유럽 각지에서 온 여행객
들이 많았다. 여러 가지 모양의 벽돌이 성을 견고하게 한 것 같다.

빌뉴스에서 이틀 밤을 자고 라트비아로 떠난다. 떠나는 날 아침 빌
뉴스를 떠나는 것이 팬시리 섭섭하여 호텔에 걸린 그림을 카메라에
담아두고 실루바로 간다. 실루바는 성모님이 발현한 성지다.

가는 길이 아름답고 비에 촉촉하다. 실루바에서의 성모 발현은
1608년으로 거슬러 올라가고 파티마나 루르드에 비해 규모는 작아

보이지만 그런 것도 국력 때문이라는 생각이 들어 더욱 진정성이 있어 보였다. 리투아니아 사람들에게 성모마리아는 늘 고통받는 사람들과 같이 했으며 시베리아로 끌려갈 때 그 두려움과 죽음을 도우셨다.

"가장 힘든 곳 바로 거기에 하느님의 손길이 있다."

리투아니아 사람들은 묘를 꽃밭으로 가꾸었다. 집 가까이에 있는 화단이 묘지라니. 성모님이 아기를 안고 발현하셨다는 돌을 그냥 두고 성당을 세웠다. 여러 명의 목동들이 양을 치고 있다가 그 바위 근처에서 아름다운 여성이 아이를 안고 슬프게 눈물을 흘리고 있는 모습을 발견했다고 한다. 광채가 여인과 아이를 감싸고 있었다고 한다. 1608년 여름의 일이다.

### 샤울레이 언덕에 서서

리투아니아의 수도 빌뉴스에서 이틀을 묵고 라트비아로 가는 길에 실루바에 들르고 샤울레이 십자가 언덕으로 간다. 메밀밭 유채밭의 넓은 벌판에 십자가 무더기 언덕이 있다고 한다. 수백 년 동안 박해로 죽은 사람, 무덤도 없이 어딘가에서 죽어간 사람을 위해 사람들이 십자가를 갖다 놓아 언덕을 이루었다. 그 십자가의 수효는 이루 헤아릴 수가 없다.

너른 벌판에 바람이 불고 비가 뿌린다. 시베리아 유형, 나치 독일로부터의 학살, 그 모든 고난을 이겨내었던 십자가, 낮에 소련군이 불도저 탱크로 갈아 밀어버리면 밤에 몰래 사람들이 와서 또 십자가를 갖다 놓았고 그렇게 해서 이루어진 나지막한 언덕은 고통과 위로의 언덕이다.

나는 그 벌판을 걸으며 가슴에 날카로운 아픔이 지나감을 느낀다.

고통과 위로의 언덕, 엄마의 영혼을 위해 작은 십자가를 심는다

나를 왜 이곳에 데려다 놓았을까 생각한다. 혼자 걸으며 내가 왜 이곳에 오게 되었을까 생각한다.

엄마는 돌아가시기 얼마 전 6·25 때 서대문형무소에서 사형당한 작은아버지의 이야기를 하셨다. 시신도 제사도 못 추스린 것을 안타까워하셨다. "엄마 잘못이 아니에요"라고 했지만 엄마는 자식도 없는 작은아버지한테 받은 사랑을 생각하면 큰 잘못이라고 후회가 된다고 했다. 나는 엄마의 작은아버지의 이름을 기억하여 미사를 드리겠다고 했었다. 왜 여기 와서 그 말씀이 생각나는 것일까. 어디서 죽었는지 왜 죽었는지 모르는 많은 불쌍한 영혼을 위해 십자가를 갖다놓고 위로하는 진혼의 언덕.

나는 작은 십자가를 사서 그 언덕 언저리에 심는다. 엄마의 영혼을 위하여.

발틱해 3국을 여행하면서 가장 감동적인 장소였다. 비 뿌리는 십자가 언덕을 다 돌고 내려오니 비가 개이고 멀리 보이는 성당 위로 무지개가 떴다. 나의 작은 참회를 너그러이 받아주신 것같이 보였다. 그 무지개는 마음속 무거움을 내려놓아주었다. 바로 십자가 언덕에서 많은 영혼들이 위로받았듯이. 십자가의 신비였다.

**리가의 호텔 방에서**

리투아니아를 떠나 라트비아로 간다. 발틱 3국은 서로 사이가 좋아 국경도 쉽게 넘을 수 있을 뿐 아니라 분위기가 큰 차이가 없어 보인다. 그러나 화폐가 다르고 언어가 다르고 종교가 다르다. 다만 소련에 맞서 인간띠를 만들어 저항한 동지애의 국가들이다. 그래서 모두 독립했고 중세의 구도시를 간직한 나라들이다.

라트비아의 수도 리가에 들어선다. 처음 가보는 도시에 들어설 때는 설렘과 함께 뿌듯한 감정이 생긴다. 발틱해를 면한 큰 항구도시라 부유하다고 한다.

리가의 호텔에 두 번째로 여장을 풀고 나는 저녁에 혼자 호텔 방에 칩거한다. 일행들은 밤풍경을 구경한다고 리가 시내로 나간다. 나는 조용히 혼자 있는 그 시간이 소중하기도 하고, 할 일이 있기도 하다. 다행히 여행의 노곤함이 활자를 읽는 것으로 피로가 풀린다. 새로 나올 어머니 책 교정은 세 번째로 보는 거지만 엄마의 글을 읽는 것이 나에게는 심리적인 안정감을 준다. 눈물이 날 때도 있지만, 그리고 도스토옙스키의 전기를 읽는 것은 페테르부르크에 가기 위한 준비기도 하다. 룸메이트는 시내에 나갔다가 늦게 들어와서 오늘이 라트비아

라트비아의 수도 리가의 모습

의 중요한 날이라 거리에 볼거리가 많았다고 한다. 8월 23일은 그들의 기념일이다. 1987년 8월 23일 반소련 시위집회가 빌뉴스에서 처음 열렸고 1989년 8월 23일 빌뉴스, 리가, 탈린을 잇는 총 650킬로미터의 인간띠로 세 나라 도시를 이어 소련으로부터 독립하게 된 계기가 되었던 날이다. 그래서 길 위에 촛불을 켜고 노래를 부르는 모습을 보았다고 한다.

리가에서 하룻밤을 보낸다. 여행 내내 아침 6시 반이면 미사를 드린다. 정양모 신부님 유충희 신부님 두 신부님은 호텔의 회의실을 성당으로 만들어준다.

1721년부터 러시아의 통치를 받기 시작한 라트비아는 1988년이 되어서야 라트비아어가 주된 교육 언어로 채택되었다. 리가항은 겨울에는 결빙하지만 쇄빙선을 이용하기에 좋은 항구다.

시굴다 투라이다 성채를 찾아간다. 리브족이 목재로 지은 성채였지만 폴란드 스웨덴 러시아 병사들에 의한 방화로 1776년 성이 파괴되었으며 20세기 중반에 복원되었다. 슬픈 사랑의 이야기가 있는 가우야 강, 전설의 고향 같은 이야기가 서린 동굴이 있다.

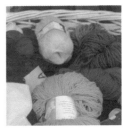

에스토니아 항구 페르누에서 본 것들

## 낯설지 않은 것이 오히려 낯선

리가에서 이틀 밤을 자고 에스토니아로 떠난다. 발틱 3국의 세 번째 나라기도 하고 여행이 중반에 접어들어간다. 여행이 마냥 즐겁기만 한 건 아니다. 지루하기도 하고 여행을 하는 자신을 미쳤다고 생각하기도 하고 또 마냥 이런 상태가 지속되기를 바라기도 한다. 먹을 걱정도, 먹일 걱정도 하지 않을 뿐 아니라 보여주는 것을 보기만 하는 수동성이 좋다. 그러나 다시 일상으로 돌아갈 생각을 하면 머리끝이 서기도 한다. 현재를 즐겨야지 먼 데 걱정은 하지 말자며 마음을 다스리지만 태풍 폭우 소식에다가 출판사와 연극기획사에서 오는 문자와 전화에 마음이 편치가 않다.

에스토니아의 국경을 넘는 것은 간단하다. 그냥 고속도로 휴게소에서 잠시 쉬는 정도다.

에스토니아의 항구 페르누에서의 점심, 꽈리를 얹은 후식을 하염없이 들여다본다. 하얀 글라디올러스를 든 남자는 누구한테 줄 꽃일까?

페르누 항구를 걸으며 다시 오게 되지 않을 거리를 기웃거린다. 낯설지 않은 것이 오히려 낯선 동네. 구정 색실 같은 수실, 털실 뭉치를

301

보니 울컥 슬픔이 솟는다. 다시 오지 않을 옛날의 풍경들을 너무 먼 곳에 갖다놓은 것 같다.

에스토니아의 국기는 파랑 검정 하양인데 파랑은 하늘 호수 바다 희망, 검정은 땅, 100년간의 암울한 역사, 흰색은 순수 희망을 나타낸 다고 한다.

에스토니아의 수도 탈린으로 향한다. 발틱 3국 중 가장 소득이 높고 풍요한 나라다. 김윤한 교수는 세 나라 모두 중세의 구시가지를 보존하고 있는 것이 놀라운 일이라고 한다. 여행이 중반에 다다르니 몸이 여행지의 풍토와 시간에 적응이 되는 것은 좋은데 집과 점점 멀어지고 감각이 무디어진다. 현실에서 떠나기 위해 여행을 온 것이기도 하니까 당연한 일이다.

어디를 가나 이국적이라기보다는 어디서 본 듯한 기시감을 체험한다. 에스토니아의 아름다운 정원을 산책하는데 바로 카드리오르그라는 탈린 시가지에서 멀지 않은 여름 휴양지다. 러시아가 1711년 에스토니아를 점령한 이후, '유럽으로 열린 러시아의 창문'이란 이름으로 요새들을 짓기 시작하였다. 아름다운 해안과 모래사장이 어우러진 장소로 당시 러시아 대제였던 표트르 대제가 그의 아내 예카테리나를 위해 만들었으며, '예카테리나 계곡'이라 이름 붙였다. 그 명칭이 에스토니아어로 '카드리오르그'로 굳어지게 되었다고 한다.

카드리오르그 궁은 1718년 이탈리아의 대표적인 건축가 니콜로 미체티가 표트르 1세의 지시에 따라 바로크 형식으로 설계한 궁전으로 왕족들의 여름 휴양소로 애용되었다고 한다.

1938년 지어진 대통령궁은 카드리오르그 궁 뒤편에 있는데 지금도 대통령궁에서 대통령과 수행원들이 업무를 보고 있다. 아름다운 정원

에스토니아 탈린 근처. 책 읽는 어머니

언덕의 끝 건물이 대통령저라고 한다. 문도 없고 울타리도 없다. 경계
감이 없고 건물 앞까지 가도 아무도 뭐라 하지 않고 위압적인 건물도
아니다. 마침 교대 시간이라 경비군인들의 간단한 교대의식이 절도는
있지만 고압적이지 않다. 그러나 여기저기 감시 카메라가 있다. 영국
인 기자가 그 공원에서 오줌을 누었는데 카메라에 걸려 나라 망신까
지 당한 일화가 있다.

　가이드로부터 들은 이야기인데 에스토니아의 말과 글을 어린애들
에게 가르치기 위한 책을 몰래 파는 보부상들이 만 명 가까이 활동하
던 시절이 있었다고 한다. 그래서 러시아와 강대국의 압박에도 문화
와 언어를 지켜갔다는 아름다운 이야기다. 아이 유모차 옆에서 책을
읽는 여인이 있는 한 그 나라는 멸망하지 않는다는 믿음이 우러난다.

바다를 향해 서 있는 아름다운 천사의 조각은 침몰당한 배의 러시아 해군들을 위로하기 위한 것이라며 "가장 아름다운 것에는 항상 슬픔이 있지요"라고 말하는 가이드, 문득 슬픈 눈빛이 지나간다.

## 무너진 수도원과 탈린

14세기에 수도원을 세웠으나 16세기에 파괴되고 지금은 잔재만 남아 있다. 귀족 집안에서 태어나 14세 어린 나이에 결혼한 브리깃다는 8명의 자녀를 두고 30대 중반에 미망인이 된다. 40대 초반에 수많은 영적 체험 계시를 받고 수도원을 세우겠다는 서원을 한다. 로마 교황의 승인을 얻으러 갔다가 그곳에서 사망했지만 사후에 딸 중 하나가 수도원을 짓게 된다.

무너진 수도원의 곳곳이 오히려 더 아름다워 오래 머물고 싶었다. 거기서 패션 사진을 찍는 젊은이들의 모습은 낯설지 않았다. 곁에 현대식의 성당과 중세 수도원 수녀의 복장 그대로의 수녀, 1980년 모스크바 올림픽 때 올림픽 수상경기장이었던 피리타 해수욕장에는 대형 크루즈 선박이 많이 정박해 있다.

기분 좋은 감촉의 돌로 된 바닥의 구시가지의 골목골목을 돌아다닌다. 탈린의 구시가지는 골목 골목 걸어다녀도 재미가 쏠쏠하다. 북유럽 여러나라의 문화가 혼합되어 상업적으로 상승효과를 보고 있는 듯한 인상이었다.

이제 에스토니아를 떠난다. 한 번이라도 땅을 밟는 것은 큰 인연이다. 여행을 하며 그 땅을 밟으면 순간 정복자가 된 기분이 된다고 한다. 여행은 평화로운 점령이기도 한다. 하룻밤을 지내도 만리장성을 쌓는 것과 마찬가지로 그 거리를 돌아다니면 기억 속에 영원히 그 거

무너진 수도원 근방 곳곳 해수욕장, 골목의 가게 그리고 사람

리가 내 것이 된다. 정이 든 것일까? 식민지와 아픔의 역사를 갖고 있는 세 나라에 대한 친밀감이 솟는다. 다시 올 것 같지는 않지만 갯벌이 넓었던 발트해의 바다가 벌써 그리워진다.

엿새 동안 열심히 설명해주면서 세끼 밥을 같이 먹었던 가이드 최대석 선생과는 에스토니아에서 러시아로 넘어가는 국경 마을 나르바에서 점심을 같이 먹고 헤어진다. 특별히 개인적인 친분을 쌓은 것도 아닌데 연민이 느껴진다. 먼 나라에 와서 아무리 매력 있는 여자라도 때로는 이질감을 느낄 외국인과의 결혼생활을 상상한다. 나르바는 국경도시로 중세의 요새와 오래된 음식점이 있다.

러시아 국경을 넘는 건 쉽지 않다. 러시아 텃세를 한다고나 할까. 러시아 비자를 여권마다 검사하고 버스에서 내려 여권을 다 수거해 갔다가 입국증을 기재하라고 했다가 짐을 버스에서 내렸다가 하는 과정이 지루하게 이어진다. 그건 그 나라에 들이기기 위한 절차이니 어쩔 수 없다. 국경지대에서 일행 중 한 사람이 사진을 찍었는데 그곳 경찰이 와서 거기서 찍은 카메라를 압수해 사진을 삭제시킨다. 기껏 풀꽃을 찍었을 뿐인데.

## 페테르부르크 가는 길

탈린에서 나르바 그리고 페테르부르크까지 가는 거리는 387킬로다. 그 긴 시간의 버스 안에서 나에게는 숙제가 있었다. 정신부님이 나에게 도스토옙스키에 관한 발표를 하라는 것이다. 신부님은 『카라마조프카의 형제들』에 대해서, 나는 『죄와 벌』에 대한 이야기를 하기로 한다. 물론 못 한다고 거절할 수도 있었다. 그러나 도스토옙스키와 『죄와 벌』에 대한 존중감으로 그걸 못한다는 말 한마디 않고 하겠다고 했으니 누구 탓할 것도 없이 다 자신으로 비롯된 일이다.

나는 여행 전 그리고 발틱 3국을 여행하는 동안 문고판 『도스토옙스키』 평전을 두 번이나 읽었다. 그래도 발표하기는 무척 힘들었는데 버스 안에서 눈을 씻으며 40년이나 되어 누렇게 바랜 문고본의 구절들을 읽어주었다. 세계문학에서 한 권을 꼽으라면 『죄와 벌』이고 두 권을 뽑으라면 『안나 카레리나』라고 생각하지 않았던가. 그러니 『죄와 벌』의 배경이 된 페테르부르크로 가는 버스 안에서 책을 줄줄 읽더라도 뜻 깊고 영광스러운 일이 아닐 수 없다. 고등학교 때 어머니가 나에게 읽도록 해준 『죄와 벌』, 도스토옙스키에게 느끼는 문학적인 친밀감은 얼마나 특별한 것이었던가.

나는 엄마도 그립고 그 책을 읽었던 그 시간도 그리웠다. 페테르부르크로 향하고 있으니.

우리가 비참해졌을 때, 우리가 고통을 참아낼 한계까지 고통을 당해서 생의 모든 것이 타는 듯이 백열白熱된 하나의 상처라고 느껴질 때, 우리가 절망의 한숨을 내쉬며 아무 희망도 없는 죽음을 맞았을 때, 그때야말로 우리는 도스토옙스키를 읽지 않으면 안 된다. 우리가 이러한 비참한 상태에서 고독하고도 무기력하게 인생을 바라보고, 이미 인생의 뜻이라고는 알지도 못하면서, 격정적이고도 아름다운 인생의 공포에 떨 때, 이미 인생으로부터 아무것도 희구하려고 하지 않을 때, 그때야말로 이 가공할 만한 훌륭한 시인의 음악에 우리의 마음은 열려져 가는 것이다. 그때 우리는 이미 방관자도 아니고, 애독자도 비평가도 아니며, 그의 소설의 가련한 인간들, 그 모든 가련한 형제들인 것이다. 그때 우리는 그들의 고뇌에 괴로워하고, 그들과 함께 추방되고 또 허덕이면서, 인생의 소용돌이를, 죽음이라는 영원의 맷돌을 응시하는 것이다. 그러나 그때에는 또 우리는 도스토옙스키의 음악, 그의 위안, 그의 사랑에 귀를 기울이고, 그때에 비로소 우리는 그의 무서운, 때론 지옥과도 같은 세계의 놀랄 만한 의미를 체험하는 것이다.

그 책에 실린 헤르만 헤세의 명문을 읽는 것으로 버스 속 수업을 끝마친다. 듣는 사람들은 어땠을지 모르지만 나는 온몸에 기운이 다 빠지는 것 같고 골이 텅 빈 것같이 된다. 바로 그 악령 같은 러시아 작가 때문이다.

지루한 버스가 러시아의 관문 상트페테르부르크로 들어서고 있었다. 페테르부르크가 가까워지자 큰 도시로 들어가는 고속도로의 다급함이 느껴진다. 그것은 발틱 3국에서는 느끼지 못한 다급함이다. 대형 컨테이너 트럭, 출차하는 자동차를 실은 차, 큰 항구도시이고 러시아의 관문으로서의 분주함이 느껴진다. 현대 대우 기아 차를 볼 때마다 사람들은 탄성을 지른다. 아무리 생각해도 꿈같은 일이다. 도시에 가까울수록 교통체증이 이어진다.

우리가 페테르부르크서 묵기로 한 호텔의 이름은 모스크바, 대형 호텔이다. 마치 공장과도 같다. 여권을 모두 모아 호텔에다 맡긴다.

정말 피곤한 하루였다. 여장을 풀고 저녁을 먹는다. 코사크인의 음악 같은 밴드가 무대 위에서 연주를 한다. 러시아에 왔으니 러시아 물이 들게 하려는 것인가? 1,000명 가까이 들어갈 수 있는 대형 식당이다. 음식은 풍성하고 좋다. 그중에도 후식으로 나온 자두가 맛있다. 과육은 연두색인데 겉은 자주색, 달고도 부드러워 여러 개 갖다 먹는다. 그 작은 과일에도 특유의 향취가 난다.

호텔 방은 아주 초라할 정도로 간결하고 물 끓이는 차 도구나 드라이어도 없다. 나는 저녁 외출은 하지 않고 방에서 쉰다. 버스 속에서 오래 무릎을 오그리고 앉아 있고 그 악령 같은 발표 때문에 긴장한 무릎이 아프기 시작하더니 결국 인천공항에서 산 관절약을 꺼내 먹을 수밖에 없었다. 이제 집 생각도 안 나고 손녀딸 생각도 멀어지고 내가 진짜 할머니였나 의심스럽다.

### 네바 강의 매력

러시아에서 하룻밤을 자고 페테르부르크 시내 구경에 나선다. 뜻밖에도 여행 가이드가 독일 아줌마다. 두 분 신부님이 독일어에 능통하여 아침에 호텔 로비에서 만난 즉시 소통이 잘 된다. 네바 강가로 나간다.

한강보다는 강폭이 좁은데도 물결의 기운이 예사롭지 않고 강물의 빛깔도 그 푸름이 드세다. 나는 그 네바 강의 매력에 끌리고 만다. 그리고 처음 온 곳이란 생각이 들지 않을 정도로 친숙하다. 펄펄한 네바 강의 물결과 낡은 건물들의 빛깔, 하늘을 찌르는 금빛 봉을 이은 건물들 그리고 예르미타시 미술관. 그 이름 자체가 모순이다. 은자의 집이라는 뜻의 예르미타시 미술관은 열기도 전에 각국에서 온 관광객들이

페테르부르크 그리고 예르미타시 미술관. 그곳 창으로 바라본 광장

기다리는 줄이 건물을 휘감고 있다. 게다가 그 사람들을 실어온 버스
가 네바 강가에 도열을 하고 있다.

헨리 나우엔은 그 유명한 렘브란트의 그림만으로『탕자의 귀가』라
는 감동적인 책을 쓰지 않았던가.

11시에 미술관 입장이라는 것도 그렇고 관광객 자체가 구경거리다.

예카테리나 여제가 혼자 즐기기 위한 미술품이 이제 세상 공유가
되었고 더 이상 은자도 없다. 나는 그 인파에 휩쓸려 들어가면서 그
매력적인 이름 예르미타시를 입으로 굴린다. 참으로 마음을 잡아끄는
이름이다.

그림을 보다가 창밖을 내다보면 그 풍광도 더 아름답다.

어머니의 글이 생각난다. 정양모 신부님과의 여행에서 바티칸 미술
관을 보고 쓴 글이다.

미美는 사람의 정신을 순화하고 고양시키기도 하지만 절정의 미가 한꺼번
에 몰려올 때는 나약한 정신을 차마 견디지 못하게 하는 위력이랄까 공격성
같은 게 있는 것 같다.

종일토록 예르미타시를 보는 팀과 오후에 이범진 공사의 묘를 참배하는 팀으로 갈라진다. 나는 끝까지 망설이다가 이범진 공사가 묻힌 북방 묘지에 간다. 종일 예르미타시를 돌아다니는 것도 좋겠지만 이국에서 망국의 한을 죽음으로 푼 이범진의 묘를 가는 것이 더 의미가 있다고 생각한다.

구한말 러시아 공사였던 이범진은 일제의 강요에 의해 공사관이 폐쇄된 데에 불만을 품고 송환령에 불응하며 순국할 때까지 6년간 여권 발급 등 정상적인 공사관 업무를 계속하면서 국권 회복을 위한 국제적인 노력을 전개했다. 을사늑약의 부당성을 알리는 고종의 친서를 러시아 황제에게 전하는 등 고종의 밀사 역을 수행하고, 이준 이상설 그의 아들 이위종을 특사로 밀파하여 만천하에 일본의 조선 강점을 고발하고 국권 회복에 노력하다가 1911년 1월 '망국 선비로는 못 산다'는 유언을 남기고 자결한다.

그는 전주 이씨 가문으로 러시아에서는 프린스라는 칭호를 붙여주었다. 정수일이 지은 『초원 실크로드를 가다』란 책에 자세히 나와 있다.

한글로 쓴 비석, 그 앞에 머리를 숙여 묵념하고 들꽃다발을 놓아드렸다. 우국충정에 감사하며 북방 묘지에 잠든 영혼을 위로했다. 독일 아줌마 가이드는 묘의 주소를 정성껏 찾아주며 우리들의 참배에 감동하는 것 같았다. 자작나무에 기대어 100년 전에 순국한 공사의 무덤을 지켜보는 노 교수의 모습이 경건했다.

호텔로 돌아오는 길에도 네바 강 건너로 예르미타시가 보인다. 예카테리나 여제의 은자의 집은 아름답기만 하다.

도스토옙스키에게 가는 길

## 도스토옙스키의 시간

하루 사이에 수백 년이 지난 것 같은 페테르부르크에서의 시간, 저녁은 내내 호텔 대형 식당에서의 뷔페, 보라색과 연두색의 콤비네이션 자두와 붉은 비트, 당근 썰은 것이 없다면 지루했을 식사다. 저녁을 먹은 후 아스피린을 먹고 다리를 펴고 눕는다. 몸이 이유 없이 으슬으슬 몸살 기운이 느껴진다.

미사로 시작하는 아침이 온다. 도스토옙스키가 묻힌 묘지인 알렉산드르 네프스키 수도원은 도스토옙스키뿐 아니라 차이코프스키, 림스키 코르사코프, 무소르그스키가 묻힌 묘소다. 호텔 바로 건너편 길만 건너면 되는 곳에 있다. 수도원과 러시아 정교회 교회가 안쪽으로 있다. 바로 도스토옙스키의 장례식이 있었던 교회다.

"오늘 내가 죽으리라는 것을 나는 똑똑히 알고 있소."
"나는 오늘 죽는 거야! 아냐, 촛불을 켜고 나의 신약성서를 가져와요."

그의 마지막 순간의 기록이다. 나는 마치 연극 대사 연습을 하듯 그 구절을 여러 번 읽었었다.

시베리아 유형을 떠날 때 귀족의 부인으로부터 받은 신약성서는 옴스크 유형지에서부터 임종까지 그의 곁을 떠나지 않았다. 그의 묘비에는 요한복음 12장 24절 "밀알 하나가 땅에 떨어져 썩지 않으면 한 알 그대로 있지만, 썩으면 많은 열매를 맺는다"라고 적혀 있다. 『까라마조프가의 형제들』 머리에 붙인 문장이기도 하다. 어쩌면 나는 묘지에 오기 전 그의 책으로 이미 작가를 위한 참배를 했을지도 모른다.

지금도 여자들은 머리에 머플러를 쓰고 들어가야 하고 서서 미사를 보는 러시아정교 교회인 알렉산드르 네프스키 사원에서 도스토옙스키의 장례식 때는 수만 명의 사람들이 그의 관을 따라 걸었다고 한다.

묘지와 교회를 둘러보고 그가 마지막 살았던 집으로 간다. 지하철 두 정거장도 안 되는 거리지만 도시 교통체증으로 사십 분 가까이 걸리는 것 같다. 도시는 오래된 낡은 옷을 그대로 입어 터질 것 같은 인상이다. 도저히 벗어버릴 것 같지 않은 완고함이 있다. 나는 주제넘게도 보존과 개발을 생각한다. 그대로 지키고 보존하는 것이 반드시 좋은 것인가? 개발하는 것이 반드시 나쁜 것인가? 도스토옙스키가 살았던 19세기 중반의 모습과 그리 다르지 않은 모습이라고 해서 그토록 잘나고 자랑스러운 것인가?

나는 비가 줄줄 오는데 도스토옙스키의 집에 도착하여 문이 열리기를 기다리며 200루블을 주고 영문으로 된 도록을 산다. 12시에 열린다고 한다.

그가 죽음을 맞았던 붉은 소파(나중에 알고 보니 당시 것이 아니라고 하지만)와 도스토옙스키가 좋아해서 항상 머리맡에 붙여 놓았다는 라파엘의 성화 마돈나, 『카라마조프가의 형제들』을 쓴 책상과 촛대가

도스토옙스키의 집 2층 방에서 밖을 내다보다

있다. 특징 없는 아파트의 2층 방이지만 그 방을 돌아 나오는 순간 나도 모르게 눈물이 어린다. 때로는 그 거리를 내다보았겠지. 빚에 몰려 글을 쓰느라고 얼마나 고된 노동이었을까? 그래도 임종의 자리를 지킨 두 번째 아내 아냐의 헌신적인 돌봄과 이해, 신은 존재해서 믿는 것이 아니라 인간에게 신이 필요해서 믿는다는 그의 종교관. 영혼의 리얼리즘이라는 작가, 아무리 그 방의 물건이 사후 한참이 지난 뒤 무대장치처럼 꾸며진 것일지라도 그 주소지는 분명 여기다. 러시아정부는 작가의 원고는 국가의 문서자산으로 보존한나고 한다. 도스토옙스키 문학관은 유형지였던 옴스크와 그가 태어났던 모스크바에도 있다.

나는 비가 추적추적 오는 창가를 내다보며 엄마는 여기 와서 무슨 생각을 하셨을까? 김윤식 선생님은 페테르부르크에 어머니와 같이 오셨다고 사진을 보여주셨다. 두 분은 여기서 무슨 이야기를 하셨을까? 뜻도 없이 엄마를 불러본다. 마치 엄마의 아주 오래된 연인을 찾아온 것 같다.

밖으로 나와 꿈속을 걷듯 그 거리를 걷는다. 좌판에 과일과 당근을 놓고 파는 러시아 여인이여. 앵두인가 블루베리인가. 그들의 모습이 야말로 수백 년 전과 다르지 않을 것 같다.

도시에서 서쪽으로 20킬로 떨어진 여름궁전은 프랑스의 베르사유 궁전과 흡사하다. 그 모양뿐 아니라 개념도 다르지 않다. 호화로운 궁정생활의 극치, 부와 권력의 과시다. 예술은 그걸 나타내기 위한 시녀에 불과한 것인가. 아니 부와 권력은 사라져도 예술만이 살아남은 것인가. 그 살아남은 예술이 그렇게 큰 가치가 있는 것인가. 바닥이 상할까봐 덧버선을 신고 들어가야 한다. 나는 관광객의 인파에 치일 것 같고 공기가 탁해 숨이 막힐 것 같아 통과통과 한다. 그리고 먼저 나와 일행을 기다린다. 베르사유 궁전과 다른 점은 바다가 보이고 바다가 보이는 데까지 걸어갈 수 있다는 것, 핀란드만이라고 한다. 발틱해로 향하는 옴팍한 만이다.

여름궁전을 구경 온 아이들, 그 아이들에게는 엄마가 어떤 설명을 해줄까? 해군 모자를 사서 씌웠다. 훌륭한 해군이 되라고? 강력했던 러시아 함대에 대한 향수일까?


## 레핀의 집에 가지는 못했지만

페테르부르크를 찾는 사람이 빠짐없이 가는 곳이 있는데 네바 강의 중심에 있는 페트로파블로스크 요새다. 페테르부르크 도시를 만든 피터 대제가 네바 강 요충지에 요새를 쌓고 적들이 침입하지 못하도록 방비한 곳이다. 러시아인들은 이 요새를 페테르부르크와 동갑내기라고 부르고 요새를 짓기 시작한 날은 도시탄생일로 기념한다. 1703년 5월 27일의 일이다. 도시가 습지 위에 지어졌기에 강이 범람할 것을 대비해 목조건물 건축이 금지되었다. 당시에 페테르부르크로 들어오는 사람들은 일정한 양의 건축용 석재를 가지고 와야 했다. 일종의 통행세 같은 것이었다. 그래서 돌로 만든 새로운 페테르부르크가 탄생한 것이다.

피터 대제의 초청으로 온 이탈리아의 건축가 트레지니가 요새 전체를 설계했는데, 처음에 트레지니는 러시아에 1년 정도 머물 계획이었으나, 러시아에서 30년을 살다가 페테르부르크에서 죽었다. 여름궁전도 설계했고 그 공적을 인정받아 러시아 세습귀족이 되었다.

피터 대제는 그 요새에 잠들어 있고 알렉산드르 3세까지 역대 황제들의 무덤이 있다. 이병훈이 지은 『백야의 뻬쩨르부르크에서』에 나오는 내용이다.

이날 오후 러시아의 유명한 화가 레핀의 집으로 가는 길이었다. 우리에게는 잘 알려져 있지 않지만 러시아의 국민 화가라 할 만큼 자랑스러운 화가라 그 화가의 집을 방문하는 일정도 의의가 있다고 생각했다. 약간의 몸살 기운으로 버스에서 하염없이 눈을 붙이고 있는데 버스 뒤쪽에서 동요를 부르는 소리가 난다. "우리들 마음에 빛이 있다면 여름엔 여름엔 파랄 거예요." 모두 중년이 넘어 노년에 이른 여자들의 목소리가 그렇게 고울 수가 없다. 그런데 비스가 달리지 않고 아예 고속도로 변에 서 있는 것이 아닌가. 오랫동안 정차해 있어 그 지루함을 달래려고 누군가 동요 메들리를 시작한 것이다.

버스가 고장이 났다. 리투아니아부터 라트비아, 에스토니아를 거쳐 페테르부르크까지 운전한 폴란드계 리투아니아인 운전기사는 아침 인사도 받아주지 않을 정도로 무뚝뚝했지만 북방 묘지에서 번호만 가지고 찾기 힘든 이범진 공사의 묘를 성의 있게 찾아주어 속 깊은 사람이라고 생각해 정이 들었다. 러시아말을 잘해서 아주 편했는데 버스의 엔진 고장으로 기사가 교체되는 일이 벌어졌다.

결국 레핀의 집에 가지 못하고 줄곧 버스에서 시간을 보내게 되었다. 여러 사람이 여러 날 여행하다 보면 있을 수 있는 일이라고 동요나 부르면서 그 지루함을 달랬다. 도리어 큰 불상사가 아니라고 다행으로 생각했다.

그 장면이 독일 가이드 아줌마에게 그렇게 감동을 불러일으킬 수가 없었나 보다. 다른 나라 사람들 같으면 굉장히 불평을 하고 여행사에 손해배상을 청구할 수도 있다고 한다. 그런데 우리는 항의하기는커녕 동요를 부르면서 소풍 가는 아이들처럼 행동했으니 여유 있고 교양 있는 나라 사람이라는 인상을 심어주었다고 했다.

관광회사에서 다른 버스와 기사를 보내주어서 호텔에 그냥 돌아오는 것으로 오후 시간이 다 흘러가버렸다. 페테르부르크의 교통체증은 내가 걱정할 바는 아니지만 심각하다.

저녁 시간 나는 또 조용히 방에서 보낸다. 서서히 돌아갈 일이 걱정이 되기 시작한다. 어머니 책 출간을 앞두고 펴내는 글을 써야 하는 것이 쉽지 않다. 머릿속으로는 맴돌지만 간결하게 써야 하는 압박감이 몰려온다.

### 8월의 마지막 날
8월 31일 아침 미사를 드린다. 여행의 마지막 날이다.

"전능하시고 자비로우신 주 하느님, 주님께 나아가는 데에 해로운 모든 것을 물리쳐주시어, 저희 몸과 마음을 평온하게 하시고, 자유로이 주님의 뜻을 따르게 하소서."

가파르게 다가가는 듯한 목소리의 정신부님 미사 기도가 마음을 울린다.

동생의 기일이다. 엄마와 동생을 위한 미사, 미사 전례자는 나에게 성경을 읽게 한다.

"하느님의 어리석음이 사람보다 더 지혜롭고 하느님의 약함이 사람보다 더 강하기 때문입니다."

나는 이 먼 데에서도 동생을 위한 미사를 잊지 않으려고 신부님과 함께 여정을 같이한 것인가.

이제 비아의 여행은 끝나갑니다. 인생의 여정을 마친 엄마를 뜻도 없이 불러봅니다. 엄마에게 8월 31일은 너무 힘들었던 날짜였습니다.

어머니는 이제 천상의 평화를 맛보고 계시겠지만 그래도 슬픔과 애절함이 느껴진다. 시간이 치유한다지만 울컥울컥 견디기 힘들었던 엄마의 모습이 떠오른다. 그래도 좀 더 견디고 사시지. 남들은 펄펄히 잘도 사는데…… 반복되는 넋두리가 또 나온다.

나를 울컥하게 했던 엄마의 글 한 구절이다.

그때는 보이는 모든 것이 왜 그리도 아름다웠던지. 젊은 내 새끼들의 옷깃과 검은 머리칼을 나부끼게 하는 바람조차도 어디 멀고 신비한 곳으로부터 그 애들이 특별히 아름답게 보이라고 불어온 특별한 바람처럼 느꼈으니까.

—『세상에 예쁜 것』에서

어제는 매력적인 네바 강을 유람선을 타고 주유했었지. 베니스와도 다르고 센 강과도 다른 특별한 느낌의 강, 강하면서도 부드럽고 번쩍거리고 화려하면서도 순수한 성정, 차가운 듯하면서도 속이 깊은 강, 발틱해로 흘러가는 강, 강의 본류와 지류가 만나면서 이루어지는 음악과도 같은 뱃길, 고도古都라고 하기엔 젊은 도시, 그 출렁이는 물결과 바람의 기억을 품고 이 도시를 떠난다.

마지막까지 최선을 다하는 일정이다. 오후에 헬싱키로 가는 비행기를 타기 전까지 러시아 미술관을 보러 간다. 예르미타시만큼 유명하지 않아 사람은 많지 않지만 러시아 미술관이 의외로 좋아 긴 여정의 마지막 점을 찍을 수 있었다.

그 전날 레핀의 집엔 못 갔지만 레핀의 그림은 많이 볼 수 있었다. 볼가 강에서 배 끄는 인부들, 터키 황제에게 편지를 쓰는 코자크들, 국회를 그린 대형 그림 속으로 끌려 들어가듯이 열정적으로 지치지 않고 소재의 역사성과 리얼리티를 설명하는 정양모 신부님을 감탄하며 바라본다. 독일어로 가이드와 대화를 할 때마다 더 목소리에 힘이 솟는 신부님.

말레비치와 칸딘스키의 그림들, 알트만의 여성 작가의 초상에 눈길이 머물고 아트숍에서 말레비치의 그림이 그려진 아주 작은 재떨이를 사는 것으로 사소한 기쁨을 느낀다.

마지막 점심은 대학이 보이는 네바 강가의 러시안 레스토랑에서. 후식으로 나온 따뜻하고 부드럽게 익힌 사과 한 개, 그 위에 눈처럼 뿌린 슈거 파우더가 마치 이 여행의 마침표와도 같아 아쉬운 듯 먹지 못하고 한참을 들여다본다.

이제 비아의 여행은 끝나갑니다.
인생의 여정을 마친 엄마를 뜻도 없이 불러봅니다.